Angela Mackert

Lichtkrieger
Antiquerra-Saga (5)

Bibliografische Information der Deutschen Nationalbibliothek: Die Deutsche Nationalbibliothek verzeichnet diese PubliKelaon in der Deutschen Nationalbibliografie; detaillierte bibliografische Daten sind im Internet über http://dnb.d-nb.de abrufbar.

Impressum

Titel: Lichtkrieger — Antiquerra-Saga (5)

Copyright © 2018 by Angela Mackert
1. Auflage 2018
Alle Rechte vorbehalten. Nachdruck – auch auszugsweise – nur mit Genehmigung der Autorin.
Redaktion: Angela Mackert
Lektorat: KaGr
Covergrafik: Mayer George / Shutterstock.com
Coverlayout und Innengrafik: Angela Mackert
Herstellung und Verlag: BoD — Books on Demand, Norderstedt
ISBN 978-3-7528-2021-8

Herausgegeben von

Angela Mackert

Sie finden mich im Internet unter: www.angela-mackert.de

Beachten Sie auch bitte:
https://business.facebook.com/autorin.angela.mackert

Angela Mackert

Lichtkrieger
Antiquerra-Saga (5)

Dieser Roman gehört zu einer fünfteiligen Saga. Jedes Buch beinhaltet eine eigenständige Geschichte, und kann unabhängig vom Vorgängerband gelesen werden.

Band 1: DIE FARBE DER DUNKELHEIT

Band 2: FEENSCHWUR

Band 3: VAMPIRBLUT

Band 4: WÄCHTER DER SCHLANGE

Band 5: LICHTKRIEGER

Hoffnung wächst

auf dem schmalen Grat

zwischen Dunkelheit und Licht

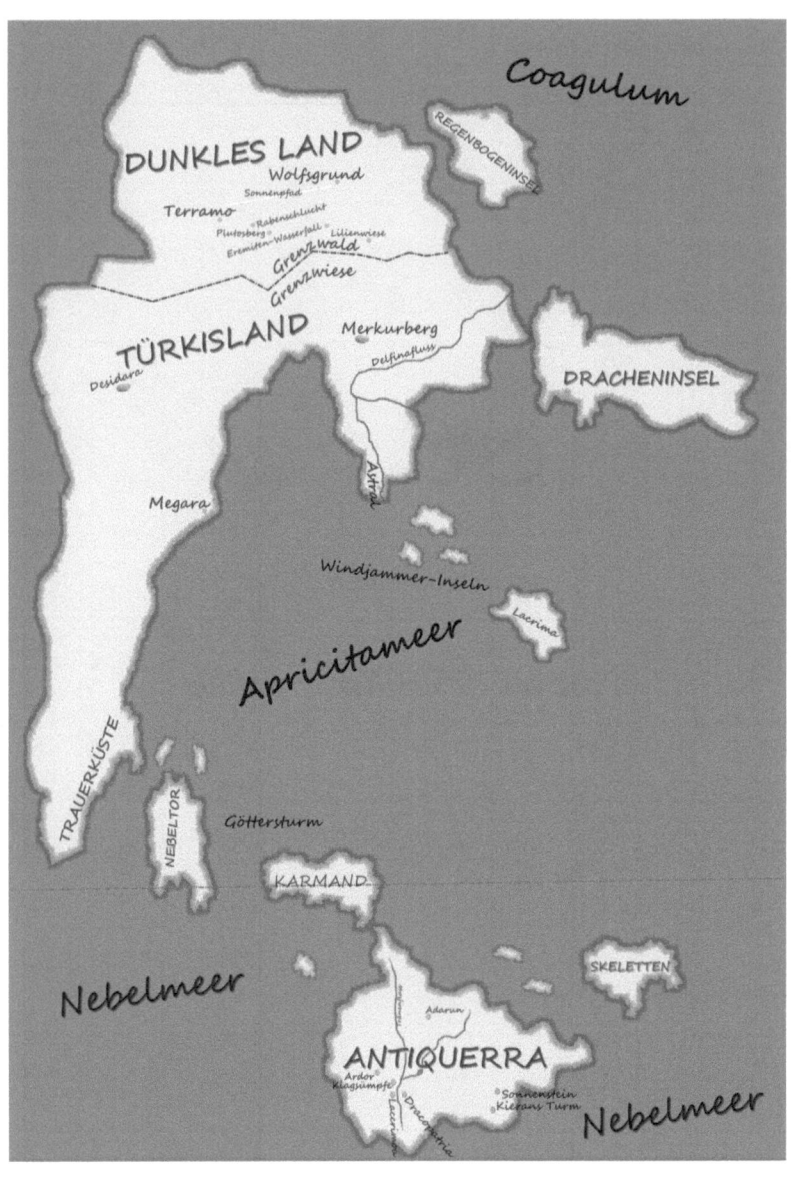

»Jetzt liegt alles in den Händen der Sterblichen« — Die Strahlenkönigin Alyssa zu ihrer Schwester, der Schattenkönigin Tahereh, während einem ihrer Gespräche im Lauf der Ereignisse.

1. Kapitel

Ein wichtiger Auftrag ...

Von der Nordspitze Antiquerras aus hatten wir nach Karmand übergesetzt. Meine Herrin, die Strahlenkönigin Alyssa, griff nach meiner Hand, um mich auf dem geheimen Pfad zur Nebelgrenze zu führen, welche dieses Eiland in zwei Hälften teilte. Ich genoss ihre Berührung, empfand das wie einen Beweis ihrer Zuneigung, denn es war ja nicht nötig, mich zu führen. Ich kannte mich hier so gut aus wie sie selbst, schließlich hatte man mich oft genug mit einem Auftrag auf die andere Seite geschickt. Sogar die Nebelwand, welche die geheime alte Erde Antiquerra sowie die umliegenden Inseln vor neugierigen Blicken und unerwünschten Besuchern schützte, hätte ich selbst auseinandertreiben können. Aber wie immer ließ meine Königin es sich nicht nehmen, mich bis zu dieser Grenze zu begleiten.

Dennoch schien heute etwas anders zu sein. Alyssas übliche Ermahnungen, dass ich Stillschweigen über den verborgenen Teil unserer Welt bewahren und mich von den Sterblichen fernhalten sollte, blieben aus. Stumm lief sie neben mir her, ihre freie Hand auf die Uhr gepresst, die um ihren Hals hing und mit der sie die Zeit angehalten hatte, damit sie bei mir sein konnte.

Ich versuchte, die Stille zu durchbrechen. »Niemand wird erfahren, woher ich stamme, meine Königin.«

Alyssa blieb stehen, wandte mir ihr Gesicht zu und lächelte mich an. »Ich weiß, Ardrel.«

Sie setzte sich wieder in Bewegung, führte mich schweigend wie zuvor. Lag es daran, dass sie vor Kurzem mit ihrer Schwester, der Schattenkönigin Tahereh, in Streit geraten war und darüber noch grübelte? Tahereh hatte sich am Ende geweigert, mit uns zur Nebelgrenze zu gehen, obwohl mein Auftrag für sie genauso wichtig war, wie für Alyssa. Aber diesmal konnte ich die Schattenkönigin wenigstens verstehen, auch wenn ich ihre Temperamentsausbrüche verabscheute wie sonst nichts auf den Welten. Im Grunde war meine Königin auch gar nicht die Ursache von Taherehs Zorn. Sie hatte nur deren Wut abbekommen. Der Auslöser lag eher in der Entscheidung ihrer beider Mutter, der Sternengöttin, die es ablehnte, dass einer von Taherehs Dämonen den magischen Elfenbein-Jaspis, der »Stein der Ewigkeit« genannt wurde, bei ihr abholte. Die Sternengöttin bestand mit allem Nachdruck darauf, dass man einen Lichtkrieger schickte, vorzugsweise mich, vermutlich weil ich schon öfter bei ihr gewesen war. Sie hatte Tahereh dann ausrichten lassen, dass es wegen der Mystiks sei, die bei ihr lebten und denen der Anblick eines Dämons unter allen Umständen erspart bleiben musste. Diese Kindwesen könnten womöglich einen Schock erleiden, sodass ihre Haare nicht mehr wuchsen, aus denen für die Lebenden Bänder der Hoffnung gewebt wurden. Tahereh hatte sich furchtbar über diese Botschaft aufgeregt, gemeint, dass das eine Ausrede sei und dass die Mystiks sich eher über die Dämonen kringelig lachen würden als sich vor ihnen zu ängstigen. »Was wäre ihre Hoffnung denn sonst wert, wenn sie bereits beim Anblick eines Schattenwesens zusammenbräche«, hatte sie geschrien und vor Wut und Enttäuschung mehr Tränenperlen geweint als jemals zuvor. Mag sein, dass es ein Übriges tat, dass ihr die Botschaft in unserem Beisein überbracht worden war. Aber auch, wenn ich Taherehs Bemühung um die Anerkennung ihrer Dämonen verstehen konnte, jetzt stand zu befürchten, dass sie auf Rache sann. Zu oft hatte ich erlebt, wie sie ihren Zorn nährte und dann Dinge tat, die große Probleme nach sich zogen, und diesmal wäre ich nicht hier, um meine Königin vor ihren unberechenbaren Handlungen

8

zu beschützen. Bestimmt dachte Alyssa genauso und verhielt sich deshalb so still.

Vor uns tauchten plötzlich die Nebel auf und ich spürte, wie Alyssa meine Hand drückte. »Du weißt, dass nichts schief gehen darf, Ardrel!«

»Ja, meine Königin. Ich werde den Stein sicher nach Hause bringen«, erwiderte ich, »… und ich werde mich mit der Rückkehr beeilen.«

Alyssa schüttelte den Kopf. »Vorsicht ist wichtiger als Eile. Mach dir keine Sorgen um mich, Ardrel. Zwar bist du mir von allen Lichtkriegern der Liebste, aber du bist nicht der Einzige, der auf mich aufpassen kann, und meine Schwester wird ihren Ärger bald vergessen.«

Ich nickte, obwohl ich nicht überzeugt war. Taherehs Zorn hielt oft zu lange an.

Alyssa stellte sich auf die Zehenspitzen und gab mir einen Kuss auf die Wange. »Zum nächsten vollen Mond erwarten wir dich in der Krypta von Skeletten. Nutze den Rückweg, um das Türkisland zu erkunden, so wie ich es mit dir besprochen habe. Aber denke daran, dass du keine Aufmerksamkeit erregen darfst!«

Ich lächelte und zupfte an meinen spitzen Ohren. »Selbst wenn mich die Magier durch einen dummen Zufall zu Gesicht bekommen, so werden sie mich für einen Elfen halten.«

»Geh ihnen aus dem Weg!«

»Natürlich. Du kannst dich auf mich verlassen. Hab ich nicht immer alle Aufträge zu deiner Zufriedenheit ausgeführt?«

»Ja, Ardrel, das hast du.« Alyssa strich mir zärtlich über die Wange und seufzte dann. »Es ist so weit! Vergiss nicht, dich vor der Rückkehr noch wegen der geheimen Rune zu erkundigen.«

Während Alyssa sich nun vor den Nebel stellte, die Arme hob und beschwörende Worte flüsterte, dachte ich an die geheime Rune. Das magische Zeichen, das sich als leuchtende Hieroglyphe zur Hälfte in Alyssas rechter Handfläche befunden hatte und zur Hälfte in Taherehs linker, schien verschwunden zu sein. Es war Alyssa aufgefallen, als ihre Schwester ihr am Ende des Streits abwehrend die Hände entgegengestreckt hatte und wutentbrannt in die Schattenwelt zurückgekehrt war.

Alyssas Murmeln verstummte. Sie senkte langsam ihre Arme in teilender Geste, und in dem Nebel bildete sich ein Korridor. Sie drehte sich zu mir um, sah mich auffordernd an. Ich verneigte mich vor meiner Königin, küsste zum Abschied ihre Hand und schritt in den Korridor hinein. Bald darauf erhob ich mich in die Luft und flog hinüber auf die andere Seite der Insel.

Als ich wieder festen Boden unter den Füßen hatte, blickte ich mich um. Der Korridor schloss sich und ich sah bald nur noch den Nebel, der dicht und undurchdringlich vom Boden bis zum Himmel waberte.

Ich wandte mich ab, ging schräg links an der Blutbuche vorbei und bog dann rechts in einen nur vage erkennbaren Pfad ein, der durch dichten Wald bis hinunter zur Küste führte. Ich schritt stetig voran, immer abwärts, und ließ mich nicht von den seltsam schwirrenden Geräuschen ablenken, die zeitweise an- und abschwollen. Ich wusste, dass es auch auf dieser Seite von Karmand Geheimnisse gab, doch das hatte mich nicht zu kümmern. Sie waren durch die Elemente geschützt, die dafür sorgten, dass kein Sterblicher diese Insel erreichte. Ich sandte lediglich meine Sinne aus, um herauszufinden, ob mir jemand folgte. Aber ich roch weder den Schweiß von gewöhnlichen Dämonen noch den süßlich-schweren, an Jasmin und Moschus erinnernden Duft der Afektis, die Tahereh mir wohl noch am ehesten nachschicken würde, falls sie mich aus ihrem Zorn heraus bei der Erfüllung meines Auftrags sabotieren wollte. Ich nahm alles um mich herum wahr, sog die Energien meiner Umgebung auf wie ein Schwamm. Aber da war nichts, nur der frische Duft und der natürliche Klang einer bewaldeten, vom Meer umspülten Insel und ab und zu diese eigenartigen Geräusche, die mir von früher her vertraut waren. Dennoch blieb ich misstrauisch, zumal ich nicht genau wusste, welche Möglichkeiten einem Afektis-Dämon zur Verfügung standen, um mich zu täuschen. Sie waren keine Kämpfer, daher hatte ich bisher nur wenig mit ihnen zu tun gehabt und wusste nur, dass sie im Gegensatz zu den meisten Schattenwesen von sinnenbetörender Gestalt waren und durch Einflüsterungen heftige Begierden auslösen konnten. Tahereh hatte Jaron, den mächtigsten aller Afektis-Dämonen schicken wollen, um den »Stein der Ewigkeit« zu holen. Ihn kannte ich, da er Tahereh stets begleitete und in Zukunft sollte ich wohl besser mit ihm rechnen. Er war sicher eifersüchtig, da die Sternengöttin mich vorgezogen hatte.

Aus der Ferne hörte ich bereits das Donnern des Wassers, das sturmgewaltig an die Felswände schlug. Ich blieb stehen, schickte noch einmal all meine Sinne aus. Aber ich nahm nichts Ungewöhnliches wahr. Es schien alles in Ordnung zu sein. Vielleicht hatte ich ja Glück und blieb von Tahereh und diesem Jaron verschont, zumindest solange bis ich meinen Auftrag erledigt hatte.

Ich ging noch ein kleines Stück und wählte dann eine Stelle zwischen den Bäumen, die mir einen problemlosen Start in die Luft ermöglichte. Ich wollte schon aufsteigen, um auf dem Luftweg bis zur Regenbogeninsel im Eismeer des Coagulum zu fliegen, auf der die Sternenkönigin mit den Mystiks lebte. Aber dann besann ich mich anders. So gern ich mich auch durch die Lüfte bewegte, — für mich gab es keine größere Freude —, heute war der kurze, magische Weg sicherer.

Auf Karmand gab es keine Transport-Tore wie in Antiquerra. Aber ich kannte andere Möglichkeiten, um dahin zu kommen, wo ich hin wollte. Nach einem kurzen Rundumblick wählte ich eine kräftige Fichte aus, die für meine Reise geeignet schien. Ich sah mich noch einmal um und lauschte, aber ich war eindeutig alleine hier. Also streckte ich meine Hand aus und legte sie auf den Baumstamm. Lautlos, nur in Gedanken, sprach ich die Zauberformel, die mich auf die Regenbogeninsel bringen sollte, danach nahm ich meine Hand wieder zurück. Als ein Licht aus dem Baum herausbrach, das sich zu einem Tor formte, lief ich darauf zu. Dann ging alles schnell. Ich verspürte einen heftigen Sog, der mich in sternblitzende Dunkelheit hineinwirbelte.

Mit voller Wucht knallte ich auf eine Eisscholle. Wie betäubt blieb ich erst einmal ein paar Augenblicke liegen. Um mich herum tanzten kleine, funkelnde Sterne, doch ich war mir nicht sicher, ob sie von der Magie des sich schließenden Tores, das mich ausgespuckt hatte, stammten oder davon herrührten, dass ich mir den Kopf angeschlagen hatte. Als ich mich aufrichtete, fuhr mir der Schmerz messerscharf durch die Schulter. Ich stöhnte leise. Herrje, ich hätte daran denken sollen, dass an meinem Zielort kein Baum stand, der mir bequemen, aufrechten Austritt ermöglichte. Schließlich gab es hier nur Eis und Schnee.

Ich rappelte mich auf, rieb mir die schmerzende Schulter und sah mich um. Hinter mir erhob sich ein großer Eisberg, wohl derjenige, aus dem ich herausgeschleudert worden war. Wenige Schritte vor mir ragte die Klippe steil abfallend ins Meer hinein. Vermutlich konnte ich noch von Glück reden, ich hätte auch im Wasser landen können.

Dank meiner sich selbst heilenden Natur ließ der Schmerz in meiner Schulter bald nach. Ich sah an mir herunter, ordnete den mit gold-farbenen Ornamenten bestickten Waffenrock und säuberte das Gewand mit einem magischen Fingerschnipsen, sodass es wieder wie üblich weiß-golden strahlte. Auch meinen Gürtel überprüfte ich, schließlich wollte ich ja würdig vor die Sternengöttin treten. Mein Schwert trug ich auf dem Rücken, dieses brauchte ich nicht zu kontrollieren, es behielt seinen besonderen Glanz in allen Lagen.

Rechts von mir hatte ich ins Eis gehauene Treppen gesehen, die abwärts zum Wasser führten und aufwärts zum Eis-Schloss der Sternengöttin, das ich mit seinen vielen Türmen sogar schon von hier aus sah. Kinderlachen wehte zu mir herunter und ich lächelte. Ich wurde wohl von den Mystiks schon erwartet, die mich wie immer als Erste begrüßen wollten.

Langsam und konzentriert stieg ich die Stufen hoch, die so glatt und rutschig waren, dass ich aufpassen musste, wie ich auftrat. Als ich endlich oben ankam, wäre ich aber beinahe doch noch abgestürzt, weil alle siebzehn Mystiks gleichzeitig auf mich zu stürmten, mich umarmten und lachend und schwatzend begrüßten. Ich ruderte um mein Gleichgewicht.

»Nicht gleich wieder davonfliegen, Ardrel!«, rief die kleine Faywen fröhlich und schlang ihre Arme um meine Hüften. Mit ungewöhnlicher Kraft zog sie mich vom Abgrund weg.

»Danke!« Endlich stand ich sicher auf meinen Beinen.

Ich schaute in strahlende Gesichter. Die Mystiks sahen wie Kinder zwischen fünf und zwölf Jahren aus, verhielten sich auch oft so, und dennoch waren es sehr alte und weise Wesen, die mich immer wieder einmal überraschten. Ihre hüftlangen Haare wechselten täglich die Farbe, heute glänzten sie schwarz. Alle gingen barfuß, was ihnen auf dem gefrorenen Boden wohl besseren Halt bot und sie trugen nur dünne Kleider, welche wie das Eis bläulich-weiß bis silbern schimmerten. Auch ihre Lippen waren eisblau getönt und man hätte meinen können, sie frören.

Aber ich wusste, dass die Mystiks keine Kälte spürten. Ich dagegen merkte den Temperatur-Unterschied zu meiner Heimat durchaus, obwohl mir nicht kalt war.

Von allen Seiten zupften die Kindwesen an meinem Gewand. »Ardrel, Ardrel, hast du uns etwas mitgebracht?«

»Natürlich!« Ich brachte den Mystiks jedes Mal etwas mit, wenn ich kam. »Sucht mir einen schönen Eisblock aus, dann zeige ich es euch.«

»Das haben wir schon getan, Ardrel«, rief Faywen. Sie rannte mit den anderen davon und zog mich mit sich, sodass ich zuerst alle Kräfte aufwenden musste, um auf dem rutschigen Boden nicht mein Gleichgewicht zu verlieren. Doch zum Glück schaffte ich es dann doch bald, meine Bewegungen an die Bodenbeschaffenheit hier anzupassen, und ich lief fast so sicher wie diese Kindwesen.

Sie führten mich in den Schlossgarten hinein, vorbei an gefrorenen Wasserspielen und lebensechten Eisskulpturen, die Szenen mit Nixen, Meermännern und Wassergetier darstellten. Bald darauf kamen wir zu einem Weg, der rechts und links von geschnitzten Säulen sowie mannshohen eckigen Eisblöcken gesäumt wurde. In einigen dieser glasklaren Brocken steckten frühere Geschenke von mir, verschiedene lebende Momentaufnahmen von Antiquerra.

»Schau Ardrel, das mag ich besonders gern. Es sieht zu jeder Jahreszeit anders aus«, sagte das Mädchen, das neben Faywen lief, und wies auf einen der Blöcke, in dessen durchsichtigem Inneren bunte Blumen wogten.

Ich blieb stehen und schaute. »Der Garten einer Korria-Fee, ja, jetzt blühen diese Blumen wieder besonders bunt.«

»Im Meer gibt es auch Blumen. Die Seelilien sind hübsch. Manche von ihnen bewegen sich frei im Wasser. Sie tanzen mit mir, wenn ich auf dem Meeresboden spazieren gehe«, warf die

Kleinste der Mystiks ein und bewegte die Arme in tänzerischer Geste.

Ich wusste, dass die Mystiks im Wasser atmen konnten und oft tief in die eisigen Fluten hinuntertauchten. »Das macht sicher Spaß!«

»Ja«, erwiderte sie, »und meine Kammfrau freut sich auch, weil danach viele Haare in der Bürste hängen bleiben.«

»Dann werden eure Haare jedes Mal gekämmt, wenn ihr aus dem Wasser kommt?«

Das Mädchen nickte. »Natürlich! Dazu noch morgens und abends.« Sie lächelte mich an. »Du glaubst nicht, wie viele Haare es braucht, um immer genug geknüpfte Hoffnung vorrätig zu haben.«

»Ardrel«, rief einer der Jungs, die bereits weitergegangen waren, und lenkte damit die Aufmerksamkeit auf sich. »Diesen Block hier haben wir dir ausgesucht.«

»Kommt!« Faywen warf ihren Gefährtinnen, die mit uns stehengeblieben waren, einen Blick zu, nahm wieder meine Hand und führte mich zu den Jungs.

Ich begutachtete den kristallklaren Eisblock, der in der Höhe etwa zwanzig Schrittlängen und in Breite und Tiefe etwa fünfzehn Schrittlängen maß. Dann schaute ich in die erwartungsvollen Gesichter und nickte. »Der ist sehr gut geeignet.«

Neugierig sahen die Kindwesen zu, wie ich den kleinen Beutel, der an meinem Gürtel befestigt war, öffnete und den Inhalt in meine Hand schüttete. »Diesmal habe ich euch aus Antiquerra Grassamen mitgebracht und einen Kokon. Mal sehen, wie ich das in den Eisblock hineinbekomme ...«

»Du musst pusten, Ardrel. So hast du es immer gemacht«, schallte es mir von allen Seiten entgegen.

»Na dann probiere ich es einmal.« Ich nahm den Kokon weg, sodass nur die Samen in meiner Hand blieben und blies diese in

15

Richtung des Eisblocks. Kurz darauf wallten Nebel in dem gefrorenen Wasser und danach bildete sich im Inneren eine Wiese mit bunten Feldblumen ab, die sich im Wind wogend schier unendlich weit ausdehnte. Obwohl im Eis eingeschlossen, verbreitete sich der würzige Wiesenduft Antiquerras um uns herum, und alle sogen tief den Atem ein und schnupperten.

»Wie schön!«

»Wie schön!«

»Wie gut das riecht!«

Wie so oft staunte ich wieder, auf welch einfache Weise man diese Wesen glücklich machen konnte. Der Anblick einer Wiese, die sie nie betreten würden; der Grasduft, den diese auf magische Weise verströmte; allein das genügte ihnen, um zufrieden zu sein.

Faywen zupfte an meinem Gewand. »Und dieses seltsame weiße Ding, das du Kokon genannt hast? Was ist das?«

»Das ist die eigentliche Überraschung, du wirst es gleich sehen.« Ich legte den Kokon auf meine Handfläche, trat ein paar Schritte zurück, streckte den Arm aus und konzentrierte mich. Das weiße Gebilde fing an zu vibrieren, dann sauste es auf den Eisblock zu, verschwand in diesem und platzte im Inneren mit einem klingenden Ton auf. Heraus flog ein Heer von Schmetterlingen, die nun auf der im Eisblock eingeschlossenen Wiese von einer Blume zur anderen flatterten. Die Mystiks jubelten und drängten nah an den Eisblock heran, um alles genau zu betrachten. Fast schien mir, als ob sie den Atem anhielten. »Das sind Schmetterlinge …«, begann ich zu erklären.

»Ich sehe auch Würmer mit vielen Beinen, ähnlich denen auf dem Meeresgrund«, unterbrach mich ein Junge.

»Das sind die Raupen, die sich später, wenn sie genug Blätter gefressen haben, in einen Kokon einspinnen und dann zum Schmetterling werden.«

»Ah, jetzt weiß ich, was ein Kokon ist — die Babywiege eines Schmetterlings«, warf Faywen ein und hob dann plötzlich lauschend den Kopf. Sie griff nach meiner Hand. »Wir müssen uns beeilen, Ardrel. Die Sternengöttin ruft uns!«

Ich nickte. Während die anderen noch gebannt auf den Eisblock starrten und dem Schmetterlingstreiben da drinnen zuschauten, eilte ich mit Faywen auf das Schloss zu, das mit seinen vielen Türmen machtvoll und zugleich verträumt aussah.

Eine Weile später stand ich allein im großen Saal, in dem die Sternengöttin Liora mich empfangen wollte. Auch hier war fast alles aus Eis: die Wände, Tische und Stühle, die großen Kandelaber und auch die Wandleuchter, in denen magische Fackeln steckten. Farbtupfer gab es wenige. Nur vor den Fenstern hingen kostbare Vorhänge mit gestickten blauen und silbernen Ornamenten, und hinter dem Thronsessel hing ein großer Wandteppich, auf dem in bunten Farben auf blauem Grund Szenen mit Elfen und Magiern eingewebt waren. Vermutlich handelte es sich dabei um Abbildungen von Lioras sterblichen Schützlingen, die gegenüber der Regenbogeninsel auf dem Festland lebten. Genau wusste ich das aber nicht.

Als ich leise Schritte hörte, ordnete ich noch einmal mein Gewand und nahm eine straffe Haltung an. Kurz darauf öffnete sich die Tür eines Nebenraums und Liora trat ein. Sie trug ein kostbares hellblaues Seidenkleid mit silbernen Stickereien und einen Sternenkranz im Haar. Hinter ihr trat eine Dienerin in den Saal, die fast lautlos zu einem der Tische ging und ein Tablett mit zwei zierlichen Tassen und einer Kanne Tee dort abstellte. Unauffällig verschwand sie danach.

»Mein lieber Ardrel!« Die Sternengöttin trat auf mich zu und küsste mich auf beide Wangen. »Ich freue mich, dich zu sehen.«

Ich neigte ehrerbietig den Kopf. »Die Freude ist ganz auf meiner Seite, Sternengöttin Liora.«

Sie deutete einladend zum Tisch. »Setzen wir uns und trinken wir Tee miteinander.« Liora schenkte mir den Tee selbst ein, eine Geste, die besagte, dass sie mich mochte. Aber ich wusste auch, dass sie mich jetzt ausfragen würde, über Antiquerra und die Königinnen. So war es immer, und ich hatte mich natürlich darauf vorbereitet. Dennoch traf mich, nachdem wir eine Weile geplaudert hatten, ihre Frage völlig unerwartet. »Schmollt Tahereh noch? Du weißt schon, weil ich ihr nicht erlaubt habe, einen Dämon zu schicken.«

Ich zögerte mit der Antwort, dann sah ich Liora an. »Nein, so würde ich es nicht ausdrücken. Darf ich offen sprechen?« Als Liora nickte, fuhr ich fort. »Die Schattenkönigin Tahereh ist enttäuscht. Sie glaubt, dass sie vergeblich um die Anerkennung ihrer Dämonen kämpft, die ihrer Ansicht nach auch einen Beitrag leisten für das Ganze.« Ich biss mir auf die Lippen, weil ich nicht wusste, wie ich mich ausdrücken sollte.

Liora lächelte mich an. »Du erstaunst mich, Ardrel. Die Dämonen kämpfen gegen euch Lichtkrieger und doch trittst du für sie ein?«

Ich hob entschuldigend die Hand.

Liora nickte, schaute dann auf den Wandteppich und seufzte. »Ich wünschte, die Sterblichen würden den Dämonen öfter widerstehen.«

Überrascht schaute ich sie an. Ging es gar nicht um die Dämonen, sondern um die Sterblichen?

Liora wandte sich mir wieder zu. »Noch Tee?« Als ich bejahte, schenkte sie mir nach. »Ich werde Tahereh demnächst einladen, zusammen mit einem ihrer Dämonen. Es ist sicher gut, wenn ich mich mit ihr ausspreche. Du kannst es ihr ausrichten.« Wie entschuldigend lächelte sie. »Vermutlich ahnt Tahereh, dass ich die Mystiks nur vorgeschoben habe, um zu verhindern, dass ein Dämon den Stein holt. Aber hätte ich ihr sagen sollen, dass der

›Stein der Ewigkeit‹ in Dämonenhand nicht sicher ist? Es hätte sie noch mehr verletzt, obwohl es die Wahrheit ist. Nur im Schattenreich von Antiquerra können Alyssa und Tahereh die Macht des Steins kontrollieren, ihn vor unbefugten Zugriffen schützen. Außerhalb folgt der Stein eigenen Gesetzen, erst recht, wenn dämonische Kräfte auf ihn einwirken. Selbst du, Ardrel, musst vorsichtig sein, damit er dir nicht abhandenkommt.«

»Das werde ich!«

»Ich weiß. Kehre nachher sofort zu deiner Königin zurück. Der ›Stein der Ewigkeit‹ muss so schnell wie möglich dahin kommen, wo er hingehört.«

Ich trank einen Schluck Tee, um Zeit zu gewinnen. Dann sah ich Liora an. »Ich kann nicht sofort zurückkehren. Meine Königin Alyssa hat mir noch einen weiteren Auftrag gegeben, ich soll auf dem Rückweg das Festland erkunden und ihr Bericht erstatten über die Magier dort.«

»Warum?«

»Das weiß ich nicht.«

Liora schüttelte den Kopf. »Das finde ich sehr unbedacht. Aber du musst tun, was sie dir aufgetragen hat.« Sie seufzte tief auf. »Sei stets wachsam! Du trägst eine große Verantwortung!«

»Ich werde den Stein nicht aus den Augen lassen, du kannst dich darauf verlassen«, erwiderte ich, um die düsteren Schatten zu vertreiben, die uns plötzlich umwölkten. Ich hob die Teetasse zum Mund, trank einen Schluck und wechselte dann das Thema. »Meine Königin braucht noch einen Rat von dir. Die geheime Rune ist verschwunden und …«

Lioras Augen blitzen zornig auf. »Lass mich raten! Tahereh und Alyssa haben gestritten wie Sterbliche. So etwas verträgt die Rune nicht, sie ist empfindlich!«

Ich sagte nichts. Meine Königin Alyssa und ihre Schwester waren erhabene Göttinnen und ich hatte nicht das Recht, eine von ihnen zu tadeln. Außerdem erschien mir das Verschwinden der Rune harmlos im Vergleich zu den Schwierigkeiten, die ich aufgrund des Streits zwischen den Königinnen befürchtete, und darüber durfte ich keinesfalls etwas verlauten lassen.

»Nun, es ist wie es ist.« Die Sternengöttin beugte sich über den Tisch und griff nach einer kleinen silbernen Glocke, die sie zum Klingen brachte. Dann wandte sie sich wieder an mich. »Du musst zu Avius gehen. Als sterblicher Verwandter des Schlangengotts Akhi steht er uns nah. Er ist ein Seher und macht außerdem hervorragende Zauber, im geheimen Auftrag auch für uns Götter. Der ›Stein der Ewigkeit‹ wurde von ihm geschaffen, auch wenn das magische Stück seine eigentliche Macht erst durch meinen Gatten Fandwyr erhalten hat. Avius hat auch die geheime Rune entworfen. Wenn also einer weiß, wie man sie zurückbekommt, dann er. Avius lebt in einer versteckten Höhle am unteren Küstenausläufer des Türkislands. Du wirst ihn leicht finden, seine Magie ist für einen Lichtkrieger weithin sichtbar.«

»Gut, dann gehe ich vor meiner Rückkehr noch zu ihm.«

Ich wandte den Kopf, weil hinter mir die Tür aufging. Faywen trat ein. Sie trug ein Tablett, auf dem etwas lag, das mit einem Tuch verdeckt war.

Die Sternengöttin winkte sie näher und Faywen stellte sich zwischen uns. Liora deutete auf das Tablett. »Der ›Stein der Ewigkeit‹ … Nimm ihn dir, Ardrel!«

Ich hob das Tuch weg und griff nach dem Stein, dessen Magie meinen Körper sofort in Aufruhr versetzte. Überall fühlte ich ein Kribbeln, fast so, als ob der Blitz immer wieder durch meine Adern fuhr. Ich atmete tief durch und betrachtete den Elfenbein-Jaspis so gelassen wie möglich. Die magischen Zeichen, die sich wie eine Schlange außen um den Stein wanden, flimmerten, als ob sie auf meinen Befehl zur Aktivierung warteten.

»Nein«, flüsterte ich und deckte den Stein mit der Hand ab, »ich bringe dich nur heim.«

Schlagartig fühlte ich mich besser und als ich die Hand hob, lag der Stein wie kalte, tote Materie in meiner Hand.

Liora nickte zufrieden. »Du hast richtig reagiert. Er wird jetzt erst dann wieder aktiv, wenn ein anderer ihn berührt.« Sie sah mich ernst an. »Der Stein fragt nicht danach, wem er dient. In den falschen Händen könnte seine Magie viel Unheil anrichten! Denk daran und sorge dafür, dass er unversehrt zu meinen Töchtern gelangt.«

Ich nickte und steckte den Jaspis in den Beutel, der an meinem Gürtel hing. »Ich werde den Stein hüten, bis ich ihn meiner Königin Alyssa übergeben habe.«

Liora stand auf und gab mir damit das Zeichen zum Aufbruch. So erhob auch ich mich und verneigte mich vor ihr, doch Liora streckte die Arme aus, zog mich an sich und küsste mich auf beide Wangen. »Ich weiß, dass ich mich auf dich verlassen kann, Ardrel«, sagte sie. »Geh jetzt! Faywen wird dich hinausbegleiten.«

Zusammen mit Faywen lief ich durch die weitläufigen Flure des Palastes. Kurz vor dem Ausgang blieb sie vor einer Tür stehen, die mit einem Kranz aus geschnitzten Schneerosen verziert war.

Faywen lächelte mich an. »Ich will dir zum Abschied noch etwas schenken, Ardrel. Komm mit!«

Sie öffnete die Tür und zog mich hinein.

Nie war ich in diesem Raum gewesen, aber ich hatte mich schon manchmal gefragt, was sich hier wohl verbarg. Die Tür hatte nämlich als einzige in den langen Fluren keinen durchscheinenden Eisschimmer, sondern bestand aus undurchsichtigem, gepresstem Schnee.

Jetzt sah ich mich erstaunt um. Hier sah es fast so aus wie in einem Unterrichtszimmer für kleine Feen. An der rechten und linken Wand entlang saßen Flechtfrauen in grünen Kleidern an breiten Tischen aus Eis. Vorne stand zwischen den beiden Fenstern ein einzelner Tisch. Die Frau dort trug ein rotes Kleid und saß den anderen zugewandt. Sie war wohl die Aufseherin, aber auch sie klöppelte wie die vielen Arbeiterinnen in rasender Geschwindigkeit ein filigranes Band nach dem anderen. Die langen Haare, welche sie dafür benutzte, lagen als farblich sortierte Bündel seitlich auf dem Tisch.

Faywen ging zielstrebig mit mir zu ihr hin. In einer Sprache, die ich nicht verstand, flüsterte sie der Aufseherin etwas zu, dann sah sie mich lächelnd an. »Wir Mystiks tragen eigentlich kein Haar, sondern Hoffnung auf dem Kopf, wusstest du das, Ardrel? In diesem Zimmer wird sie zu Bändern verflochten.« Sie deutete auf die Frau, die nicht von ihrer Arbeit aufsah. »Das ist meine Flechtfrau Ayben. Jeden Abend übergibt sie die fertigen Bänder dem Wind, der sie bei den Sterblichen verteilt. Sobald einer danach greift, strömt die Hoffnung in ihn hinein, um ihn in schwierigen Zeiten zu stärken.« Faywen lief um den Tisch herum und nahm sich eines der fertigen Armbänder, die an langen Haken vor der Wand hingen. »Das hier gefällt mir besonders gut, es ist aus allen Farben gearbeitet, die mein Haar annehmen kann.« Sie kam mit dem Armschmuck zu mir und band es um mein linkes Handgelenk. »Ich will dir das schenken, Ardrel. Du wirst die Hoffnung einmal brauchen, die mit meinem Haar verwoben ist.« Faywens kleines Gesicht wirkte plötzlich ungewöhnlich ernst, aber sie gab mir keine Gelegenheit, nachzufragen, wie sie ihre Worte meinte. »Wir müssen gehen. Die Frauen werden schon unruhig.«

Faywen legte ihren Zeigefinger vor den Mund, um mir zu bedeuten, still zu sein, und führte mich aus dem Raum hinaus.

Ohne Umwege brachte sie mich danach zur Küste zurück. Während wir über Eis und Schnee liefen, hüpfte sie fröhlich singend voraus, so schnell, dass ich kaum hinterherkam und dann rannten auch schon die anderen Mystiks auf uns zu, um mich zu verabschieden. In all dem Trubel vergaß ich Faywens Worte und sie fielen mir erst wieder ein, als ich hoch oben über der eisigen See hinüber zum Dunklen Land flog.

Nachdem ich dort an einem kleinen, felsigen Strand gelandet war, blieb ich stehen und betrachtete nachdenklich das schmale Band, das mein Handgelenk wie in einem Spiel von Licht und Schatten umschloss. Warum sollte ich Hoffnung brauchen? Ich war doch vollkommen zufrieden mit meinem Leben, und meine Königin Alyssa liebte mich! Vorsorglich tastete ich nach dem Stein, der gut verwahrt in dem Beutel an meinem Gürtel hing. Es war alles in Ordnung! Ach … Faywen hatte mir nur etwas schenken wollen und sicher hatte sie deshalb so ernst geschaut, weil sie befürchtete, die Flechtfrauen zu stören. Der Gedanke beruhigte mich. Zügig machte ich mich jetzt auf den Weg, um das Land der Magier zu erkunden, damit ich später meiner Königin Bericht erstatten konnte.

Zu Beginn meiner Wanderung lief ich durch eine einsame Eiswüste, die kein Ende zu nehmen schien. Ich begegnete niemandem, sah nur von fern ab und zu einen Bären oder einen Fuchs, deren weißes Fell sich kaum von der Umgebung abhoben. Der Wind wehte mir kalt ins Gesicht und bestäubte mich mit kleinen Schneekristallen, die sich hartnäckig an meine Wimpern hefteten. Es erschwerte mir die Sicht, sodass ich nicht in gewohnter Geschwindigkeit über die Ebene huschen konnte. Aber je weiter ich westwärts kam, desto wärmer schien es zu werden. Der Boden taute, gab auf felsigem Untergrund Moose, Flechten und Kräuter frei. Eine Zeit später wanderte ich schnellen Schrittes über grasbedeckten Boden, der sogar niedrig wachsenden Sträuchern Halt bot, deren winzige Blüten endlich auch Farben zeigten, die der sommerlichen Jahreszeit entsprachen. Durch den blauen Himmel tasteten sich Sonnenstrahlen vor, ihre sanfte Wärme erinnerte mich an die Strahlenkönigin.

Irgendwann entdeckte ich die ersten bewohnten Siedlungen. Ich hielt mich abseits, nahm nur die Atmosphäre auf, die von dort zu mir herüberwehte. Die Magier schienen friedlich zu sein, ihr Zusammenleben geprägt von der Arbeit in einer kargen Gegend.

Ich selbst war froh, als ich endlich bewaldetes Gebiet erreichte, nicht nur, weil ich mich in solcher Gegend sicherer fühlte, sondern weil ich Wälder genauso liebte wie die versteckten Seen, die sich oft darin verbargen. Mit tiefen Zügen atmete ich den würzigen Duft, welche die Fichten und Tannen in reichem Maße verströmten. Ich hörte Vögel singen, Eichhörnchen huschten an den Bäumen hinauf, und obwohl ich schon tagelang wanderte, war mir, als ob meine Kräfte hier mit jedem Schritt gestärkt wurden.

Schon seit einiger Zeit bewegte ich mich immer mehr in südliche Richtung. Dennoch lag noch eine ganze Wegstrecke vor mir, ehe ich den Teil des Landes erreichte, den die Magier Türkisland nannten. Aber die Wälder wurden schon dichter, grüner, und es wuchsen nicht mehr nur Fichten und Tannen, sondern auch Buchen und Birken sowie viele verschiedene Sträucher. Ich lief nun zumeist auf bequemen Wegen, nicht mehr wie zuvor quer durch das Gehölz. Aber ich musste auch wieder vorsichtiger sein und gewappnet, falls mir jemand begegnete.

Es war jetzt schon fast Halbmond, also blieben mir noch etwa zwei Wochen Zeit, ehe der Mond voll und ich zu meiner Königin zurückkehren musste. Gern wäre ich jetzt ab und zu geflogen, aber ich unterließ es, denn oben in der Luft nahm ich nicht so viel von der Energie der Magier wahr wie hier unten am Boden. Ich befand mich nun in der Nähe eines kleinen Dorfes und der Waldweg, auf dem ich schritt, wurde von den Bewohnern wohl oft benutzt. Ich empfand mich regelrecht von deren Energien umzingelt. Es fühlte sich nicht angenehm an, irgendetwas schien die Leute schier zu erdrücken. Mir war, als ob die Luft um mich herum zum Schneiden dick wäre, und das führte dazu, dass sogar meine Schritte langsamer und schwerer wurden. Nein, die Magier, die hier wohnten, waren nicht glücklich!

Ich überlegte, ob ich näher an das Dorf herangehen sollte, um herauszufinden, was den Magiern dort so zusetzte. Aber dann entschied ich mich dagegen. Als der Weg wenig später in einer langen Kurve nach rechts bog, blieb ich jedoch wie angewurzelt stehen. Vorne, am Wegesrand, saß eine junge Frau am Boden. Sie verbarg ihr Gesicht in den Händen und weinte bitterlich. Im ersten Augenblick als ich sie sah, wollte ich mich unverzüglich in die Luft erheben, damit sie mich nicht entdeckte, aber dann ließ sie die Hände sinken und ich sah ihr Antlitz. Sie sah meiner Königin so ähnlich, dieselben zarten Gesichtszüge, fast so blonde Locken wie sie! Wie von feiner Nadel fuhr ein Stich durch mein Herz und ich fragte mich, ob meine Königin Alyssa derzeit vielleicht auch so traurig war wie dieses Mädchen hier.

Die junge Frau sah zu mir hin. Jetzt gelang es mir nicht mehr, zu verschwinden, ohne mich verdächtig zu machen. Aber vielleicht war das vom Schicksal so gewollt, und würde Alyssa nicht sagen, dass ich diesem Kind helfen sollte? Außerdem konnte ich mich mit meinen spitzen Ohren ja notfalls als Elfen ausgeben, was also war dabei? Fast automatisch setzte ich mich in Bewegung, stand wenig später vor der jungen Frau und beugte mich mit ausgestreckter Hand zu ihr herunter, um ihr aufzuhelfen.

»Hast du dich verletzt?«

Sie sah zu mir auf. Selbst ihre strahlend blauen Augen ähnelten denen der Strahlenkönigin.

»Ich habe mir den Knöchel verstaucht und was noch schlimmer ist: All meine gesammelten Beeren sind in den Schmutz gefallen.« Sie wies auf den umgekippten Korb am Boden und die Himbeeren, die verstreut in einer Wasserpfütze lagen. Mit einem Schmerzlaut lehnte sie sich gegen meine Brust.

Die Wärme ihres Körpers übertrug sich unerwartet auf meine Lenden. Ich hielt den Atem an. Nein! Schnell schob ich sie ein Stück von mir weg. Mein Blick fiel dabei auf das Amulett, das sie um den Hals trug. Es irritierte mich, genauso wie der süßlich-schwere Duft, der sie umgab. Dennoch bat ich: »Lass mich deinen Knöchel anschauen, vielleicht kann ich etwas tun.«

Während ich mit ihr schräg nach vorne zum Wegrand ging, damit sie sich dort auf den großen Stein setzen konnte, streifte mein Blick noch einmal ihr Amulett. Woran erinnerte es mich nur? Mir war, als ob ich es kannte. Aber woher? Wieder schaute ich auf das Amulett, auf die verschlungenen, schwarzen Zeichen, die erhaben auf silbernem Hintergrund standen. Ich grübelte, und plötzlich fiel mir ein, wo ich es schon einmal gesehen hatte.

Im nächsten Augenblick stieß ich das Mädchen von mir und zog mein Schwert. »Jaron!«, schrie ich, »wie kannst du es wagen, mich in Mädchengestalt täuschen zu wollen? Hast du gedacht, du kannst mich so leicht in Versuchung führen?«

Die junge Frau sah mich an, hüllte sich in wild wirbelnde Schatten, und wenig später stand sie als Mann vor mir. Er hatte dunkle, halblange Haare, einem verwegenen Gesichtsausdruck und einen sportlich gestählten Körper.

»Woran hast du mich erkannt, Ardrel?«, fragte er und grinste.

Ich hob mit meinem Schwert seine Halskette an und fauchte: »Du hättest dein Amulett abnehmen sollen!«

Jaron hob abwehrend die Hände. »Bleib ruhig, sonst wird dein kostbares Lichtschwert am Ende noch von meinem schwarzen Dämonenblut verunreinigt.« Seine Stimme klang spöttisch und doch hörte ich auch einen Hauch Bitterkeit heraus.

Es veranlasste mich, mein Schwert zu senken. »Geh!, und lauf mir nicht noch einmal über den Weg, ehe ich zuhause bin.«

Ich schulterte mein Schwert, um weiterzugehen, aber Jaron hielt mich auf. »Natürlich! Was konnte ich von einem Licht-krieger auch anderes erwarten als Feindseligkeit!« Als ich nur abwinkte, griff er nach meinem Arm. »Herrje! Verstehst du das wirklich nicht, Ardrel? Ich möchte diesen Stein wenigstens sehen, wissen, was an ihm ist, dass es mir als Dämon nicht erlaubt wurde, ihn zu holen.«

»Pst!«, zischte ich und sah mich misstrauisch um.

Aber Jaron dachte nicht daran, den Mund zu halten. »Hier ist niemand! Dieser Waldweg wird schon lang gemieden und die

Magier da unten im Tal trauen sich kaum noch aus ihren Hütten. Deshalb hab ich diesen Platz ja ausgesucht, um dich abzupassen.«

Ich fragte nicht, wie Jaron darauf kam, dass dieser Weg nicht benutzt wurde, wenn ich hier doch so starke Energien empfing. Erst recht fragte ich nicht, wie er hatte ahnen können, dass ich diesen Weg nehmen würde. Stattdessen tastete meine Hand nach dem Beutel, in dem ich den Stein verwahrte. Er war noch da.

Jarons Blick folgte meiner Hand. »Zeig ihn mir. Wenigstens das kannst du doch tun!«

Ich schüttelte den Kopf und ging weiter. »Du siehst den Stein, wenn ich ihn Alyssa übergebe.«

»Du bist genauso überheblich wie die anderen Lichtkrieger!« Jarons Stimme klang jetzt aufgebracht.

Ich blieb stehen und seufzte. »Du urteilst über mich, ohne mich wirklich zu kennen! Und damit du es weißt, auch die Sternengöttin Liora hat nichts gegen euch Dämonen.«

Jaron lachte auf. »Natürlich. Deshalb muss *meine* Königin auch auf die Begleitung von uns Dämonen verzichten, wenn sie Liora besuchen will.«

»Das wird sich ändern«, erwiderte ich schnell.

Jaron schüttelte den Kopf. »Das ist mir gleich! Ich will nur wissen, warum Liora diesmal eine Ausrede benutzt hat, um keinen Dämon sehen zu müssen — und sag mir jetzt nicht, dass das mit den Mystiks keine Ausrede gewesen war! Fällt ihr die Ungerechtigkeit schon selbst auf? Ach …« Er machte eine wegwerfende Handbewegung. »Soll sie sich doch weiter am Anblick eurer glanzvollen Schwerter freuen und am Blut von uns Dämonen, das daran klebt. Aber ich *muss* herausfinden, ob ich den ›Stein der Ewigkeit‹ deshalb nicht holen durfte, weil er meiner Art zum Schaden gereichen soll.«

Jaron hatte sich in Rage geredet, aber nicht das, sondern sein letzter Satz machte mich fast sprachlos. Ich starrte ihn an und brauchte eine Weile, ehe ich antwortete. »Deiner Art schaden? Soll das heißen, du misstraust auch deiner Königin? Deine Tahereh will den Stein schließlich genauso nutzen wie meine Herrin Alyssa — und eines will ich klarstellen: Ich habe nie mein Schwert gegen einen von euch Afektis-Dämonen erhoben!«

Jaron atmete durch und war plötzlich wieder die Ruhe selbst. Er lächelte sogar. »Doch, vorhin …« Als ich den Mund öffnete, um etwas zu erwidern, wehrte er ab. »Schon gut. Ich habe mir sagen lassen, dass du im Gegensatz zu ein paar anderen deiner Gefährten nie einen Unbewaffneten angreifen würdest. Du giltst als ehrenhaft und dein Sinn für Gerechtigkeit ist bekannt, es ist einer der Gründe, warum ich mich entschlossen hatte, dir hierher zu folgen.« Jaron grinste jetzt, wurde dann aber ernst. »Was Tahereh betrifft: Sie ist meine Königin und mir so nah wie dir es Alyssa ist. Ich will sie schützen, auch vor dem Stein, falls er der Dunkelheit, über die sie gebietet, zum Schaden gereicht.«

Ich nickte, denn dass er Tahereh schützen wollte, verstand ich gut. »Der ›Stein der Ewigkeit‹ ist nicht schädlich, er wird dem gehorchen, der ihn benutzt, also auch deiner Königin. Nur empfindlich ist er, ich wurde deshalb von Liora gewarnt.«

Jaron sah mich an. »Zeig ihn mir, damit ich mich überzeugen kann!«

Ich versuchte, Jarons Energie aufzunehmen, die mir so gar nicht dunkel erschien. Zumindest im Augenblick spürte ich keine lauernde Absicht in ihm. Dass er mich vorhin in der Gestalt einer jungen Frau hatte versuchen wollen, gehörte zu seiner Dämonen-Natur, die Afektis waren Meister darin, in anderen alle möglichen Begehren zu wecken. Das durfte ich ihm nicht vorwerfen. Aber sonst? Ich wusste einfach zu wenig über das, was sie taten.

Würde ich einen Fehler machen, wenn ich mich entschloss, Jarons Bitte nachzukommen? Ich dachte daran, dass er bei seiner Königin denselben Rang hatte wie ich bei Alyssa. Eigentlich wäre es da nur fair, wenn ich nachgab. Ich tastete nach dem Beutel mit dem Stein. »Alyssa würde mich schelten, wenn sie es wüsste, aber ich will ihn dir zeigen, vorausgesetzt du versprichst mir, ihn nicht anzufassen.«

Als Jaron nickte, nahm ich den Elfenbeinjaspis aus dem Beutel und wickelte ihn vorsichtig aus dem Tuch aus. Während er den Stein betrachtete, beobachtete ich ihn. Erst öffnete sich Jarons Mund in ungläubigem Staunen, gleich darauf holte er hörbar Luft und schrak zurück, beugte sich aber schnell wieder über den Jaspis. Sein Gesicht wirkte auf einmal angespannt und plötzlich bemerkte ich, wie er seine Hand ausstreckte. Ich drehte mich schnell von ihm weg, wickelte den magischen Jaspis wieder ein und verstaute ihn in dem Beutel, der noch an meinem Gürtel hing.

Danach sah ich Jaron ernst an. »Ich nehme an, jetzt weißt du, warum Liora wollte, dass du dem Stein fern bleibst ...«

Jaron atmete durch. »Willst du damit sagen, dass der Stein zu dir nicht gesprochen hat?«

»Doch«, erwiderte ich gelassen. »Aber ich konnte ihn beruhigen. Er weiß, dass ich ihn nicht benutzen will.«

Jaron spielte den Ungerührten. »Nun, das will ich auch nicht, und er soll ruhig in deinem Beutel bleiben. Mir ist jetzt klar, dass er nicht zwischen Licht und Dunkel unterscheidet.« Er straffte die Schultern. »Aber zu deiner eigenen Sicherheit werde ich dich auf dem weiteren Weg begleiten.«

»Zu meiner Sicherheit?« Ich hörte selbst, wie spöttisch meine Stimme klang.

Jaron schien das nichts auszumachen. »Nun, obwohl wir uns regelmäßig sehen, wenn unsere Königinnen sich treffen, weißt du nichts über mich. Wir haben ja bisher nicht einmal miteinander gesprochen. Aber du solltest wissen, dass ich die Dunkelheit in den Sterblichen erkenne. Ich kann dich daher bei Gefahr rechtzeitig warnen und glaub mir, es laufen hier genug Wesen herum, die weit schlimmer sind als die Vorstellung, die du von Dämonen hast.«

Ich spürte, dass er das völlig ernst meinte, dennoch schüttelte ich den Kopf. »Das ist womöglich gut gemeint, aber lass es. Erstens kann auch ich die Energien um mich herum deuten und zweitens falle ich allein weniger auf.«

»Das war kein Vorschlag.« Jetzt grinste Jaron spöttisch.

»Ich sage trotzdem Nein.« Aufmerksam sah ich ihn an. »Was meint eigentlich deine Königin dazu, dass du hier bist?«

»Wir Dämonen sind ein bisschen selbstständiger als ihr Lichtkrieger …«

»Dann weiß sie also gar nichts davon! Ich wette, sie hat es sogar verboten! Also meine Königin, Alyssa, bestraft sehr hart, wenn sie sich hintergangen fühlt, und Tahereh ahndet das bestimmt noch strenger. Ich würde an deiner Stelle schnellstens zurückkehren, ehe sie Wind von deinem Ausflug bekommt.«

»Wenn Tahereh erführe, dass ich dir gefolgt bin, müsste ich mit dem Tod rechnen, das ist wahr«, erklärte Jaron frei heraus, »aber wenn der ›Stein der Ewigkeit‹ durch mein Zutun vor Schaden bewahrt wird, dann wird sie mich höchstens ein paar Jahre lang ächten, und das trage ich dann gern.«

Ich legte Jaron die Hand auf die Schulter, eine Geste, die mich selbst überraschte. Immerhin war er ein Dämon und von Natur aus mein Feind. Aber er war mir durch unser Gespräch fast sympathisch geworden. »Glaub mir, den magischen Stein kann ich allein vor Schaden bewahren, vermutlich besser, als wenn du mich begleiten würdest. Geh nach Hause, von mir erfährt niemand, dass du mir gefolgt bist.«

Jaron lächelte, aber ich spürte, wie sein Blick in mich hineinkroch. Es fühlte sich unangenehm an, so als ob er in meinem Gehirn bohrte, um meine Gedanken zu erkennen. Ich öffnete den Mund, um mich mit deutlichen Worten gegen seine Spielchen zu verwahren, da nahm Jaron sich wieder zurück. Er lachte auf, schüttelte den Kopf. »Ich glaube fast, du machst dir Sorgen um mein Leben!« Er schwieg, dann atmete er durch. »Ich muss zugeben, auf mich hatte der Stein eine ziemlich aufputschende Wirkung. Ich spüre das jetzt noch. Aber zumindest scheint der Jaspis den Beutel da …« Er wies auf das Säckchen an meinem Gürtel, »… als seinen Schlafplatz zu betrachten. Nimm ihn also bloß nicht mehr da heraus, denn entsprechend veranlagte Sterbliche könnten bei seinem Anblick dasselbe empfinden wie ich und ihn haben wollen.« Jaron schnaufte durch und schüttelte dann wieder den Kopf. »Ich hätte nie gedacht, dass ich einmal nachgebe, aber ich tue es, um deines Auftrags willen, der auch *meiner* Königin wichtig ist, und damit wir nicht am Ende beide auf dem Richtpflock landen.« Er grinste. »Du hast also wohl einen schlechten Einfluss auf mich, Ardrel.« Jaron streckte mir die Hand hin und sah mich auf einmal ernst an. »Ich weiß, wir sind von Natur aus Gegner, zumindest glauben das alle, aber dennoch wünsche dir ehrlich alles Gute für den Weg, der noch vor dir liegt.« Er seufzte. »Da du ja unbedingt allein bleiben willst … Ich gehe jetzt zu Tahereh zurück und hoffe, dass niemand meine Abwesenheit bemerkt hat. Ach noch eines: Die Gegend hier ist nicht ungefährlich, Körpertäuscher und Schattenrosswandler haben hier überall ihre Schlupflöcher. Das sind ziemlich üble Geschöpfe. Du solltest deshalb zumindest die Strecke bis zu dem Wald vor dem Türkisland lieber fliegen, wenn du dein Schwert nicht mit dem Blut *sterblicher* Dämonen beschmutzen willst.« Jaron richtete seinen Blick in die Ferne und blies den Atem aus. »Dich ausgerechnet mit dem mächtigsten magischen Artefakt durch die Ländereien der Sterblichen zu schicken, fass ich noch immer nicht. Aber das ist auf dem Mist *deiner* Königin gewachsen. Tahereh hatte damit nichts zu tun. Nun denn«, er klopfte mir auf die Schulter. »Ich muss mir darüber keine Sorgen machen, ich hoffe nur, ich sehe dich und den Stein wieder.«

Jaron drehte sich um, hob noch einmal die Hand und war dann plötzlich verschwunden. Ich selbst stand einen Augenblick unbeweglich und spürte seiner sich entfernenden Energie nach. *Zumindest glauben das alle ...* Jarons Worte hallten in mir nach. Wie hatte er das gemeint? Ich schüttelte den Kopf. Nein, nicht jetzt! Darüber würde ich zuhause nachgrübeln. Ich schaute mich noch einmal nach allen Seiten um, dann erhob ich mich in die Luft und flog, so wie es Jaron vorgeschlagen hatte, bis zu der Lichtung vor dem Grenzwald, welcher das Dunkle Land vom Türkisland trennte.

Schon in der Luft hatte ich gespürt, dass sich die Atmosphäre immer mehr verdüsterte, je näher ich dem Türkisland kam. Als ich dann vor dem Grenzwald wieder festen Boden unter den Füßen hatte, wurde ich von der hier vorherrschenden dunklen Stimmung regelrecht überflutet.

Misstrauisch sah ich mich um, aber ich entdeckte nirgends eine Bewegung, die auf die Anwesenheit eines Sterblichen hindeutete. Die Energien hier hatten sich also wohl über einen langen Zeitraum hin angesammelt. Das nächste Dorf kam erst nach diesem Wald, ich hatte es von oben aus gesehen, es lag vor dem Merkurberg. Unwahrscheinlich, dass die Bewohner sich oft hier aufhielten.

Dennoch blieb ich vorsichtig, als ich in den Wald hineinging. Ich folgte dem Pfad, der den Spuren nach zumindest früher als

Transportweg für Holzkarren benutzt wurde. Mein ganzer Körper spannte sich an, ich schnupperte, lauschte und schaute mich immer wieder nach allen Seiten um. Was, wenn ich trotz meiner Vorsicht jemandem begegnete? Obwohl das nicht auszuschließen war, vermied ich es, mit Windgeschwindigkeit zu laufen, weil ich auf diese Weise keine Informationen hätte aufnehmen können. Alyssa wollte einen Bericht von mir haben und deshalb zwang ich mich, wie ein Sterblicher zu gehen.

Ich hatte Glück. Als ich den Waldrand erreichte, war ich noch immer allein. Doch dann, als ich zwischen den letzten schützenden Bäumen heraustrat, entdeckte ich einen Magier, der auf der Wiese vor mir eine Senke heraufschritt, direkt auf mich zu. Im ersten Moment dachte ich an Jaron, glaubte, dass er mir doch gefolgt war, aber ich verwarf den Gedanken gleich wieder. Der Mann, der mir da vorne entgegenkam, wirkte in seinen Bewegungen plump im Vergleich zu Jaron und er roch anders. Er war eindeutig ein Sterblicher.

Vor Schreck blieb ich stehen und gleich darauf war es zu spät, um unauffällig zu verschwinden. Er hatte mich gesehen! Wenig später stand er vor mir.

»Mögen die Götter dich beschützen, Fremder.« Er neigte höflich den Kopf.

Seiner Kleidung nach zu urteilen — er trug ein helles Gewand und darüber einen schwarzen Umhang — war er ein Magier aus dem Stamm der Olims. Ich versuchte, unauffällig seine Energie zu schnuppern, aber es kam nicht allzu viel zu mir herüber. Vermutlich war er aber eher harmlos, daher nickte ich ihm zu. »Und ebenso dich!«

Ich ging weiter, aber er hielt mich auf. »Ein schönes Schwert trägst du da auf dem Rücken.«

Klang da Begehren in seiner Stimme? Aufmerksam schaute ich ihn an. Er lächelte, aber ich empfing keine Emotion von ihm.

Ich fand das ein wenig seltsam, andererseits wusste ich, dass auch Sterbliche manchmal undurchschaubar waren. Zumindest aber sah ich keine düsteren Schatten um ihn herum, die auf gefährliche Absichten hindeuteten. Aber würde ich so etwas bei einem Sterblichen überhaupt sehen? Ich wusste es nicht, und weil die Energie über dem Land eindeutig von Schwierigkeiten sprach, blieb ich vorsichtig. Dennoch nickte ich ihm noch einmal freundlich zu.

»Geschmiedet von meinem Volk im Norden«, log ich. »Bitte verzeih, ich muss weiter, die Nacht bricht bald herein.«

Aber er ließ mich nicht ziehen, redete auf mich ein. »Ah, das dachte ich mir doch, ein Elfenschwert. Nun, dann hast du bereits einen weiten Weg zurückgelegt. Ich bin übrigens Thamar, Präfekt der Olims. Meine Burg steht in dem Dorf dort.« Er wies in Richtung Merkurberg. »Mein abendlicher Spaziergang führt mich täglich hierher, vielleicht ein Glück für dich, denn die Gegend hier ist nachts leider nicht mehr sicher. Es treibt sich zuviel Gesindel herum!«, seine Stimme klang auf einmal hart, doch dann schüttelte er wie entschuldigend den Kopf und sprach ohne erkennbare Regung weiter: »Hier schleichen Diebe herum, denen das Leben anderer nicht viel wert ist.« Er lächelte wieder und berührte mich am Arm. »Komm mit mir und sei mein Gast für heute Nacht, damit du einen sicheren Platz zum Schlafen hast.«

Ich lehnte dankend ab, aber er ignorierte es und lief neben mir her. »Du kannst mein Angebot ruhig annehmen. Als Elf des Nordens weißt du das vielleicht nicht, aber es gehört zu den Tugenden von uns Olims, Wanderern über Nacht ein Dach über dem Kopf zu gewähren, damit sie vor Überfällen sicher sind.«

»Das ist gut gemeint, aber ich bin die Übernachtung im Freien gewohnt. Außerdem weiß ich mich zu verteidigen«, erwiderte ich und beschleunigte meine Schritte. »Aber nochmals Danke und möge die Göttin über dich wachen!«

Thamar passte seine Gangart der meinen an. Er ließ nicht locker. »Wenn du heute Nacht überfallen wirst, erreichst du dein Ziel nie. Außerdem — wie stände ich denn vor meinem Volk da, wenn ich dich in solch gefährlichen Zeiten einfach weiterziehen lassen würde. Tue mir die Liebe und sei mein Gast!«

Ich seufzte innerlich und blieb stehen. Würde er misstrauisch werden, wenn ich weiter ablehnte? Es gelang mir nicht, den Mann einzuschätzen, aber vielleicht meinte er es ja tatsächlich nur gut. Wahrscheinlich sogar, denn er wusste ja nicht, welch wertvollen Gegenstand ich außer meinem Schwert noch bei mir trug. Und — er betrachtete mich als Elfen. Dennoch wäre es mir lieber gewesen, wenn ich ihn so leicht hätte durchschauen können, wie mir das bei den Kampfdämonen gelang. Ich dachte plötzlich wieder an den Afektis-Dämon Jaron. Ob er tatsächlich die Herzen der Sterblichen erkannte? Nun, selbst wenn, so half mir das jetzt nicht.

Ich fasste einen Entschluss. »Also gut, dann nehme ich dein Angebot an«, erwiderte ich Thamar und dachte, dass ich notfalls eben kämpfen und fliehen musste, wenn seine Absichten wider Erwarten doch unlauter waren.

Während Thamar mich nun in Richtung des Dorfs führte, spürte ich, wie sich die Energien um uns herum verdichteten. Die Schwere, die ich fühlte, schien ihr Zentrum im Dorf zu haben. Es beunruhigte mich. Unauffällig beobachtete ich die Wiesen und Felder um uns herum. Außer uns war niemand mehr unterwegs.

Dann schlug Thamar einen Weg ein, der augenscheinlich um das Dorf herumführte. Ehe ich deshalb nachfragte, gab er mir eine Erklärung. »Der Pfad hier führt direkt zu meiner Burg. So vermeiden wir Aufsehen im Dorf, was dir sicher recht ist.«

Ich nickte, ein wenig erstaunt über seine treffsichere Intuition. Oder plante er Eigennütziges und mochte selbst nicht gesehen werden? Nein, der Eingang zu seiner Burg kam wenig später in Sicht. Aber das Gebäude »Burg« zu nennen war übertrieben. Ich hatte schon weit prächtigere Bauten gesehen. Thamars Heim entpuppte sich als schlichtes zweistöckiges Backsteinhaus mit einem großen Torbogen in der Mitte. Rechts und links davon ragten zwei kleine, eckige Türme über das Dach hinaus. Als wir näher kamen, erkannte ich, dass es aber zumindest einen Innenhof gab. Ich sah von außen einen Teil davon, weil das Tor offen stand.

Ein wenig abseits von diesem Gebäude schloss sich das Dorf an. Ich sah dort nur Hütten aus Holz, daher revidierte ich meine Meinung. Im Gegensatz dazu war Thamars Burg pompös.

Thamar hatte bemerkt, dass ich zu den Holzhütten schaute. »Ja, wir wohnen hier sehr einfach«, sagte er. »Aber ich habe schon die Gründung einer großen Stadt veranlasst, mit Stadtmauern ringsum, die Sicherheit gewährleisten. Wenn die Ratsburg und die ersten Häuser fertig sind, ziehen wir Olims dorthin an die Küste. Ich habe auch schon einen Namen für die Stadt gefunden. Ich werde sie ›Astra‹ nennen.«

Thamar wirkte jetzt sehr stolz. Als er aber bemerkte, dass ich lediglich zu der Information nickte, redete er nicht weiter davon, obwohl er das sicher gern getan hätte. Stattdessen winkte er mich in den Torbogen hinein.

Der Eingang zu den Wohnräumen lag links im Torbogen, aber ich schaute zum Innenhof. Eine junge Frau hielt sich dort auf und zu meinem großen Erstaunen sah ich einen Raben auf ihrer Schulter sitzen. Ein Duft nach Gras, Blumen und salziger Meeresluft schwappte zu mir herüber. Daher erkannte ich sofort, dass dieses Tier die Rabenfürstin war, die Herrin der Juncta, einem Volk, das die Fähigkeit hatte, sich in Raben zu verwandeln. Hierzulande wurden diese Wesen Seelenhüter genannt, das wusste ich auch, und die junge Frau dort war wohl ein persönlicher Schützling der Rabenfürstin. Schade, dass mir die Gabe fehlte, die Sprache dieses edlen Wesens zu verstehen, aber die junge Frau konnte es, sie redete mit dem Raben und lauschte der Antwort, das war eindeutig.

Ich erschrak, als Thamar der Frau plötzlich in scharfem Ton befahl, ins Haus zu kommen.

Entschuldigend lächelte er mich danach an. »Meine Tochter Asla, sie sollte bei beginnender Dunkelheit nicht mehr draußen sein.« Er hielt mir die Tür auf. »Bitte tritt ein.«

Thamar führte mich in eine Stube. In der Mitte stand ein Tisch, der für drei Personen gedeckt war. Nebenan in der Küche klapperte Geschirr und auf Thamars Wink hin kam eine Frau dort heraus und legte noch ein Gedeck auf. »Meine Frau Ansgard«, stellte er vor.

Die Frau neigte den Kopf zum Gruß. »Das Essen ist gleich fertig«, erklärte sie danach und verschwand wieder in der Küche.

»Trinken wir solange ein Glas Wein«, schlug Thamar vor und lief in einen Nebenraum hinein, um eine Flasche zu öffnen. Wenig später kam er mit einer Karaffe und zwei gefüllten Gläsern zurück. Er prostete mir zu. »Auf dein Wohl, Wandersmann.«

Ja, ich hatte ihm bis jetzt keinen Namen genannt, aber es war sicher nicht nötig, zu lügen. »Ich heiße Ardrel«, sagte ich daher wahrheitsgemäß.

Während wir an unserem Wein nippten, kam Thamars Tochter Asla herein und zusammen mit ihrer Mutter trug sie das Essen auf. Als die Frauen wenig später Platz genommen hatten, wurden die Schüsseln herumgereicht, aber ich nahm mir nur ein bisschen Gemüse und ein wenig Getreide.

»Ihr Elfen esst wohl kein Fleisch?«, fragte Thamar, der sich ein großes Stück Wildschweinbraten in den Mund schob.

»Nein«, erwiderte ich und hatte dabei den Eindruck, als ob meine Zunge mir nicht richtig gehorchte. Auch die Augenlider wurden mir schwerer und schwerer, obwohl ich nur wenig von dem Wein getrunken hatte und solchen nicht zum ersten Mal trank. Zum Glück war das Tischgespräch nicht sehr lebhaft, sodass es mir erspart blieb, viel zu reden. Ich war erleichtert, als die Tafel aufgehoben wurde und wandte mich sogleich an Thamar. »Ich bin jetzt doch sehr müde und wenn es dir recht ist, würde ich mich gerne zurückziehen.«

»Natürlich«, erwiderte er höflich. »Ich zeige dir deine Schlafkammer.«

»Möge die Göttin dich in der Nacht bewachen!« Asla schaute mich ernst an, neigte aber mit Blick auf ihren Vater dann nur noch den Kopf zum Gruß.

Ich bedankte mich bei ihr und bei Ansgard, dann ging ich hinter Thamar her, der mich in eine Kammer führte, in der es ein Schlaflager aus Stroh gab.

Sofort nachdem er wieder gegangen war, ließ ich mich auf das Lager fallen. Mein Schwert behielt ich sicherheitshalber in der Hand. Ich begriff nicht, wieso ich plötzlich so müde war, das kannte ich gar nicht an mir, aber um darüber nachzudenken, fehlte mir die Kraft. Ich schloss die Augen und ich driftete weg, heim zu meiner Königin, doch dieses Bild verschwamm nur allzu schnell im Nichts.

Als ich am nächsten Morgen erwachte, stand die Sonne schon hoch am Himmel. Im ersten Augenblick durchschaute ich nicht, wo ich war, aber dann fiel mir alles wieder ein. Wieso war ich gestern Abend nur so müde gewesen? Ich griff nach dem Beutel an meinem Gürtel und mit Erleichterung tastete ich den Stein. Ihn aus dem Säckchen herauszunehmen traute ich mich allerdings nicht, ich war in einem fremden Haus und zu leicht konnte ich dabei gesehen werden. Es war aber auch nicht nötig, ich fühlte die magische Energie des Jaspissteins wie gewohnt. Ich atmete auf. Auch mein Schwert war da, ich hatte wohl die ganze Nacht darauf gelegen.

Ich wusch mich mit dem Wasser aus der Waschschüssel, die man mir hingestellt hatte, dann verließ ich das Zimmer und suchte nach meinen Gastgebern. Es war niemand im Haus. Ich empfand das seltsam, aber nicht unangenehm. Vielleicht gelang es mir, unbemerkt zu verschwinden, und auf dem weiteren Weg bis zu dem Seher Avius würde ich besser aufpassen, damit ich nicht noch einmal einem Magier in die Arme lief.

Ich verließ das Haus und sah mich um der Höflichkeit willen auch draußen nach dem Hausherrn um. Doch ich fand weder Thamar noch seine Frau Ansgard oder seine Tochter Asla. Waren sie ins Dorf gegangen? Immerhin war Thamar hier ja der Präfekt. Er hatte sicher Pflichten zu erfüllen. Aber wie auch immer, ich war hier allein und so stieg ich ohne schlechtes Gewissen in die Luft und machte mich davon.

Ich flog jetzt über weite Strecken, stieg nur ab und zu in einem Wald herunter, um die Atmosphäre der Umgebung aufzunehmen. Sie wurde nicht wesentlich besser. Kurz bevor ich den unteren Küstenausläufer erreichte, schien es mir sogar, als ob die gesamte Natur auf einmal wie in Schockstarre verharrte. Selbst der Wind streifte nicht mehr so unbeschwert umher, hielt eher still. Es belastete mich, zumal ich nicht wusste, was die Ursache war. Aber vielleicht erfuhr ich von Avius etwas. Es konnte nicht mehr weit sein bis zu seiner Behausung. Dennoch fand ich keine Spur, die auf so starke magische Kräfte hinwies, wie die Sternengöttin Liora sie mir angedeutet hatte. Stunden um Stunden suchte ich schon, und allmählich spürte ich die Anstrengung in meinen Gliedern.

Als ich fast über dem Ende der Küste flog, nahm ich aber doch etwas Ungewöhnliches wahr. In einem kleinen Pinienwald unmittelbar vor der Steilküste sah ich zwischen den breit ausladenden Baumkronen ein zartes blau-goldenes Schimmern. Sterbliche würden das sicher nur für ein Spiel der Sonne halten, sofern sie es sehen könnten. Den Magiern hier fehlte nämlich die Gabe, zu fliegen, und magische Hilfsmittel, die ihnen das trotzdem ermöglicht hätten, hatte ich bislang nirgends gesehen.

Ich aber wusste nun, dass ich Avius gefunden hatte, zumindest in grober Richtung, denn noch stand ich nicht vor der Höhle, in der er wohnte. Es war auch gar nicht so einfach, hier eine Stelle zu finden, um auf dem Waldboden zu landen. Die Pinien bildeten ein dichtes Dach, so, als ob sie das Versteck des Magiers schützen wollten. Ich kreiste hoch oben über dem Wald, um im Umkreis des Lichtscheins den Abstand zwischen den Bäumen abzuschätzen. Dann fand ich endlich eine Lücke, die mir gefahrlos schien. Wenig später stand ich auf einem weichen Teppich aus Piniennadeln.

Ich sah mich um, entdeckte aber nichts, das einer Höhle glich. Ich sah in dem Klippenwald zwar viele kleinere und größere Felsbrocken, aber in diesen war keine Felshöhle verborgen. Das sanfte blaue Licht schien links von mir ein klein wenig stärker zu leuchten, also lief ich erst einmal in dieser Richtung zwischen den Bäumen entlang. Während ich einen Schritt nach dem anderen setzte, fiel mir auf, wie still es hier war. Nur ein Rotkehlchen zwitscherte aufgeregt, es fühlte sich durch mich wohl gestört. Konnte es sein, dass sogar dieser Wald die gedrückte Stimmung des Landes übernahm? Ich kam nicht mehr dazu, darüber nachzudenken, denn rechts voraus entdeckte ich jetzt zwischen den Pinien eine Felshöhle mit einem hölzernen Tor, das den Eingang verschloss. Davor wuchs Gras auf einer freien Fläche, eine Bank stand dort und ein Tisch. Ich atmete auf. Die Energie, die mich von dem Platz aus erfasste, war endlich licht und hell!

Ich ging näher heran, rief in Gedanken Avius' Namen, und kurz darauf hörte ich im Inneren der Höhle Schritte. Feines Klimpern von Metall erklang, als jemand das Tor aufschloss, es einen Spalt breit öffnete und dann vorsichtig den Kopf herausstreckte.

Ich trat einen Schritt vor und verneigte mich. »Ich komme von der Sternengöttin Liora. Sie lässt dich grüßen, Avius!«

Misstrauisch betrachtete er mich, doch dann öffnete er die Türe ein Stückchen weiter. »Ah, ein Lichtkrieger, dem feinen Leuchten nach zu urteilen, das ich um deine Person herum wahrnehme. Wenn du mich nicht auf geistigem Wege gerufen hättest, würde ich dich dennoch nicht hereinlassen. Nun gut, ich glaube, ich kann dir vertrauen, denn nur die Götter und ihr Gefolge können mich auf solche Weise ansprechen.« Avius öffnete das klapprige Tor ganz und winkte mich herein. »Schnell, damit ich wieder zusperren kann, die Zeiten sind gefährlich.«

Während Avius umständlich den Schlüssel im Schloss umdrehte, betrachtete ich ihn. Er wirkte alt und hager, hatte jedoch eine aufrechte Haltung. Sein weißes Haar reichte bis fast zur Hüfte und rahmte zusammen mit dem langen Bart sein Gesicht ein. Der schwarze Umhang, den Avius trug, war schon ein wenig verschlissen und als er sich zu mir umdrehte, sah ich, dass dieser ein seltsam buntes Futter hatte.

»Folge mir!« Avius stieg die hölzerne Treppe hinunter, die zu seiner Wohnhöhle führte. Dieser Raum war groß und zweckmäßig eingerichtet. Es gab eine Feuerstelle, über der ein Suppenkessel hing; in der Mitte der Höhle einen Tisch mit Stühlen und seitlich in einer Nische ein Bettlager aus hoch aufgeschichtetem Stroh. In einer Nebenhöhle hörte ich Wasser plätschern. Avius hatte wohl eine eigene Quelle. Ansonsten sah ich vor den Wänden nur Regale und grob zusammengezimmerte Arbeitsflächen. Viele Gefäße mit geheimnisvollen Zauberzutaten standen dort, wie Schlangenhaut, Knochen, Federn, Kräutern oder gefüllt mit eigenartig schimmernden Flüssigkeiten.

Avius hatte meinen Blick bemerkt. »Bringst du mir einen neuen Auftrag, Lichtkrieger?« Er sah mich auffordernd an.

»Ich heiße Ardrel«, erwiderte ich schnell, weil ich begriff, dass er meinen Namen wissen wollte. »Nein, ich komme wegen etwas anderem.«

»Oh!« Seine Mine wirkte plötzlich angespannt, als er zum Tisch wies und mich aufforderte, Platz zu nehmen. Als er danach eine Karaffe und zwei Becher holte, hörte ich ihn flüstern. »Dann ist es womöglich wahr …«

»Was ist wahr?«, fragte ich, als er zum Tisch kam, sich setzte und mir einen Becher Wasser einschenkte.

Avius wich mir aus. »Die Dunkelheit im Land nimmt zu.«

»Hm.« Ich nahm einen Schluck und wartete darauf, dass Avius sich erklärte.

Aber das schien ihm schwerzufallen. Nervös drehte er seinen Becher, dann hielt er auf einmal inne und sah mich an. »Ich muss es wissen! Ist der ›Stein der Ewigkeit‹ heil zu Lioras Töchtern gelangt?«

»Bald«, erwiderte ich. »Ich bringe ihn zu Alyssa.«

»Dann gehst du also noch einmal zur Sternengöttin?«

Ich schüttelte den Kopf. »Nein.«

Avius runzelte die Stirn. »Wo ist der Stein? Du trägst ihn nicht bei dir!«

»Doch«, rutschte es mir heraus.

Avius schüttelte energisch den Kopf. »Der ›Stein der Ewigkeit‹ würde zu mir sprechen, wenn er hier im Raum wäre, wie jedes magische Stück, das ich geschaffen habe. Er kennt seine Geburtsstätte.«

Automatisch tastete ich nach dem Beutel an meinem Gürtel und fühlte den Stein darin. »Du täuschst dich, Avius.«

»Dann zeige ihn mir!«

Jetzt schüttelte *ich* den Kopf. »Ich habe mir geschworen, ihn nicht aus seiner Umhüllung herauszunehmen.«

»Es ist gut, dass du mir misstraust. Trotzdem — ich weiß nicht, was du in deinem Beutel hast, aber es ist nicht der ›Stein der Ewigkeit‹!« Avius hob die Hände vor den Mund und schloss einen Augenblick lang die Augen. Dann atmete er durch, drehte sich in die Richtung des kleinen Hohlraumes, aus dem das Plätschern von Wasser zu hören war, und schnippte mit den Fingern. Augenblicklich leuchtete dort drinnen ein heller Schein auf. Avius wandte sich wieder an mich. »Du musst nachsehen! Geh dort hinein, ich werde dir nicht hinterhergehen.«

Etwas in seiner Stimme veranlasste mich, dem Vorschlag Folge zu leisten. Als ich wenig später vorsichtig den Stein auswickelte, erwartete ich dennoch keine Überraschung.

Doch dann traf mich fast der Schlag! »Das ist unmöglich!«

Mit dem Stein in der Hand lief ich zu Avius zurück, ließ mich auf den Stuhl fallen und brachte kein Wort mehr heraus.

Avius schaute auf den dunklen Kieselstein, der mir aus der Hand gerutscht war und nun auf dem Tisch lag. Eine eindeutig dunkle Magie ging davon aus, die noch immer versuchte, mich zu täuschen. »Dann ist es wohl wirklich wahr«, flüsterte er und sank in sich zusammen.

»Aber was denn? Was ist wahr?« Ich sprang auf. »Ich muss den echten Jaspis suchen!«

Avius richtete sich auf. »Ich fürchte, du wirst ihn nicht finden. Setz dich wieder, wir müssen überlegen! Wo und wann könnte dir der Stein abhandengekommen sein?«

Ich setzte mich wieder und dachte nach. Ich hatte den Jaspis dem Dämon Jaron gezeigt, den Stein danach aber selbst wieder verwahrt. Zwar hatte Jaron starke magische Kräfte, aber ich war mir sicher, dass es ihm nicht gelang, unter meinen Augen einen Stein auszutauschen, ohne dass ich etwas davon mitbekam. Nein, er schied meiner Meinung nach aus. Aber was war mit dem Magier Thamar, der mich in sein Haus eingeladen hatte? Ich war von seinem Wein so schrecklich müde geworden …

Ich atmete durch und sah Avius an. »Auf meinem Weg hierher bin ich einem Magier in die Arme gelaufen. Er hat mich dazu überredet, in seinem Haus zu übernachten.« Ich schüttelte den Kopf. »Aber nein, das ist unmöglich! Dieser Thamar hat nichts vom ›Stein der Ewigkeit‹ gewusst, er …«

»Thamar, sagst du?« Avius sprang auf. Entsetzen spiegelte sich in seinem Gesicht und er rang die Hände. »Jetzt ist es sicher! Es ist wahr! Nur mit dem ›Stein der Ewigkeit‹ konnte er …«

Avius lief in seiner Höhle auf und ab, griff sich immer wieder fassungslos an den Kopf. Während ich ihm dabei zusah, presste die Angst mit kalter Hand mein Herz und erzeugte immer größeren Druck. Ich hielt es fast nicht aus. Drängend sprach ich Avius an. »Was konnte er? Sag mir endlich, was geschehen ist!«

Avius atmete durch und setzte sich mir gegenüber an den Tisch. Mit beiden Händen rieb er seine Schläfen. Dann atmete er durch und sah mich an. »Bitte verzeih, aber ich wollte selbst nicht glauben, was mir vor Kurzem zugetragen wurde. Ich muss vorwegschicken: Wir leben hier schon länger in dunklen Zeiten und das verdanken wir diesem Thamar, der seine Macht als Präfekt der Olims aufs Übelste missbraucht und gegen das Volk der Inominati hetzt.« Avius atmete heftig aus und griff dann nach dem Kieselstein, der noch auf dem Tisch lag. »Ich bin auch ein Inominati, zur Hälfte, aber mir kann er nichts anhaben, ich bin im Zweifelsfall stärker als er. Zumindest *war* ich stärker als er.« Er seufzte, hob dann den Stein hoch und betrachtete ihn von allen Seiten. »Es ist dir sicher klar, dass dieses Objekt mit einem schwarzmagischen Zauber aufgeladen ist. Deshalb hast du die Täuschung nicht bemerkt.«

Mir versagte fast die Stimme. »Der Mann schien freundlich.«

»Ja, er kann sich gut verstellen.« Avius warf mir einen Blick zu. »Bitte verzeih, Ardrel, aber ihr Lichtkrieger seht das Böse eben nicht immer da, wo es ist. Ihr seid geschaffen, um das Gute zu stärken, und deshalb glaubt ihr auch an das Gute in den Sterblichen. Aber wie gesagt: Thamar kann sich verstellen. Das ist umso schlimmer, weil derzeit niemand weiß, wo er ist.« Avius stand plötzlich entschlossen auf und warf den Kiesel ins Feuer. »Ich hoffe, das wird den Stein reinigen.« Er setzte sich wieder zu mir. »Gut, ich will dir sagen, was ich weiß. Es heißt, dass Thamar vor wenigen Tagen in seinem Dorf schreckliche Verbrechen begangen hat. Er wurde dabei beobachtet, wie er einen Raben tötete, der sich sterbend in eine Frau verwandelt haben soll. Es muss eine Seelenhüterin gewesen sein, aber man kann diese nicht töten, außer man hat ein so mächtiges Zauberwerkzeug wie den ›Stein der Ewigkeit‹. Ich glaubte den Berichten deshalb zuerst nicht.«

Ich stöhnte. Das war ja alles noch viel schlimmer, als ich bis jetzt dachte. »Die Rabenfürstin, nur sie kann es gewesen sein. Ich habe sie gesehen, sie betreute wohl Thamars Tochter Asla.«

Avius blieb fast der Atem weg. »Das ist der größte Frevel, den man sich vorstellen kann! Und jetzt besteht auch noch die Gefahr, dass Thamar durch den Todeszauber ihre Unsterblichkeit auf sich selbst übertragen hat. Es würde zu dem grellen Lichtblitz passen, der mir beschrieben wurde.«

Ich schloss für einen Moment die Augen. Was Avius da erzählte, war mein Todesurteil. Die Vernichtung der Rabenfürstin durch den »Stein der Ewigkeit«, für den ich verantwortlich war, würde mir meine Königin Alyssa niemals verzeihen. Nur mühsam blieb ich jetzt ruhig. »Ich muss Thamar suchen, ihn mit meinem Lichtschwert richten und mir wenigstens den Jaspis zurückholen. Bitte Avius, hast du einen Hinweis für mich, wo ich ihn finden kann?«

Avius schüttelte den Kopf. »Ich war noch nicht fertig mit meinem Bericht. Thamar tötete wenige Stunden später auch seine eigene Tochter, aus Zorn, weil sie ihr Leben mit einem Inominati verbringen wollte.« Er klang jetzt bitter. »Erst als die Olims in seinem Dorf das sahen, öffneten sie schließlich die Augen und sie erkannten, was für ein Dämon Thamar ist. Sie haben ihn verbannt und seither hat niemand etwas von ihm gehört. Er könnte sich überall herumtreiben, seine grausamen Spiele fortsetzen, aber den ›Stein der Ewigkeit‹ hat er mit Gewissheit nicht mehr bei sich.«

Ein neuer Schock raste durch meine Adern. »Woher weißt du das?«

»Der magische Jaspis stammt aus meiner Werkstatt. Ich weiß, wie er reagiert, denn ich habe ihn geprägt. Er ist in seiner Natur ein Erschaffer und ein Bewahrer. Wohl muss er dem gehorchen, der ihn benutzt, aber falls er missbraucht wird, erst recht gar zum Töten, merkt er das und verschwindet danach sofort. Der Stein hält sich jetzt irgendwo versteckt und er kann nicht gefunden werden, nicht einmal von mir. Es tut mir wirklich sehr leid für dich, aber es werden vermutlich Jahrhunderte vergehen, ehe der Jaspis sich wieder ans Licht traut und sich jemandem zeigt.«

Gab es schlechtere Nachrichten für mich? Was sollte ich meiner Königin sagen? Hilflos sah ich Avius an. »Was kann ich denn jetzt tun? Und wie konnte Thamar überhaupt von dem Elfenbeinjaspis erfahren?«

Avius hob bedauernd die Hände. »Auf beide Fragen: Ich weiß es nicht! Vielleicht hat Thamar einfach nur deinen Beutel durchwühlt, während du schliefst, vielleicht hat er auch einen Dämon beschworen oder einen Krapp, der ihm Antwort geben musste. Der Rabe seiner Tochter war ihm seit Langem ein Dorn im Auge, er wollte ihn loswerden. *Sie* loswerden, es war ja die Rabenfürstin, wie du sagst. Da hat er sicher nicht erst vor Kurzem nach Wegen gesucht.«

Mein Mund wurde auf einmal trocken, deshalb trank ich von dem Wasser, das Avius mir hingestellt hatte. Kühl rann es meine Kehle hinab, ich spürte es noch in der Brust. Bald würde ich nichts mehr fühlen. Bald würde ich tot sein, gerichtet von meiner Königin und zurückverwandelt in den Diamanten, aus dem ich geschaffen worden war. Ich würde sterben in dem Bewusstsein, dass ich ihre Liebe verloren hatte. Das war das Schlimmste daran, der Schmerz darüber zerschnitt schon jetzt mein Herz.

Avius beobachtete mich. »Wann musst du bei deiner Königin sein, Ardrel?«

»Zum vollen Mond, in zwei Tagen.«

Er nickte. »Sag ihr, dass Antiquerra dennoch sicher ist. Der ›Stein der Ewigkeit‹ bewahrt die Insel, egal wo er sich befindet und selbst dann noch, wenn nur ein winziges Sandkörnchen von ihm übrig ist.« Er lief um den Tisch herum zu mir und legte seine Hand auf meine Schulter. »Du bist nicht schuld! Du wurdest von einem wirklich bösen Mann hereingelegt. Einem, der nicht erst seit heute nach der Macht der Götter greift, um unserer Welt seinen Willen aufzuzwingen.«

»Doch, es ist meine Schuld. Ich hätte nicht mit ihm gehen dürfen.« Ich stand auf. »Danke für dein Vertrauen, Avius.«

Als ich seine Höhle verlassen wollte, hielt Avius mich zurück. »Wolltest du nicht eigentlich etwas anderes mit mir besprechen?«

»Ach ja, bei all den schlechten Nachrichten hätte ich das beinahe vergessen. Die geheime Rune ist aus den Händen von

Tahereh und Alyssa verschwunden. Ich sollte fragen, ob du weißt, was sie tun können, um sie wiederzufinden.«

»Die geheime Rune? Es ist lange her, dass ich diese geschaffen habe. Sie hält den Totengeistern das Tor zum Schattenreich offen, damit sie jederzeit dort hineingelangen können. Aber keine Sorge — wenn die geheime Rune verschwunden ist, dann hat sie jetzt einfach nur genug von der ewigen Kraft der Königinnen aufgenommen, um fortan bis ans Ende der Zeiten selbstständig zu arbeiten. Ich würde also am Tor schauen, sie hat sich sicher dort festgeklammert und bleibt nun auch dort. Es ist also zumindest in dieser Hinsicht alles in Ordnung.«

»Danke, Avius.«

Er nickte und führte mich dann zum Ausgang. »Bleib nicht hier. Suche nicht nach Thamar, es hat keinen Zweck, solange du allein bist. Er hat viele Schergen und die schrecken vor nichts zurück. Auch ich muss deshalb auf der Hut sein.«

Ich seufzte. »Meine Königin wird entscheiden, was wegen ihm zu tun ist.« Ich reichte ihm zum Abschied die Hand. »Ich fliege jetzt hinüber nach Karmand. Das ist eine wunderschöne Insel und dort werde ich meine Zeit verbringen bis zu dem Augenblick, wo ich meiner Königin gegenübertreten muss.«

Avius schien zu verstehen, was ich damit meinte. Er drückte meine Hand. »Ich hoffe für dich, Ardrel.«

Als er die kleine Holztüre, die ihn vor ungebetenen Besuchern schützte, hinter mir geschlossen hatte, stieg ich sofort in die Luft und nahm Kurs auf Karmand. Die zwei Tage, welche mir blieben, wollte ich nutzen, um mir die Farben und den Klang der wilden Küste einzuprägen und den würzigen Duft der Wälder dort. So blieb mir zumindest *etwas* Schönes, das mich stützte, wenn meine Königin den Befehl zu meiner Exekution gab.

2. Kapitel

Die Königinnen …

Über den Klippen von Skeletten zogen dunkle Sturmwolken auf. Wenig später peitschte der Wind das Nebelmeer so heftig, dass es in rasch aufeinander folgenden, hoch aufgerichteten Wellen über den Felsenstrand brandete. Unter plötzlich aufzuckenden Blitzen schwebten hoch oben in der Luft die göttlichen Schwestern aufeinander zu. Die eine, Strahlenkönigin Alyssa, war in sanft schimmerndes, goldenes Licht gehüllt und die andere, die Schattenkönigin Tahereh, in blau irisierende, geheimnisvolle Dunkelheit. Gemeinsam stürzten sie der Erde zu und hielten dabei ihre kleinen Kettenuhren mit hochgerecktem Daumen fest umklammert.

Kurz bevor beide den Weg oberhalb des Felsstrands erreichten, schrie Tahereh: »Jetzt!«

Gleichzeitig drückten die Königinnen den Knopf an ihren Kettenuhren, um die Zeit anzuhalten. Dann berührten ihre Füße schon den Boden. Hinter ihnen kamen zwei weitere Personen auf dem Weg auf. In respektvollem Abstand zu Alyssa landete der Lichtkrieger Saral, an seiner Seite einen Schritt voraus, aber noch immer in gebührender Distanz zu Tahereh, der Dämon Jaron.

Während sich die Sturmwolken verzogen, fassten sich die beiden Königinnen bei der Hand. Alyssas Blick streifte dabei das Nebelmeer, das sich beruhigt hatte, die kantigen Felsen und die wenigen Bäume, deren Konturen im Dämmerlicht weicher erschienen als sie waren. »Ich liebe diese Stunde …«

Tahereh nickte. »Die Stunde, wo sich dein Tag mit meiner Nacht trifft.« Sie schaute ihre Schwester an. »Die einzige Stunde, in der wir beide uns treffen können — vorausgesetzt, wir halten gleichzeitig unsere Zeit an.«

»Ja, so wird es immer sein!« Alyssa wies zum Ende des Wegs, an dem, umgeben von wild wucherndem, schwarzem Holunder, ein prachtvoller, geschlossener Pavillon stand. »Gehen wir zur Krypta hinauf. Ich will nicht, dass Ardrel auf uns warten muss.«

Tahereh schüttelte den Kopf. »Es wird nicht leichter für deinen Lichtkrieger, wenn er sieht, dass du schon auf ihn wartest. Außerdem ist er noch nicht einmal in der Nähe. Lass mich also erst sehen, was du mir mitgebracht hast!«

Alyssa warf einen unruhigen Blick zu dem Gebäude und nickte dann. »Also gut.«

Sie trat ein paar Schritte von Tahereh weg und stellte sich ihr gegenüber auf. Dann öffnete sie ihren Umhang und hob den Stoff an einer Seite so von sich weg, dass das Innere zu sehen war. Sonnenlicht strahlte plötzlich am Futter entlang auf, ein farbenprächtiger Vogel flog dort heraus, setzte sich auf Alyssas Hand und fing an, zu singen.

Tahereh beobachtete es staunend. »Wie schön dieser Vogel ist und in welch wundervollen Farben sein Gefieder leuchtet …« Sie streckte die Hand aus, um das Tier zu sich zu locken.

»Nicht«, rief Alyssa. »Du weißt, was passiert!«

Aber es war schon zu spät. Die Schatten, die Tahereh umwogten, verdunkelten Alyssas Licht und der Vogel verlor allmählich seine Farben. Aus Taherehs Augen tropften Tränen, die als schimmernde Perlen zu Boden fielen. »Nie kann ich mir die Farben aus der Nähe ansehen«, klagte sie. »Das ist nicht fair!«

»Tritt ein wenig zurück, dann siehst du es wieder«, schlug Alyssa schnell vor.

Tahereh tat es zwar, aber in ihrem Gesicht spiegelte sich der Unmut. »Ich möchte wirklich wissen, wer darüber entschieden hat, dass du das Licht trägst und ich nur die Schatten. War es unsere Mutter Liora? Sie hat mich nie so gemocht wie dich!«

»Wir wurden einfach so geboren. Ach Tahereh, bitte nicht heute. Ich ertrage es nicht, wenn du heute darüber schimpfst, dass in den Schatten alle Farben verschluckt werden.«

Tahereh schaute sie an und der Ausdruck von Bitterkeit in ihrem Gesicht verschwand. Ihre eisblauen Augen blickten auf einmal milder. »Ich weiß, was Ardrel dir bedeutet und wie sehr dich das schmerzt, was du tun musst«, flüsterte sie und lächelte Alyssa dann aufmunternd zu. »Schau dir jetzt mein Geschenk an!« Als sie ihren Umhang öffnete, wurden in der Dunkelheit, die Tahereh umgab, viele kleine Lichtpunkte sichtbar, die sich wie im Tanz bewegten.

Alyssa schaute und ihr trauriges Gesicht leuchtete für einen kleinen Moment auf. »Ich spüre die Stille, das tut so gut! Ach, das ist ein wunderschöner Anblick! Was ist das?«

»Das sind Glühwürmchen«, erwiderte Tahereh. »Sie fliegen in der Luft um mich herum und spenden mir ein wenig Licht, wenn ich in den schlafenden Wäldern spazieren gehe.«

Alyssa nickte, trat dann auf Tahereh zu und lehnte den Kopf an deren Schulter. »Halte mich einen Augenblick, meine Schwester.«

Tahereh tat es und als sie ihre Schwester dann fest umarmte, sah es aus, als ob Licht und Schatten umeinander herumwogten und um die Vorherrschaft stritten. Nach einer kurzen Weile flüsterte sie: »Lass uns jetzt in die Krypta hineingehen, dort sind wir unbeobachtet.«

Alyssa nickte.

Hand in Hand schritten sie jetzt den Pfad hinauf, der zu dem Gebäude führte.

Auch die Leibwächter der Königinnen setzten sich in einigem Abstand zu ihnen in Bewegung. Saral zog sogleich schwungvoll sein Lichtschwert, absichtlich so, dass er den Dämon Jaron damit gestreift hätte, wenn dieser das nicht vorausgesehen hätte.

Mit den vier Fingern seiner linken Hand schlug Jaron unauffällig gegen den Daumenballen, woraufhin Saral wie von Geisterhand nach hinten geworfen wurde und beinahe zu Boden fiel. »Tu das nie wieder!«, zischte Jaron eisig und ohne ihn dabei anzuschauen.

Saral, dem die Wut über Jarons unerwartete Verteidigung ins Gesicht geschrieben stand, öffnete den Mund, um etwas erwidern. Aber der strenge Blick Alyssas, die sich zu ihm umgedreht hatte, brachte ihn zur Besinnung.

Alyssa seufzte. »Er wird nie so sein wie Ardrel«, sagte sie leise zu Tahereh.

»Nein, aber du wirst ihm Manieren beibringen, wie jedem, der in deinen Diensten steht«, tröstete Tahereh und wies dann rechts den Berg hinauf. »Der Krapp dort oben findet wohl auch keine Ruhe.«

Alyssa seufzte noch einmal. »Ja, dieser Mataro. Er muss für seinen Leichtsinn, der nur der Unerfahrenheit seiner Jugend angelastet werden kann, teuer bezahlen. Thamar hat während der Beschwörung Mataros Leben mit seinem eigenen verknüpft. Ich weiß nicht, warum. Aber jetzt wird der arme Junge jeden Schmerz, den Thamar einem anderen zufügt, am eigenen Körper spüren. Er hat bereits blutende Wunden.«

»Ja, ich weiß!« Tahereh nickte, »und ich weiß auch, warum Thamar das gemacht hat. Er hat es auf die Seele des Krapps abgesehen, weil er ahnt, dass er seine eigene bereits verloren hat. Er glaubt wohl, sie übernehmen zu können und so seiner Strafe zu entgehen, wenn seine Stunde schlägt. Aber ich habe Vorkehrung getroffen und Mataro einen Schwarzdrachen geschickt, der seine Seele bewahren wird.«

»Aber dann ist Mataro an zwei Wesen gebunden.«

»Die einzige Möglichkeit, ihn zumindest im Tod zu retten.«

Alyssa wiegte zweifelnd den Kopf. »Nur, wenn Thamar bald gerichtet wird. Die Kraft eines Drachens ist nicht unbegrenzt.«

Tahereh bestätigte das. »Ja, deshalb habe ich schon einige Dämonen beauftragt, die Thamar aufspüren sollen. Wenn es so weit ist, musst du nur noch einen deiner Lichtkrieger schicken, damit er dem Exekutiv-Dämon sein Schwert leiht.« Tahereh sah ihre Schwester an und schüttelte den Kopf. »Ich verstehe es nicht! Warum hast du Ardrel mit dem Stein durch das Gebiet der Sterblichen gehen lassen? Du hättest ihn zumindest warnen sollen!«

Alyssa seufzte. »Ja, das hätte ich wohl tun sollen. Aber ich dachte nicht, dass es so gefährlich wäre.«

»Aber der Krapp … Mataro hatte uns doch schon von Thamars Fragen berichtet und dass er ihm, gezwungen von schwarzmagischer Macht, Antwort geben musste!«

»Ja, aber fragen und es dann tun, sind zweierlei. Ich konnte mir einfach nicht vorstellen, dass ein Sterblicher es wagen würde, uns Götter zu bestehlen, nur um anderen zu schaden.«

»Nun, er hat es gewagt.« Tahereh blieb stehen, weil sie den Pavillon mit der Krypta erreichten.

Das Gebäude war aus schwarzem und rotem Marmor erbaut und reich verziert. Szenen mit in dunkle Federn gekleideten Personen und naturgetreu nachgebildeten Raben schmückten die Fassade. Die Königinnen schenkten dieser Pracht jedoch kaum einen Blick, zu oft waren sie schon hier gewesen. Sie stiegen die kleine Treppe hinauf, die zu dem mit Silber beschlagenen Tor führte.

Während Tahereh die Pforte öffnete, wandte sich Alyssa mit ernstem Gesichtsausdruck zu Saral und Jaron um. »Führt Ardrel zu uns herein, wenn er kommt.«

Saral und Jaron verneigten sich zum Zeichen, dass sie verstanden hatten. Wenig später schloss sich das Tor hinter den Königinnen.

Die letzten zwei Tage hatte ich versucht, mich vom Leben zu verabschieden, aber es war eher eine Bestandsaufnahme geworden. Die Erinnerung an Vergangenes flog an mir vorbei, ich sah vor meinem geistigen Auge immer wieder kleine Episoden, die mich entweder glücklich oder traurig gemacht hatten oder fragend zurückließen. Aber mehr noch rückte mir das ins Bewusstsein, was ich bald nicht mehr würde tun können: Kein Flug durch die Lüfte mehr; kein Quellwasser, das mir erfrischend über das Gesicht rann; kein Buch, das mir noch neue Erkenntnisse bringen würde … Dass ich nun im Frieden mit mir war, konnte ich wahrlich nicht behaupten. Dazu quälte mich ständig der Gedanke, dass ich meine Königin enttäuscht hatte. Doch es gab auch noch etwas anderes, das mir zu schaffen machte. Es hing mit dem zusammen, was die Sternengöttin gesagt hatte, dass sie froh wäre, wenn die Sterblichen den Dämonen öfter widerstehen würden, und mit dem was Jaron gesagt hatte. Er stellte infrage, dass Lichtkrieger und Dämonen von Natur aus Gegner waren. Zumindest hatte ich ihn so verstanden. Hingen beide Aussagen, die der Sternengöttin und die von Jaron irgendwie zusammen? Ich würde es nicht mehr herausfinden, denn ich bekam keine Gelegenheit mehr, das zu klären. Es würde auf Skeletten alles sehr schnell gehen, dessen war ich mir sicher, denn mein Todesurteil stand garantiert längst fest. Also würde ich auch nie erfahren, ob ich mein Unglück hätte verhindern können, wenn ich mich zu früheren Zeiten wenigstens ab und zu einmal mit den Fähigkeiten und Aufgaben der Dämonen auseinandergesetzt hätte. Ich hatte nur, wann immer es mir befohlen worden war, gegen sie gekämpft, obwohl es nie einen Sieger dabei gab. Zwar wusste ich, dass diese Kämpfe um des Gleichgewichts willen stattfanden, aber falls mehr dahinter steckte, hätte ich gerne noch herausgefunden, was. Als dann nach endloser Grübelei der Tag des vollen Mondes anbrach, stand ich oben auf dem Berg, schaute hinunter zur Küste und über das Meer, wo am Horizont die Sonne aufging. Es war ein tröstlicher Anblick und ich wollte ihn mir bewahren. Auch den würzigen Duft nach Erde und Nadelgehölzen, der mich hier umwehte, sog ich noch einmal tief ein. Unwillkürlich berührte ich dabei das Band der Hoffnung, das Faywen mir geschenkt und um mein Handgelenk gebunden hatte. *Hilf mir jetzt, stark zu bleiben* … Wenig später machte ich mich auf nach Skeletten.

Nachdem ich am Strand eingetroffen war, kletterte ich von dort aus über die Klippen und lief dann den Pfad hinauf, der zur Krypta führte. Schon von Weitem sah ich dort zwei Personen stehen. Ich wurde also bereits erwartet.

Als ich näher kam, erkannte ich den Dämon Jaron — und den Lichtkrieger Saral, was meinem Herzen einen schmerzhaften Stich versetzte. Ich mochte ihn nicht, aber das würde ich mir nicht anmerken lassen, wenn ich nachher vor ihm stand.

Kurz darauf war es soweit. Ich nickte Jaron zu, so wie ich es immer getan hatte, wenn wir als Begleiter unserer Königinnen aufeinandergetroffen waren. Dann wandte ich mich an Saral. »Also nimmst du meinen Platz ein.« Ich sagte das in neutralem Ton, gab weder Zustimmung noch Ablehnung preis.

Aber Saral konnte seine Schadenfreude kaum verbergen. »Ich wusste, dass du irgendwann einen unverzeihlichen Fehler machen wirst, Ardrel! Nun, mir soll es recht sein, Alyssa wird sich mit nichts weniger als deinem Kopf zufrieden geben.«

Jaron, der neben uns stand, sog hörbar den Atem ein. »Mich schaudert vor der Dunkelheit in deinem Herzen, Saral.«

»Wer hat dich denn gefragt?« Saral warf ihm nur einen kurzen Blick zu und verzog abschätzig seine Mundwinkel. Dann gab er mir einen Schubs. »Lass meine Königin nicht warten!«

Ich erwiderte nichts, sondern ging die Stufen hinauf zum Tor des Gebäudes, das ich um meiner Selbstachtung willen auch gleich selbst öffnete.

Drinnen war es grabesstill. Fahles Licht fiel durch die wenigen Fensteröffnungen in den Raum hinein und malte Streifen auf den Boden. Ich entdeckte Alyssa und ihre Schwester Tahereh seitlich des Sarkophags, in dem der Gründer des Krappvolks ruhte. Sie saßen dort auf einer kleinen Bank.

Als hinter mir leise die Tür ins Schloss fiel, — vermutlich hatte Jaron sie geschlossen —, standen die Königinnen auf und traten vor zu den zwei schweren, hochlehnigen Stühlen, die für offizielle Anlässe bereitstanden. Gleich nachdem sie sich dort gesetzt hatten, fiel ich vor ihnen auf die Knie.

»Ardrel …« Mehr sagte Alyssa nicht, aber ich hörte die Trauer in ihrer Stimme.

Mein Herz zog sich schmerzhaft zusammen. »Ich habe versagt, meine Königin.«

»Wir wissen es schon«, erwiderte sie. »Steh auf, Ardrel. Ich möchte, dass du von Anfang an berichtest, was geschehen ist.«

Ich tat, was sie verlangte und erzählte zuerst von meinem Besuch bei der Sternengöttin Liora, die mir ja auch eine Botschaft mitgegeben hatte. »Dir, ehrwürdige Tahereh, soll ich ausrichten, dass die Sternengöttin sich mit dir aussprechen will und dass sie dich zusammen mit einem deiner Dämonen bald einladen wird.«

»Das glaube ich erst, wenn es so weit ist«, murmelte Tahereh und gab mir ein Zeichen, dass ich weitersprechen sollte.

Ich erzählte danach, wie ich durch das Dunkle Land gegangen war, von der Ostküste aus bis zum Grenzwald vor dem

Türkisland. Dass ich dabei Jaron begegnet war, ließ ich aus, so wie ich es versprochen hatte. Aber dann musste ich vom Diebstahl des Steins berichten und mir versagte fast die Stimme. Mehrmals räusperte ich mich, ehe ich weitererzählen konnte: »Ich traf unerwartet auf den Magier Thamar, und ich ging mit ihm in sein Haus.« Ich schluckte. »Das war ein großer Fehler, das weiß ich jetzt. Er stahl mir den ›Stein der Ewigkeit‹ wohl, während ich schlief. Als ich später von Avius erfuhr, welche schrecklichen Dinge daraufhin geschehen sind, war es schon zu spät, ich konnte nichts mehr wiedergutmachen.«

Alyssa nickte. »Ja, Ardrel, die Rabenfürstin ist tot. Sie kann nur als Sterbliche wiedergeboren werden, ohne jegliche Erinnerung an ihr altes Leben.«

»Der Rabenfürst genauso, denn ich war gezwungen, auch ihm ein Leben als gewöhnlichem Sterblichem zu ermöglichen, damit wenigstens die winzige Chance besteht, dass er seine Fürstin eines Tages wiederfindet«, warf Tahereh ein. »Wer weiß, wie viele Jahrhunderte das dauern wird, vielleicht sogar Jahrtausende, und solange muss das Volk der Juncta ohne Führer bleiben.« Sie wandte sich an Alyssa. »Wenn nicht noch schlimmeres, denn es geht das Gerücht, dass Thamar das gesamte Volk der Juncta verflucht hat.«

Die Last meiner Schuld traf mich wieder mit voller Wucht. So viele furchtbare Folgen eines einzigen leichtsinnigen Moments! Ich fiel wieder auf die Knie. »Mein Versagen ist unverzeihlich.«

Alyssa seufzte schwer auf. »Du musst nicht mehr weitererzählen, Ardrel. Wir wissen bereits, was Avius dir gesagt hat und wir haben die geheime Rune schon gefunden.« Sie stand auf, ging auf mich zu und legte ihre Hände auf meine Schultern. »Ich muss dich bestrafen, das weißt du, Ardrel«, flüsterte sie. »Aber ich bestrafe dich nicht deshalb, weil du dir den ›Stein der

Ewigkeit‹ hast stehlen lassen, sondern weil du so unvorsichtig warst und mit einem Sterblichen mitgegangen bist, anstatt sofort auf schnellstem Weg von dem Ort zu verschwinden.«

Es war also soweit! Ich hielt einen Moment lang den Atem an, um mein Herz zu beruhigen, das plötzlich rasend schnell schlug. Aber zumindest schwankte ich nicht. »Ich übergebe dir mein Schwert«, erwiderte ich mit fester Stimme.

Alyssa schüttelte den Kopf. »Ich lasse es dir, obwohl es eines von den dreien ist, welche die Seelenlosen fangen und einkerkern können. Du wirst es vielleicht brauchen, denn ich werde dich nach Antiquerra an den Großen See verbannen.«

Die Ankündigung meiner Verbannung traf mich wie ein Keulenschlag. Ein Leben fern meiner Königin? Diese Strafe war schlimmer als der Tod! Hilfesuchend sah ich zu Taheré. Hatte sie nicht auch ein Wort mitzureden? Schließlich war sie von meinem Versagen genauso betroffen wie Alyssa.

»Ich bin damit einverstanden. Dein Tod würde niemandem nützen«, sagte sie zu meiner Überraschung.

Mir blieb nichts übrig, als mich dem Urteil zu beugen, aber … »Bitte, lasst mich wenigstens zuvor nach Thamar suchen und ihn der Gerechtigkeit zuführen«.

Alyssa lächelte. »Ja, ich weiß, dass du das gerne tun würdest und dein Lichtschwert kann dem jetzt unsterblich gewordenen Thamar auch das Leben nehmen. Doch nicht durch deine Hand, sondern durch die Hand eines Dämons. Wir sind beide von Thamars Taten betroffen, meine Schwester genauso wie ich. Deshalb ist das so.« Sie schaute zu Taheré. »Eine seltsame Situation, die wir da haben, völlig neu, wenn ich es recht bedenke. Ein Dämon, der mit einem Lichtschwert siegreich gegen Thamar kämpfen muss, um ihn aus dem Leben zu bringen, das er nicht verdient, und ein Lichtkrieger, der diesen Seelenlosen anschließend in deinen Kerker befördert …«

»Ja …«, Tahereh nickte, » … eine heikle Sache, aber ich weiß nicht, ob ich darüber weinen soll.«

Alyssa lachte kurz auf, wandte sich dann aber wieder mit ernstem Gesicht mir zu. »Wie Tahereh gesagt hat, dein Tod nützt niemandem etwas. Ich verbanne dich daher an den Großen See und du darfst erst dann zu mir zurückkehren, wenn die Rabenfürstin und der Rabenfürst sich gefunden haben und alles, was geschehen ist, wieder in Ordnung gebracht wurde. Aber, und vielleicht tröstet dich das ein wenig, ich habe dort eine Aufgabe für dich.« Alyssa schwieg einen Augenblick und nahm dann meine Hand, eine Geste, die mir immer als Beweis ihrer Zuneigung gegolten hatte. Meine Verbannung schmerzte mich nun umso mehr. Alyssa spürte das wohl, denn sie lächelte mich aufmunternd an. »Am Großen See wartet eine kleine Gruppe Menschen auf dich, Ardrel. Ich habe sie gestern dorthin gebracht und ich möchte, dass du sie zu Magiern ausbildest, welche die Elemente beherrschen und diese Fähigkeit dann zum Guten einsetzen.« Sie atmete tief durch. »Ich weiß, das wird lange dauern. Vielleicht braucht es mehrere Generationen, ehe sie lernen, worauf es ankommt. Aber ich weiß, dass du das schaffst. In dem Drachenfels dort, der schon lange verlassen ist, habe ich Raum vorbereitet mit einem kleinen Dorf, wo sie wohnen können und Nahrung anbauen. Du selbst kannst entscheiden, ob du bei ihnen leben oder lieber in einer Höhle des Bergs wohnen willst, so wie du es gewohnt bist. Deine Sachen habe ich schon dorthin schaffen lassen.« Alyssa drückte meine Hand und ich spürte, dass jetzt noch etwas viel Unangenehmeres nachkam. Sie sah mich an. »Ein mancher wird sagen, dass deine Verbannung keine Strafe ist, da du mir ja weiterhin dienst. Sie kennen dich eben nicht so gut wie ich. Dennoch muss ich ein Weiteres tun und dir deine Flugfähigkeit nehmen. Du wirst leben wie die Sterblichen dort.«

Ja, ich verstand. In meinem Hals bildete sich ein dicker Kloß, den ich vergeblich versuchte, hinunterzuschlucken. Nie mehr würde ich durch die Lüfte schweben und das kam einem Todesurteil sehr nahe. Es war besser, wenn Alyssa jetzt ihren Worten die Tat folgen ließ, damit ich nicht am Ende doch noch zusammenbrach. Weil ich wegen meinem zugeschnürten Hals nicht sprechen konnte, straffte ich jetzt nur den Rücken, und signalisierte meiner Königin damit, dass ich bereit war, die Strafe zu tragen.

»Ich will dich nicht länger quälen.« Alyssa ließ meine Hand los und trat einige Schritte zurück. Sie schaute zu Tahereh und diese trat zu ihr. Dann wandte sie sich an die Leibwächter. »Saral, Jaron, ihr seid Zeugen. Kommt her und stellt euch rechts und links hinter uns auf.«

Die Stimme meiner Königin hatte gezittert, als sie die beiden rief. Es fiel sicher niemandem auf, aber ich kannte sie einfach zu gut. Es war meinetwegen und deshalb verbeugte ich mich nun umso tiefer vor ihr, aus Respekt und zum Zeichen, dass ich bereit war, meine Strafe in Würde entgegenzunehmen.

Nachdem die beiden Leibwächter ihre Anweisung befolgt hatten, trat Alyssa wieder auf mich zu. Ihre Hände streichelten über mein Gesicht und sie flüsterte: »Meine Liebe geht mit dir, das solltest du wissen.« Dann hob sie ihre Hände an meine Schläfen und ich spürte, wie sie leichten Druck ausübte. Aus den Augenwinkeln sah ich, wie Jaron gequält die Augen schloss und wie Saral zufrieden lächelte. Danach spürte ich nur noch, wie ich fortgerissen wurde und in einem unendlich tiefen, schwarzen Wirbel versank.

Als ich das Bewusstsein wieder erlangte, war ich von Wasser, Fischen und sich wellenartig wiegendem Pflanzengestrüpp umgeben. Mir wurde schnell klar, dass ich mich im Großen See befand. Zu meinem Unglück! Ich bekam keine Luft, wohl schon seit einiger Zeit nicht mehr! Mein Körper gierte nach Sauerstoff! Gegen jede Vernunft versuchte ich, zu atmen. Aber nur mein Mund klappte auf und zu. Kleine Bläschen stiegen vor meinem Gesicht auf. Mit hektischen Bewegungen versuchte ich, aus dem See aufzutauchen. Doch die vielen Schlingpflanzen um mich herum hielten mich fest. Voller Panik versuchte ich, mich daraus zu befreien. Vergeblich! Dennoch zerrte ich weiter an den Pflanzen. Der Gedanke an Luft trieb mich an. *Die Fesseln sprengen! Mach weiter!* Doch meine Kräfte ließen bald nach. Mein Kopf fühlte sich plötzlich seltsam dumpf an. Bunte Farben tanzten vor meinen Augen. Ich träumte … von einem großen Wels, der auf mich zu schwamm. Als das Tier dicht vor mir sein Maul aufriss, begriff ich, dass es Wirklichkeit war. Seine Barteln berührten die Pflanzen. Es sah aus, als ob der Wels sie streichelte. Ich fühlte, wie sich die Schlingen um meinen Körper lockerten. Gleich darauf gaben mich die Pflanzen frei. Ich trieb nach oben. Unter mir schwamm der Wels, schob mich mit großer Geschwindigkeit durch das Wasser, hinauf an die Oberfläche.

Endlich Luft! Wieder atmen …

Während ich keuchend und hustend Sauerstoff in meine Lungen pumpte, brodelte es neben mir im Wasser. Der Wels bäumte sich auf, warf sich herum und veränderte dabei in eigenartiger Weise seine Gestalt. Als ich dann wieder einigermaßen normal Atem schöpfte und mich nach ihm umsah, entdeckte ich einen Nöck neben mir.

Vor Überraschung wäre ich beinahe wieder versunken, aber er packte mich schnell unter den Armen und hielt mich über Wasser.

»Danke!« Ich nickte ihm zu. »Du hast mir das Leben gerettet.«

»Wohl eher nicht«, erwiderte er. »Soweit ich weiß, seid ihr Lichtkrieger ja genauso unsterblich wie ich. Aber dass dir meine Wasserwelt etwas unangenehm ist, habe ich begriffen.«

»Ich bekam keine Luft mehr. Woher weißt du überhaupt, dass ich ein Lichtkrieger bin? Ich meine, war …«

»Ich gehöre auch zu Alyssas Gefolge, oder glaubst du, dass alle Nöcks und Nixen unsterblich sind? Sie hat dich mir angekündigt.« Er wies zum Ufer hinüber, wo sich vor dem steil aufragenden Felsen hinter dem kleinen Sandstreifen eine Gruppe Personen aufhielt. »Die warten schon auf dich! Interessantes Experiment, das du mit diesen Menschen wagen sollst. Ich bin gespannt, wie du es bewerkstelligen willst, aus denen Magier zu machen. Du wirst mich hier also öfter sehen. Ach, ich hab mich noch gar nicht vorgestellt, ich bin Jendri, Hüter der Seen und Flüsse hier.«

»Sehr erfreut! Ich heiße Ardrel — und es wäre schön, wenn du mir jetzt ans Ufer helfen könntest.«

»Bist du sicher? Wir haben doch gerade erst angefangen, zu plaudern.« Jendri grinste, packte mich unter den Arm und mit mühelos scheinenden, rhythmischen Bewegungen seiner Schwanzflosse durchquerte er mit mir den See.

Kurz vor dem Ufer, im flacher werdenden Wasser, ließ er mich los. Während er sich dort auf einen Stein setzte, der aus dem See ragte, watete ich mit meinen letzten Kräften vollends aus dem kühlen Nass heraus und ließ mich dann zu Boden fallen. Ich fühlte mich total erschöpft, hätte am liebsten die Augen geschlossen und geschlafen, alles vergessen, was mir in den letzten Stunden widerfahren war. Aber die Gruppe von Menschen hinderte mich daran. Sie hatten sich, so weit es ging, von mir entfernt und hielten einen etwa neunjährigen Jungen fest, der, wie ich mitbekam, auf mich zulaufen wollte, um mir aufzuhelfen. Sie schimpften leise mit ihm.

Was hatte Alyssa mir da nur aufgehalst! Eine härtere Strafe, als die dort zu unterrichten, gab es nicht! Selbst die grundlegendsten Dinge musste ich denen noch beibringen. Aber gut, vielleicht lag es ja an dem Schwert, das ich bei mir trug, dass diese Leute nicht bereit waren, mir beizustehen. Seufzend rappelte ich mich auf und blieb dann, zuerst noch ein wenig schwankend, stehen. Alles klebte an mir, ich sah mit Sicherheit fürchterlich aus, deshalb zog ich mein Schwert, hob es mit beiden Händen nach oben und rief mit machtvollen Zauberworten den Wind herbei, der mich trocknen sollte. Eine Bö brauste daraufhin über den Berg hernieder und ich wurde in einen Luftstrom gehüllt, der meine Haare und mein Gewand flattern ließ. Ich schloss die Augen, doch die Ohren konnte ich nicht vor den entsetzten Rufen verschließen, welche die mich beobachtenden Menschen ausstießen. Nun, sie würden noch so einiges erleben!

Wenig später war meine Kleidung getrocknet. Ich drehte mich zu dem Nöck um, der lässig auf dem Stein saß und mich anschaute.

Ich verneigte mich vor ihm, und weil ich jetzt unter den Sterblichen weilte, entbot ich den hier üblichen Feengruß, indem ich zwei Finger an die Stirn legte. »Noch einmal Danke, Jendri«, sagte ich so laut, dass auch meine künftigen Schüler es mitbekamen.

»Immer gern!«, erwiderte er. »Bis demnächst …« Jendri grüßte mich, glitt dann ins Wasser und verschwand.

Hinter den Wäldern östlich des Großen Sees stieg die Sonne auf, ein Zeichen, dass die Königinnen Alyssa und Tahereh sich wieder getrennt hatten. Während ich langsam auf die wartenden Menschen zuschritt, griff ich nach dem Band an meinem Handgelenk, das Faywen mir geschenkt hatte. Ja, Hoffnung brauchte ich jetzt dringend. Ob sie das wohl geahnt hatte?

Ich fühlte mich so unendlich verloren, allein gelassen mit einer Aufgabe, die so groß war, dass ich nicht wusste, wie ich sie bewältigen sollte. Während ich einen Schritt vor den anderen setzte, betrachtete ich den bunt zusammengewürfelten Haufen aus Erwachsenen und Kindern. Alle trugen ärmliche, an vielen Stellen geflickte Kleidung und sie waren mager, als ob sie nie genug zu essen bekommen hätten. Aber die Vergangenheit spielte bei ihnen ebenso wie bei mir keine Rolle mehr. Die Zukunft band uns aneinander und uns allen blieb nur eines übrig: dieses neue Leben als Chance zu nutzen.

Den Menschen würde das sicher leichter fallen als mir, denn es würde ihnen hier besser gehen als auf ihrer Menschenerde. So wie sie beieinanderstanden, sah es aus, als ob hier fünf kinderreiche Familien zusammengekommen waren. Ein etwa vierzehnjähriges Mädchen fiel mir auf. Sie presste drei kleinere Geschwister an sich und trug das Jüngste auf dem Arm. Erwachsene, die sich ihrer schützend annahmen, konnte ich nicht ausmachen. Sie waren wohl Waisen. Dann fiel mir unter den Männern ein Rothaariger auf, der jetzt alle anderen hinter sich schob und mich herausfordernd anstarrte. Die übrigen Erwachsenen schienen eher ängstlich zu sein.

Ich seufzte leise, es war wohl am besten, wenn ich gleich mit dem Unterricht anfing. Ich hatte die Gruppe nun erreicht, stand vor ihnen und ließ meinen Blick über ihre Gesichter schweifen.

Dann verbeugte ich mich mit dem Feengruß. Bevor ich jedoch erklären konnte, was das sollte, ergriff der Rothaarige das Wort.

»Bist du derjenige, der uns die Magie beibringen soll?«, fragte er mich.

»Ja«, erwiderte ich, »mein Name ist Ardrel und ...«,

... es ist bei uns üblich, dass man sich erst einmal höflich grüßt, vollendete ich in Gedanken meinen Satz, während der Mann bereits weiterredete.

»Die Frau, die uns hierher brachte, hat versprochen, dass es uns an diesem Ort besser gehen würde als zuhause!« Die Augen des Mannes blitzten und er steigerte sich in Wut und Enttäuschung hinein. »Sie hat uns belogen! Hier gibt es nur Felsen und Wasser, und dieser winzige Streifen Erde dazwischen wird uns nicht satt machen. Das bisschen Getreide, das sie uns gegeben hat, wird höchstens ein paar Tage reichen! Und wo sind die weichen Betten, mit denen sie uns gelockt hat? In der Höhle dahinten sind keine und da passen wir sowieso nicht alle hinein, und auch sonst sehe ich …«

Bei seinem Redeschwall begann es, in mir zu brodeln. Seine Worte rauschten an mir vorbei. Wie respektlos war das denn? Vor allem sein Ton, mit dem er die Beschwerde vorbrachte, ärgerte mich.

»Still!«, wies ich ihn scharf zurecht. Als er nicht hören wollte, richtete ich meinen Zeigefinger auf seinen Mund und beschrieb einen kleinen Halbkreis, was zur Folge hatte, dass sich sein Mund verschloss. Nur unartikuliertes Brummen konnte er jetzt noch von sich geben. Entsetzt riss er die Augen auf und ich nutzte die Gelegenheit und richtete meinen Zeigefinger noch einmal auf ihn. »Still!« Als er daraufhin keinen Mucks mehr von sich gab, beschrieb ich einen entgegengesetzten Halbkreis, sodass er den Mund wieder öffnen konnte. »So«, sagte ich dann, »jetzt hört *ihr* erst einmal zu! Zunächst: Ihr seid hier auf der alten Erde Antiquerra. Es gehört zur guten Sitte, dass man jeden, dem man begegnet, mit dem Feengruß ehrt, nämlich so …« Ich verneigte mich noch einmal und legte dabei zwei Finger an die Stirn. Dann sah ich die Menschen der Reihe nach an und wartete. Sie schienen zu begreifen, denn sie verneigten sich nun vor mir, so wie sie es gesehen hatten. »Gut.« Ich nickte. »Dann ist folgendes wichtig: Wenn ihr ein Wesen seht, das in Not ist, dann helft ihm! So ist es hier Brauch und das ist einer der Gründe, warum hier alle Wesen in Frieden miteinander leben.« Ich beugte mich zu dem Jungen, der mir hatte helfen wollen, als ich aus dem Wasser kam, und strich ihm über den Kopf. »Du hattest den richtigen Impuls. Nächstes Mal lässt du dich nicht zurückhalten.« Er nickte und ich sah zu seinem Vater, der eine Hand auf die Schulter des Jungen gelegt hatte. Als auch er nickte, wandte ich mich an alle. »Was die Frau betrifft, so erwarte ich von euch mehr Respekt, denn es war die Göttin Alyssa selbst, die euch ausgewählt und hierher gebracht hat. Alles, was sie gesagt hat, ist wahr, das werdet ihr spätestens heute Abend erkennen.«

Ein Raunen ging durch die Gruppe und auf den Gesichtern spiegelte sich die zurückgekehrte Zuversicht.

Das Mädchen, das bisher wohl allein für seine Geschwister gesorgt hatte, sah mich an. »Was können wir bis dahin tun … Ardrel?«

Ich lächelte sie an. »Wie heißt du?«

»Brigid«, erwiderte sie.

Ich nickte. »Nun, Brigid, eure Arbeit beginnt im Grunde erst morgen, wenn meine getan ist.« Ich schaute alle an. »Heute und in Zukunft werden wir zu Mittag jeweils alle gemeinsam essen. Ruft mich also, wenn der Getreidebrei gekocht ist.« Ich wies zu der Feuerstelle vor der kleinen Höhle, in der diese Menschen anscheinend geschlafen hatten. »Wie ich sehe, habt ihr ja bereits einen Topf und wenn ihr euch beeilt und ein paar Äste und Blätter aufsammelt, könnt ihr sogar das Feuer wieder entfachen.«

Während die Menschen nun eifrig alles Brennbare aufsammelten, wandte ich mich dem Felsen zu, der in einem Halbrund das Ufer des Sees begrenzte. Es war tatsächlich ein ehemaliger Drachenfels, ich erkannte die Hohlräume im Gestein. Irgendwo da oben waren wohl meine Sachen, die Alyssa hierher hatte bringen lassen. Wenigstens etwas Vertrautes, das mir blieb.

Aber die Beschäftigung mit meinen eigenen Räumen kam erst ganz am Schluss. Erst musste ich das Tal öffnen, das Alyssa für die Menschen in diesem Berg geschaffen hatte, und sehen, was es sonst alles zu tun gab. Ich wollte hochspringen und zum Gipfelplateau fliegen, da fiel mir ein, dass ich ja meine Flugfähigkeit verloren hatte. Für einen Moment zog mir diese Erkenntnis alle Kraft weg. Aber dann fasste ich mich wieder. Immerhin hatte ich ja noch mein Lichtschwert, das mir jetzt weiterhalf.

Ich atmete durch, richtete mein Schwert auf den Felsen und bezeichnete unter gemurmelten Zauberworten jede Felsöffnung bis zur letzten ganz oben. Von diesem Punkt aus beschrieb ich mit meiner Waffe einen Bogen bis zum Gipfel. Die Bewegungen, die mein Schwert vorgab, ließen unter ächzenden und knirschenden Geräuschen eine steinerne Treppe an der Felsenwand entstehen, die alle Höhlen miteinander verband und bis zum Gipfelplateau reichte. Ein Geländer hatte ich mir auf diesem magischen Weg gleich mitbestellt.

Aufgeschreckt von dem Geräusch, das der Berg von sich gab, standen die Menschen jetzt unbeweglich da und schienen nicht zu wissen, ob sie wegen dem, was sie sahen, in Schockstarre fallen oder jubeln sollten. Ich kümmerte mich nicht darum, sie würden sich an solche Magie gewöhnen müssen.

Ich lud mein Schwert wieder auf den Rücken und stieg die neu geschaffene Treppe hinauf bis zum obersten Plateau. Dort sah ich mich um. Hinter dem Berg, das wusste ich, führte ein Hohlweg vorbei, zu dem ich später einen Durchbruch schaffen würde, der uns mit dem Rest Antiquerras verband. Dies war wichtig, wenn ich etwas besorgen musste, das meine Menschen nicht selbst erzeugen konnten. *Meine Menschen …* Ich grinste. Fing ich etwa schon an, mich mit meinem Schicksal abzufinden?

Ich dachte nicht weiter darüber nach, sondern konzentrierte mich auf den Zauber, der den von Alyssa versprochenen Lebensraum zum Vorschein bringen sollte. Während ich geheime Worte murmelte, hob ich meine Hände auf Brusthöhe und senkte sie dann ab, wobei ich einen Halbkreis beschrieb, indem ich meine Hände unter dem Bauch zusammenführte. Der Boden, auf dem ich stand, fing an zu vibrieren und der Berg weitete sich, dehnte sich aus, und dann bildete sich allmählich ein Talkessel. Durch magische Handbewegungen half ich immer wieder nach und brachte so grünen Wiesen zum Vorschein, einem kleinen Fluss, Felder und Obstplantagen sowie ein Dorf mit in der Sonne leuchtenden weißen Häusern. Selbst von hier aus nahm ich den Duft von süßem Obst wahr, das nur darauf wartete, gepflückt zu werden. Es trieb mich an, weiterzumachen, damit das Tal noch vor dem Abend zugänglich wurde.

Es dauerte lange, bis sich der Berg beruhigte, aber am Ende lag eine fruchtbare Landschaft vor mir, so weit mein Auge reichte. Fertig war ich jedoch nicht. Ich warf als Nächstes einen Unsichtbarkeitszauber über das Tal, denn weder Feen noch Alraunen durften derzeit von uns wissen. Sie würden nicht verstehen, dass Alyssa Menschen hierher gebracht hatte und mir meine Arbeit womöglich erschweren.

Die Sonne stand jetzt bereits hoch am Himmel. Vom Ufer des Sees streifte mich ein Duft nach gekochtem Getreide. Dann rief jemand meinen Namen. Ich drehte mich um und sah hinunter. Brigid stand da und winkte mich zu sich.

Als ich unten ankam, reichte sie mir eine handtellergroße, sauber geschrubbte Muschelschale, wie sie im seichten Wasser des Sees zu finden waren. »Wir haben keine Schüsseln und keine

Löffel. Du musst dir deshalb dein Essen mit dieser Muschelschale aus dem Topf holen«, erklärte sie.

Ich nickte. »In euren Häusern werdet ihr bestimmt genug Schüsseln und Löffel vorfinden.«

Die anderen horchten auf, als ich das sagte, aber sie schwiegen. Mit Brigid an meiner Seite trat ich vor an den Topf und schöpfte mir. Wie die anderen aß ich dann mit der Hand.

Der Topf war schnell leer, kaum einer bekam mehr als eine Muschelschale voll Brei, vermutlich deshalb, weil die Frauen zu sparsam mit dem Getreide umgegangen waren. Ich sagte aber nichts dazu. Wenn sie nachher das Tal sahen, würde ihre Angst, nicht genug zu essen zu bekommen, schnell verschwinden.

Allerdings musste ich mich jetzt sputen, wenn das Wirklichkeit werden sollte. Ich ging deshalb mit raschen Schritten zum See, um mir die Hände zu waschen, dann stellte ich mich vor die Menschen hin. »Hört mir zu! Ich werde jetzt den Zugang zu eurem Tal schaffen, das ich bereits freigelegt habe, damit ihr noch vor Dunkelheit in eure Häuser könnt.« Ich wies auf eine Stelle links neben der Treppe. »Ich denke, hier ist der beste Platz für den Durchbruch. Es wird wohl ziemlich rumpeln, wenn ich den Zauber gesprochen habe, und vielleicht fallen auch ein paar Steine herab. Geht deshalb besser ans Ende der anderen Seite dort drüben und wartet, bis alles vorüber ist. Stellt euch darauf ein, dass es eine Weile dauern wird.«

Ich hatte kaum zu Ende gesprochen, da sammelten sich die Menschen bereits da, wo ich gesagt hatte. Zufrieden nickte ich ihnen zu, dann hob ich mein Schwert, richtete es auf den Felsen und sprach lautlos den geheimen Zauber. Bei meinen letzten Worten bewegte ich die Waffe so, als ob ich den Berg von unten her ein Stück aufschneiden wollte.

Es dauerte nicht lange, da spürte ich unter meinen Füßen eine leichte Vibration. Der Fels vor mir bekam einen etwa zwei

Mann hohen senkrechten Riss und schob sich von unten her einen winzigen Spalt breit auseinander. Ein paar kleinere Steine fielen herab, sonst passierte nichts Dramatisches, während sich der Spalt sehr langsam verbreiterte. Nur der Berg fing fürchterlich zu grollen an, weswegen ich zu den Menschen hinüberschaute. Sie klammerten sich aneinander, schienen geschockt.

»Es ist alles in Ordnung!«, rief ich ihnen zu, um sie zu beruhigen.

Aber ich hatte jetzt keine Zeit, mich weiter um sie kümmern, der Fels brauchte meine gesamte Aufmerksamkeit. Jetzt wurde es nämlich doch gefährlich, weil sich plötzlich ganze Felsbrocken bewegten. Immer wieder führte ich mein Schwert so, dass die sich lösenden Steine abgefangen wurden und sich an anderer Stelle wieder mit dem Berg verbanden. Es war so anstrengend wie ein Kampf mit den Invictu-Dämonen, ich spürte bald jeden meiner Muskeln.

Dann endlich wurde der Berg ruhiger, die grollenden und schabenden Geräusche hörten auf und die Felswand regte sich nicht mehr. Als ich dann sicher war, dass sich nichts mehr tun würde, ging ich zu dem Durchgang und begutachtete ihn. Er hatte etwa die doppelte Breite von einem Heuwagen. *Ja, das reicht völlig*, dachte ich und ließ meinen Blick über das Grün der Wiesen schweifen, das bis nah an das Felsenportal heranreichte.

Na also, geschafft!

Ich rief die Menschen zu mir her. Als sie danach in das Tal hineingingen, verschlug es ihnen erst einmal die Sprache. So eine fruchtbare Erde hatten sie nie gesehen!

Während ich sie zu dem Dorf führte, gab ich ihnen erste Instruktionen. »Jede Familie wird ein eigenes Haus bewohnen. Wenn die Zeit kommt, zusammen mit den euch nachfolgenden Generationen, so wie es hier auf Antiquerra üblich ist. Die göttliche Strahlenkönigin Alyssa hat jedoch weit voraus gesorgt.

Die überzähligen Lehmhäuser werde ich daher in den nächsten Tagen mit einem Verschlusszauber versehen, damit sie so bleiben, wie sie sind, bis sie benötigt werden, was wohl frühestens in zweihundert Jahren der Fall sein wird.« Ich wies in die Landschaft. »Die Natur ist bereits in voller Reife. Nachher könnt ihr euch für das Abendessen Obst von den Bäumen pflücken, in euren Gärten habe ich auch Gemüse entdeckt. Ab morgen beginnt ihr mit der Ernte, in gemeinsamer Arbeit. Ich werde noch Lagerraum schaffen für die Wintervorräte. Alles wird gerecht geteilt!«

Wir standen nun vor den ersten Lehmbauten und ich ließ die Familien vortreten, um ihnen ihr Haus zu zeigen. Die Familie des Rothaarigen bildete den Schluss.

Ich sah den Mann an. »Sag mir deinen Namen!«

»Ewan.«

Ich nickte. »Ich habe gesehen, wie du Perlen aus dem See gesammelt hast. Gib sie mir!«

»Aber ich habe sie gefunden, sie gehören mir!«

Ich atmete hart aus. »Die Perlen gehören niemandem und jedem! Du wirst noch viele finden und wir brauchen sie zu einem bestimmten Zweck. Also gib sie mir!«

Einen Augenblick lang sah es so aus, als ob er zum Widerspruch ansetzte, aber dann besann er sich und leerte seine Taschen. »Hier.«

Ich zeigte die Perlen herum. »Das sind Tränenperlen unserer Schattenkönigin Tahereh. Sie sorgen dafür, dass es allen in Antiquerra gut geht. Wir legen sie in die Mehltöpfe, umkränzen damit die Felder und graben sie unter den Obstbäumen ein. Alles was von diesen Perlen berührt wird, wächst und vermehrt sich, sogar fertig gewebte Stoffe oder Geldmünzen. Samen gehen sicher auf und die Pflanzen tragen durch diese Perlen reichlich Frucht. Ihr solltet daher alle jeden Tag das Ufer des

Sees nach solchen Tränenperlen absuchen und diese dann in dem Gemeinschaftshaus dort drüben …« Ich wies auf ein langgestrecktes Gebäude in der Mitte des Dorfs, »… lagern, sodass immer genug davon vorrätig sind.«

Die Perlen, die Ewan gesammelt hatte, verteilte ich unter den Familien, und ich schloss dabei mich selbst nicht aus. Schließlich wurde auch für mich jetzt alles anders.

Brigid zupfte an meinem Gewand. »Was ist mit dem restlichen Getreide in der Höhle draußen?«

»Das holt ihr und bringt es in das Gemeinschaftshaus, in dem wir zukünftig das gemeinsame Mittagsmahl einnehmen werden. Legt eine Tränenperle dazu.«

Bevor ich die Menschen nun in ihre Häuser gehen ließ, erklärte ich ihnen noch, dass sie sich jetzt erst hier einleben und als Dorfgemeinschaft und im Umgang miteinander bewähren sollten. Erst wenn ich sah, dass sie den Geist Antiquerras verstanden hatten, würde ich den magischen Funken auf sie übertragen und sie in seinem Gebrauch unterrichten.

Die Sonne stand nun schon tief und ich fühlte mich plötzlich so müde, fast wie ausgelaugt. Ich dachte an meine Königin und ich sehnte mich jetzt so sehr in mein altes Leben zurück, dass es schmerzte. Aber ich musste darüber hinwegkommen, mich hier einrichten. Es würden sicher Jahrhunderte vergehen, ehe Alyssa mich wieder in den Kreis ihrer Lichtkrieger aufnahm, falls es überhaupt je dazu kam. Zu große Schuld hatte ich auf mich geladen und ob ich sie je abtragen konnte, war fraglich. Wie schwere Felsbrocken lastete die Tatsache auf mir, dass die Rabenfürsten nur durch meinen Leichtsinn jetzt als Sterbliche durch die Welten irren mussten. Vielleicht fanden sie nie mehr zueinander, vielleicht wurde nichts mehr gut.

Während ich zum Ufer des Sees zurückging und die Treppen zu den alten, verlassenen Drachenhöhlen hochstieg, seufzte ich immer wieder. Meine Gedanken kreisten unablässig um das von mir verursachte Unglück. Erst als mein Blick auf den Lichtstreifen fiel, welchen die Sonne auf den Felsen malte, fing ich mich wieder. Alyssa vergaß mich nicht, und eines Tages würde sie mir verzeihen! Ich musste nur meinen Auftrag hier gut erfüllen.

Ich schaute jetzt in jede Höhle hinein, aber erst in der letzten ganz oben unter dem Felsplateau fand ich meine Habseligkeiten vor. In einer Felsausbuchtung im hinteren Bereich entdeckte ich mein Bett aus hoch aufgeschichtetem Stroh. Es war mit meinem goldbestickten Liegetuch überzogen und darauf lagen mein Federkopfkissen und die weiche Daunendecke. In der Mitte der Höhle stand mein großer Tisch, darauf die Wasserschale, die ich immer benutzte, um Antworten auf meine Fragen zu bekommen. Auch alle Stühle waren hier, sowie die Kommode, in der ich Kleidung zum Wechseln aufbewahrte, und das große Bücherregal mit den alten Folianten, in denen ich stets so gerne las. Ich entdeckte auch meinen kleinen Waschtisch, mit der Schale und der Kanne aus mattgrauem Schmiedeeisen darauf. Während ich meinen Blick umherschweifen ließ, streifte mich ein winziger Hauch von Geborgenheit. So ähnlich hatte meine Schlafhöhle, die ich im Schattenreich der Königinnen gehabt hatte, auch ausgesehen! Ich schöpfte ein wenig Hoffnung. Vielleicht ertrug ich meine Verbannung ja doch besser, als ich mir das jetzt vorstellte. Dann fiel mir ein, dass die Klagsümpfe von hier aus nicht allzu weit entfernt waren. Möglicherweise konnte ich von dort aus nach Ardor gehen und am Tor zum Schattenreich ab und zu etwas über den Stand der Dinge erfahren.

Nein!, wies ich mich gleich darauf zurecht. Meine Königin würde das nicht gutheißen.

Um mich abzulenken, untersuchte ich die Höhle genauer. Links von mir entdeckte ich eine kleine Holztüre. Vermutlich hatte Alyssa sie anbringen lassen. Ich öffnete sie und stand gleich darauf in einen Gang, der zu einer weiteren Höhle führte sowie nach hinten heraus zu einer Felsöffnung mit Blick ins Tal. *Sehr gut*, dachte ich, während ich mich dort hinauslehnte und die Felslöcher betrachtete, die es auch hier gab. Morgen würde ich auf dieser Seite ebenfalls eine Treppe entstehen lassen, das ersparte mir Wege und bot besseren Zugang zu den Lagerräumen, die ich einzurichten gedachte.

Ich ging wieder zurück in meine Wohnhöhle und tastete die Felswände ab. Alles war fest, es bestand keine Gefahr eines Steinschlags. Dann erkannte ich, dass mein Bücherregal einen etwa hüfthohen, breiten Durchgang verdeckte, der in eine weitere Höhle führte. Ich wurde neugierig und daher schob ich das Regal zur Seite, ließ mein Schwert mit einer Handbewegung aufleuchten und streckte es in die Dunkelheit dort hinein. Im Schein meines Lichtschwerts sah ich in der hinteren Ecke ein altes, von Gesteinsbrocken und einem zerfallenen Drachenskelett umgebenes Nest. Ein großes Ei schien darin zu liegen, bereits versteinert. Ich bückte mich, um näher heranzugehen. Ja, ein versteinertes Drachenei! Ich legte meine Hand darauf, fühlte hinein. Ein Funke schlafendes Leben steckte noch in ihm. Mit Magie konnte man das Drachenjunge also wieder erwecken, aber dazu brauchte es Dämonenblut. Nun, das hatte ich nicht und es war sowieso besser, wenn das Ei geschlossen blieb. Das gesprenkelte Muster der Eierschale, die an den Rissen des Steins durchschimmerte, ließ auf einen Possum-Drachen schließen. Diese waren nicht ungefährlich und es war sicher besser, wenn man sie auf Antiquerra nicht neu ansiedelte.

In gebückter Haltung ging ich zurück in meine Wohnhöhle und schob das Regal wieder vor den Durchgang. Dann fiel mein

Blick auf das Bett und ich gähnte. Ein wenig Schlaf tat mir jetzt sicher gut. Schließlich brauchte ich ab morgen all meine Kraft für die Aufgabe, die ich zu erfüllen hatte.

Seit meiner Ankunft am Großen See waren schon etliche Wochen vergangen und im Grunde lief es besser als erwartet. Die Menschen arbeiteten fleißig. Ein Großteil der Ernte war schon eingebracht und für den Winter eingelagert.

Im Gemeindehaus hatten wir mehrere Stapel gewebtes Leinen entdeckt, und Brigid, die wunderbar mit der Nadel umgehen konnte, nähte daraus für alle neue Kleidung. Die Männer und Jungs bekamen Hosen und Hemden, die Frauen und Mädchen hübsche Kleider. Auch wärmende Umhänge standen für alle auf Brigids Nähliste. Ich hatte sie gebeten, für den Nöck Jendri ebenfalls eine Hose zu nähen und diese dann am Rand des Felsens an geschützter Stelle abzulegen. So konnte er sich bekleiden, wenn er aus dem Wasser stieg, um das Tal zu besuchen. Brigids Nadel hatte ich heimlich mit ein wenig Magie aufgeladen, damit sie sich die Finger nicht allzu sehr wund stach, aber sonst erleichterte ich das Leben der Menschen nicht.

Sie murrten aber auch nicht wegen der vielen Arbeit, sondern waren glücklich, dass sie jetzt genug zu essen hatten. Nur den Rotschopf Ewan musste ich im Auge behalten. Er schien sich auf einmal für etwas Besseres zu halten, erteilte den anderen Befehle und versuchte, sich als Landherr aufzuspielen. Erst gestern hatte ich ihn heftig deswegen zurechtgewiesen. Ewan schien auch nicht zu begreifen, dass er ohne Jendris Erlaubnis nicht im See fischen durfte. Daneben hatte ich entdeckt, dass eines der Legehühner fehlte und ihn im Verdacht. Dass er auch Fleisch essen wollte, kreidete ich ihm ja gar nicht an, aber er musste lernen, maßvoller zu werden, ehrlicher, friedlicher und hilfsbereiter. Täglich ging ich nun durch die Ställe und zählte die goldgescheckten Milchküche sowie die Schafe und Hühner, die meine großzügige Königin diesen Menschen zur Verfügung gestellt hatte, und auch nachts passte ich auf. Es war anstrengend, fürwahr!

Eines Abends, kurz nachdem ich den letzten Rundgang durch das Dorf beendet hatte, bekam ich dann unerwarteten Besuch. Ich setzte mich gerade in meiner Wohnhöhle an den Tisch, um in einem der Folianten zu lesen, als ich plötzlich einen Schatten am Eingang huschen sah. Erst dachte ich, dass einer meiner Menschen noch etwas mit mir besprechen wollte, und stand auf, um nachzusehen, wer es war. Doch die Person, die jetzt den Kopf zu mir hereinstreckte und mich angrinste, kam aus einer anderen Sphäre.

Jaron trat zu mir herein. »Hallo Ardrel.«

»Was führt dich denn hierher?«, fragte ich den Dämon, noch ganz überrascht.

»Ich wollte sehen, wie es dir geht«, erwiderte er.

»Setz dich doch!« Ich wies zum Tisch und als er mir gegenüber saß, goss ich ihm einen Becher Wasser ein. »Mit dir habe ich nun wirklich nicht gerechnet.«

»Warum? Weil ich ein Dämon bin?«

Ich nickte. »Muss ich misstrauisch werden?«

Jaron lachte auf. »Das überlasse ich dir. Aber ich komme im Frieden.« Er seufzte leise. »Ehrlich gesagt, vermisse ich dich. Deinen Nachfolger, diesen Saral, kann ich nicht ausstehen. Er trägt mehr Dunkelheit in sich als mancher meiner Dämonenkollegen.«

Jaron senkte den Blick und drehte nervös den Becher in seinen Händen.

Ich begriff, dass er etwas auf dem Herzen hatte. »Was ist?«

Er sah auf, schüttelte kaum merklich den Kopf. »Warum hast du deiner Königin nicht verraten, dass ich dir ins Dunkle Land gefolgt war? Jeder andere hätte es getan. Es hätte dir die Verbannung ersparen können!«

Ich lächelte ihn an. »Ich hatte es dir versprochen. Außerdem ist unsere Begegnung nicht schuld daran, dass ich mir den ›Stein der Ewigkeit‹ habe stehlen lassen.«

Jaron rieb sich über die Stirn und seufzte. »Vielleicht nicht, aber wenn ich wenigstens darauf beharrt hätte, dich zu begleiten, wäre der Diebstahl vielleicht verhindert worden.«

»Wir werden es nie erfahren, aber *du* hast nichts Falsches getan.«

Jaron lenkte ab. »Ich bin nicht das erste Mal hier. Vor ein paar Tagen habe ich heimlich deine Menschen beobachtet, um mir ein Bild darüber zu machen, wie hart deine Strafe ist. Du hast mich nicht bemerkt.«

Ich nickte. »Und …«

»Deine Strafe ist sehr hart! Aber ich könnte dir helfen. Wenn du mich lässt.«

Jarons offener Blick machte mir klar, dass er sein Angebot ehrlich meinte. Ich wandte mich von ihm ab und schaute zum Einstiegsloch meiner Höhle, durch das der Mond hereinschien. Eine Weile sagte ich nichts, dann sog ich den Atem ein und schaute Jaron an. »Solange ich zurückdenken kann, haben Dämonen und Lichtkrieger noch nie mehr Worte gewechselt, als absolut notwendig.«

Jaron nickte. »Ja, wir beide sind wohl die ersten, die versuchen, einander zu verstehen.«

»Hm, eine Zusammenarbeit geht weit darüber hinaus.«

»Ja, und ich denke, es erfordert von uns beiden gleichermaßen Mut. Wir wissen ja noch sehr wenig übereinander.« Jarons Blick streifte den Folianten, der auf dem Tisch lag und in dem die natürlichen Gesetze beschrieben wurden, die allem Leben innewohnen. »Aber du wirst mir sicher zustimmen — egal ob Dämon oder Lichtkrieger — es gibt in uns allen Licht und Schatten. Bei unserer Begegnung …«

Ich unterbrach ihn und wies auf den Folianten. »Du hast das Buch auch gelesen?«

»Ich lese viel!« Er nickte und sprach dann weiter. »Bei unserer Begegnung hatte ich dir gesagt, dass ich die Dunkelheit in den Sterblichen erkennen kann. Ich muss sie nicht einmal berühren, um zu sehen, was in ihnen steckt. Im Fall der Menschen hier könnte ich die dunklen Seiten auch herauslocken, sodass sie sichtbar werden, was dir die Gelegenheit gäbe, deine Menschen mit Lichtkraft zu stärken, damit sie dem widerstehen lernen.«

»Hm«, brummte ich wieder. »Das hört sich anstrengend an.«

»Hm«, brummte Jaron nun auch. »Bei dem lärmenden Rothaarigen wird es das garantiert und ich bin nicht einmal sicher, ob er deine Lichtkraft annehmen wird. Jeder Sterbliche hat ja jederzeit die Wahl, welcher Seite er dienen will.«

»So sehe ich das mittlerweile auch.« Ich überlegte. »Dein Angebot ist verlockend. Es wäre einmal ein völlig anderer Kampf, als ich es bisher gewohnt war.«

»Dann bist du einverstanden?«

Nach kurzem Zögern stimmte ich zu. »Es dürfte ein spannendes Experiment werden, in vielerlei Hinsicht.« Ich beugte mich zu Jaron vor, schaute ihn forschend an. »Bei unserer Begegnung im Dunklen Land ... Was hast du da in mir gesehen?«

Jaron grinste. »Das was ich erwartet hatte. Deine größte Schwäche ist deine übergroße Liebe zu deiner Königin Alyssa. Es hat dich ihr gegenüber zu vertrauensselig gemacht.«

»Wie meinst du das?«

Jaron trank einen Schluck Wasser. Es sah aus, als ob er Zeit gewinnen wollte. Dann stellte er den Becher ab und seufzte. »Der Krapp Mataro hatte unseren Königinnen berichtet, dass Thamar ihn beschworen und ausgefragt hat. Das war noch, bevor du zur Sternengöttin aufgebrochen bist. Sie wussten also beide, dass Thamar den ›Stein der Ewigkeit‹ begehrte und warum.« Er hob die Hände. »Ich weiß das auch erst seit deiner Rückkehr und nur, weil ich die Königinnen auf dem Weg in die Krypta belauscht habe.«

Mein Herz fühlte sich plötzlich an, als ob tausend Nadeln darin bohrten. Meine Königin hatte mir kein Wort der Warnung mit auf den Weg gegeben! War ich ihr das nicht wert gewesen? Was Jaron da sagte, war jedenfalls wahr, das fühlte ich deutlich und es erklärte, warum ich nicht mit dem Tod bestraft worden war. Ich griff an Faywens Band, das mein Handgelenk umschloss. Ah …, Alyssa hatte sicher ihre Gründe gehabt, so zu handeln, und die hatten nicht mit mir zusammengehangen. Missbilligend schüttelte ich den Kopf. »Wir dürfen nicht lauschen!«

Jaron grinste. »Das ist der Unterschied zwischen uns: Du hältst dich stets an die Vorschriften, ich nicht immer.« Er stand auf, lief zum Höhleneingang und betrachtete den Mond, der allmählich in der zunehmenden Helligkeit verblasste. »Tut mir leid, ich muss gehen.«

Wenig später war ich wieder allein. Aber ich freute mich auf die Zeit, wenn Jaron wiederkam. Seltsam, dass er als Dämon mehr Herz zeigte als meine Lichtkrieger-Freunde. Die hatten mich wohl längst abgeschrieben.

Während der folgenden Monde kam Jaron jeden Tag nach Sonnenuntergang zu mir, manchmal auch am Vormittag, wenn er dienstfrei hatte. Wir arbeiteten dann wie abgesprochen an der »Erziehung« meiner Menschen und ich lernte ihn dabei immer besser kennen. Meine Achtung vor ihm wuchs, wir verstanden uns gut und es gab kaum ein Problem, das wir nicht gemeinsam zu lösen versuchten.

Bei Alyssas bevorzugtem Schmied, der versteckt in den Wäldern Antiquerras hauste, ließ ich mir sechs Kopien meines Schwerts anfertigen — heimlich, denn vermutlich hätte der Schmied das nicht tun dürfen, aber er schuldete mir noch einen Gefallen. Als sie fertig waren, verbarg ich mein echtes Lichtschwert in den Felswänden meiner Wohnhöhle. Es erschien mir sicherer wegen Ewan, der durch Jarons offenbarende Magie mehr und mehr seiner dunklen Seiten preisgab und der offenkundig den Besitz meines Lichtschwerts anstrebte. Ewan glaubte wohl, dass darin das Geheimnis meiner Magie verborgen lag. Ich hatte ihm nämlich gesagt, dass er nicht damit rechnen könnte, dass ich ihn unterrichtete, solange er seinen Begierden nicht zweifelsfrei widerstehen würde und im Geiste Antiquerras lebte. Zudem hatte ich mir vorgenommen, mein Lichtschwert nur noch dann in die Hand zu nehmen, wenn ich Jaron im Schwertkampf unterrichtete. Zwar sträubte er sich gegen dieses Vorhaben, aber seit ich die üble, ungewöhnlich schlecht verheilende Beinwunde gesehen hatte, die ihm ein Invictu-Kampfdämon in einem Anfall von Jähzorn zugefügt hatte, hielt ich das für angebracht. Es ging mir dabei vor allem darum, dass er lernte, wie man einen anderen entwaffnete.

»Ich will nicht so werden wie die!«, hielt Jaron mir entgegen.

»Das sollst du auch nicht! Schau, ich trage ständig ein Schwert bei mir und dennoch greife ich keine Unschuldigen an.«

Jaron schüttelte den Kopf. »Das ist etwas anderes. Du bist ein Lichtkrieger.«

Ich begriff, dass er sich selbst nicht traute, weil er ein Dämon war, und deshalb gar nicht erst in Versuchung kommen wollte. Daher verschob ich das Vorhaben, nahm mir aber vor, bei Gelegenheit wieder darauf zurückzukommen, zumal die Invictus auch ab und zu in Antiquerra umherstreiften und ihm außerhalb von Taherehs Einflussbereich erst recht schaden konnten.

Allerdings stand kurz nach unserer Diskussion plötzlich *alles* infrage.

Jaron erschien zwei ganze Tage nicht und ich machte mir schon Gedanken, ob ich ihn etwa zu sehr bedrängt hatte. Als er dann doch wieder auftauchte — zu ungewöhnlicher Zeit weit nach Mitternacht! — wirkte er bedrückt. Tiefe Falten hatten sich um seinen Mund herum eingegraben, er schien gealtert, was für einen Dämon sehr verwunderlich war, und seine Augen wirkten glanzlos.

»Was ist los?«, fragte ich sofort, als er durch das Einstiegsloch meiner Wohnhöhle trat.

Jaron versuchte zu lächeln. »Ich fürchte, unsere gemeinsame Zeit ist vorbei.«

Ich erschrak. »Wieso?«

Als Jaron, der noch immer nahe am Eingang stand, zum Tisch ging und sich setzte, sah ich draußen einen weiteren Dämon. Dieser trug ein dunkel glänzendes Schwert auf dem Rücken. Es sah aus, als ob er Jaron bewachte, auch wenn er nicht zu uns hereintrat.

Ich tat eine unauffällige Handbewegung, um uns von dem Wächterdämon abzuschotten, und wandte mich dann an Jaron. »Der da draußen hört jetzt nur noch unzusammenhängendes Gebrabbel, du kannst also offen reden.«

Jaron zog überrascht die Augenbrauen hoch, aber er fragte nicht, was ich gemacht hatte. »Dann werde ich mich mal beeilen, bevor mein Wärter misstrauisch wird ... Im Grunde ist es auch einfach: Ich bin bei Tahereh denunziert worden. Sie weiß jetzt, dass ich dir damals gefolgt bin und dass wir uns im Dunklen Land getroffen hatten.« Er presste die Lippen zusammen. »Es war dieser Invictu. Er hat mir ein Dämonenhorn in meinen Umhang geschmuggelt, das war noch, bevor ich das erste Mal zu dir kam. Du weißt ja, dass diese abgestoßenen Hörner zu

Spionagezwecken benutzt werden, und so hat er mitbekommen, was wir besprochen haben und eben auch, dass wir uns bereits im Dunklen Land begegnet sind. Er hat schon lange nach etwas gesucht, um es gegen mich zu verwenden, und hat sein Wissen genutzt, um mich zu verraten.«

Ich verstand. »Dann hat er dich angegriffen, um sich sein Horn wiederzubeschaffen!«

Jaron nickte.

»Und jetzt?«, fragte ich ihn.

»Ich werde auf die Dracheninsel verbannt. Morgen, wenn der endende Tag sich mit der beginnenden Nacht trifft, wird das Urteil vollstreckt.«

Ich legte Jaron meine Hand auf die Schulter. »Das ist eine wirklich schlechte Nachricht, für uns beide. Ich werde dich sehr vermissen, aber zumindest wurdest du nicht zum Tode verurteilt, das beruhigt mich.«

Jaron lachte bitter auf. »Mir scheint, du weißt nicht, was es bedeutet, wenn ein Dämon auf die Dracheninsel verbannt wird. Das ist für uns ein Tod auf Raten. Sogar der Wärter da draußen scheint mich zu bedauern, sonst hätte er nicht zugestimmt, mit mir hierher zu kommen.«

Ich schüttelte den Kopf, weil ich wirklich nicht verstand. »Aber wieso?«

Jaron griff nach dem Krug, der auf dem Tisch stand und schenkte sich Wasser in den Becher ein, den ich ihm hingestellt hatte. Gierig trank er und schnaufte dann durch. »Du weißt sicher, dass viele Drachenarten auf der Dracheninsel leben. Am zahlreichsten sind dort jedoch die Schreidrachen vertreten. Schreidrachen lieben Dämonenfleisch und können uns aus weiter Entfernung riechen. Es wird nur eine Frage der Zeit sein, bis einer von denen mich erwischt und seinen Jungen zum Fraß vorwirft. Als Dauerfutter sozusagen, denn da ich unsterblich bin, können sie soviel Fleisch aus meinem Körper rupfen, wie sie wollen. Es wächst ja wieder nach.«

Ich stöhnte entsetzt auf. »Wie furchtbar, das wusste ich nicht!«

Jaron winkte ab. »Nun, dieses Risiko bin ich damals, als ich dir folgte, bewusst eingegangen, denn mir war klar, was meine Strafe sein würde, wenn ich Taherehs Befehl missachte und sie davon erfährt. Es ist nur so, dass sie dazu noch etwas gesagt hat, das ich ihr wirklich übelnehme.« Er schnaufte hart durch. »Sie sagte nämlich, wenn ich ein Possum-Drachenei stehlen kann, dann dürfte ich zurückkommen. Die Lichtkrieger, welche die Insel bewachen, würden mich gehen lassen.«

»Drachenei? … Lichtkrieger? …«

Ich sah jetzt wohl so verwirrt aus, dass Jaron es fertigbrachte, trotz seiner ausweglosen Lage zu lachen. »Wusstest du nicht, dass die Dracheninsel von deiner Art bewacht wird?« Als ich den Kopf schüttelte, fuhr er fort: »Das ist einer der Gründe, warum so viele Dämonen euch hassen«, erklärte er sachlich. »Was das Drachenei betrifft … Tahereh wünscht sich schon seit Ewigkeiten einen Possum. Sogar einen Namen hat sie schon für ihn ausgesucht. Aber wenn er sich mit ihr für die Ewigkeit verbinden und ihr gehorchen soll, dann muss sie ihn selbst aufziehen. Es ist nur so — die Drachen lassen sich von uns nicht austricksen und deshalb kann es keinem Dämon gelingen, ein Ei zu stehlen! Das ist so sicher wie die Vollstreckung meiner Strafe. Ich fühle mich verhöhnt! Ausgerechnet von ihr selbst, der ich doch ansonsten mein Leben lang treu gedient habe!«

In einen Anfall von Zorn packte Jaron den Becher und warf ihn gegen die Felswand, sodass er klirrend zerbrach. Ich sagte nichts. Meine Gedanken kreisten um das Drachenei.

Ich schaute Jaron an, der nun wie ein Häufchen Elend am Tisch saß. Mit den Fingern klopfte ich auf den Tisch, um seine

Aufmerksamkeit zu gewinnen. »Was meinst du, Jaron, würde Tahereh dich begnadigen, wenn du ihr, — auf welchem Weg auch immer —, das begehrte Drachenei beschaffen könntest?«

»Ja, aber …«

Ich unterbrach ihn. »Dann hör mir jetzt gut zu! Ich habe ein solches Drachenei. Es ist versteinert, aber ich weiß, wie man das Junge erwecken kann. Ich brauche dazu nur ein wenig Blut von dir. Lass dich von deinem Wärter noch vor dem Abend zu Tahereh bringen und sag ihr, dass sie es bekommt, unter der Voraussetzung, dass sie dich begnadigt. Wenn sie zustimmt, kommt ihr wieder her. Dann führe ich den Zauber durch.«

»Meinen Rang würde sie mir dennoch nicht zurückgeben.«

»Hm, du könntest sie darum bitten, dass sie dich an den Großen See verbannt.«

»Das wäre dir recht?«

»Sehr sogar!« Ich lächelte.

»Dann gilt's!« Jarons Antwort kam schnell. Er schnaufte vor Erleichterung auf und schaute dann zu seinem Bewacher hinaus. »Du solltest den Zauber lösen, er wird schon unruhig.« Er atmete noch einmal laut durch. »Würdest du mir noch einen Gefallen tun? Sag du ihm, dass er mich zu Tahereh bringen soll!«

Ich ließ meinen Blick unauffällig über den Gefangenenwärter schweifen. Er war keiner der niederen Dämonen und auch kein solcher, der allein durch sein Aussehen furchteinflößend wirkte. Der Mann trug ein edles Schwert, das sich nur durch den Glanz von seiner schwarzen Kleidung abhob. Auf der Stirn des Dämons entdeckte ich zwei winzige Hörner, der einzige Hinweis, dass er aus dem Schattenreich stammte.

»Normalerweise bewacht er die Gefängniszellen der Seelenlosen«, flüsterte Jaron.

Ich nickte und ging mit ihm hinaus. Der wartende Dämon schaute mich betont gelangweilt an, aber als ich höflich den

Kopf zum Gruß neigte, tat er es auch. Ich bemühte mich daher, den leichten Geruch nach Schwefel zu ignorieren, der ihn umgab und sprach ihn an. »Ich möchte deiner Königin Tahereh einen Vorschlag machen, den sie nicht ablehnen wird. Bitte bringe Jaron zu ihr, sobald sie heute aus der Welt der Sterblichen zurückkehrt. Danach kommt ihr wieder zu mir. Wenn du das tust, stehe ich in deiner Schuld und du kannst mich jederzeit um eine Gegenleistung bitten.«

Ich hörte, wie Jaron den Atem einsog und wie er flüsterte: »Das wird er garantiert einfordern!«

Mir war jedoch nur wichtig, dass der Dämon zustimmte und das tat er dann auch.

Als beide gegangen waren, bereitete ich unverzüglich den Tisch für den Zauber vor. Ich brauchte einen großen Kessel, frisches Wasser, verschiedene Kräuter sowie gemahlene Lava, natürlich mein Lichtschwert und für Jaron einen Dolch. Als ich alles beisammen hatte, holte ich unter dem Stroh meines Betts das Buch mit den magischen Aufzeichnungen heraus, um den Erweckungszauber noch einmal nachzulesen, damit ich nachher nichts falsch machte. Das Ei würde ich erst holen, wenn Jaron zurück war.

Je mehr Zeit verging, desto nervöser wurde ich. Unruhig lief ich in meiner Höhle auf und ab. Würde Tahereh zustimmen? Wenn ja, würde mein Zauber dann gelingen? Es konnte immer einmal etwas schiefgehen! Nur eine kleine Veränderung in der Intonation der magischen Worte und die Schale des Eies würde zerspringen.

Nein, ich durfte nicht an mir zweifeln und ich musste unbedingt frische Luft schnappen und den Kopf frei bekommen! Entschlossen ging ich aus meiner Höhle, hinunter ans Ufer des Sees. Er lag ruhig da, die sanften Wellen des Wassers spiegelten im allmählich verblassenden Mondlicht.

Nach einer Weile hörte ich in der Luft ein Rauschen, das ich nur allzu gut kannte. Bald darauf standen Jaron und sein Wärter neben mir, und mit noch wehender Schleppe ihres nachtblauen Kleids kam zu meinem Schreck auch Tahereh auf dem Boden auf.

Damit hatte ich nicht gerechnet!

Als ich mich tief vor ihr verbeugte, sprach sie mich an. »Jaron sagte mir, du hättest einen Drachen für mich.«

»Er muss noch erweckt werden«, erwiderte ich mit einer neuerlichen Verbeugung.

»Bitte.« Tahereh leerte ihren Beutel aus, der an ihrem Kleid befestigt war, woraufhin plötzlich viele Bücher, ein paar Kleidungsstücke und wenige Möbel zu Boden fielen.

Vermutlich wollte sie mir so ihre Zustimmung signalisieren, denn es handelte sich eindeutig um Jarons Habe. Ich nickte ihm zu. »Komm!«

Als wir wenig später in meine Wohnhöhle traten, verschloss ich zuerst mit einer magischen Handbewegung den Eingang, damit wir nicht überraschend gestört wurden.

»Bist du sicher, dass es klappen wird?« Jaron schien sich auf einmal zu fürchten.

»Ja«, beruhigte ich ihn, obwohl auch mein Herz jetzt deutlich schneller klopfte. »Ich hole das Drachenei.«

Als das versteinerte Ei im Kessel lag, fügte ich die übrigen Zutaten hinzu und schlug dann das Buch auf. Jaron stellte sich auf mein Geheiß hin mir gegenüber an den Tisch und griff nach dem Dolch. Ich selbst nahm mein Lichtschwert in die Hand. Wir sahen uns an und als ich nickte, ritzten wir gleichzeitig unsere rechte Handfläche. Danach legte Jaron den Dolch beiseite und ergriff entschlossen meine ausgestreckte Hand. Sein fast schwarzes Blut vermischte sich mit dem rötlich-goldenen Rinnsal aus meiner Wunde. Als der erste Tropfen das versteinerte Ei berührte, hob ich mit meiner freien Hand das Lichtschwert hoch und begann den Zauber zu intonieren. Ich spürte, wie meine Magie sich mit der Kraft des Schwerts verband, mich in den verwandelte, der ich war: ein Lichtkrieger mit göttlichem Auftrag. Heute rief ich das Leben herbei. Mein Körper fing an zu kribbeln, warmes Licht schimmerte um mich herum auf, und der Klang meiner beschwörenden Worte verteilte sich wie ein an- und abschwellender Strom im ganzen Raum. Ich achtete nicht mehr auf das Drachenei, auch nicht darauf, dass der Stein, der es umhüllte, laut knirschte, sondern konzentrierte mich auf den Klang meiner Magie. Immer machtvoller brach sie aus mir heraus. Der Boden unter meinen Füßen begann zu vibrieren und übertrug die Bewegung bald auf den ganzen Berg. Aber ich ließ Jaron nicht los, machte weiter, beschwor mit aller Macht, die in mir steckte, den Lebensfunken des kleinen Drachen herauf.

Irgendwann hörte ich in all dem Aufruhr, den meine Beschwörung verursachte, einen dumpfen Ton, nach einer Weile noch einen und noch einen. Der Laut klang allmählich regelmäßiger und schneller, allerdings auch wesentlich leiser. Ich spürte, wie meine Kraft nachließ, ich konnte das Schwert kaum noch halten und dann rutschte meine andere Hand aus der von Jaron. Erschöpft stützte ich mich am Tisch ab, während das Licht um uns herum erstarb und der Berg sich beruhigte.

Jaron starrte derweil in den Kessel, aber er traute sich nicht, das Ei zu berühren, das nun in schieferfarbener Marmorierung und glänzend zwischen Steinbrocken in der Zauberbrühe lag. »Hat es geklappt?«

Ich richtete mich auf und nickte. »Ja. Hol mir bitte das Tuch dort drüben auf meinem Bett.«

Jaron brachte es mir und ich nahm das Drachenei vorsichtig aus dem Kessel und wickelte es hinein.

Dann hielt ich es an Jarons Ohr. »Hörst du es? Sein Herz schlägt.«

Die Anspannung in Jarons Gesicht wich und er atmete erleichtert aus. Dann sah er mich an. »Es ist schon ein Erlebnis, an den magischen Handlungen eines Lichtkriegers teilzuhaben. Deine ganze Gestalt hat geleuchtet und dieses Schwert erst ...« Er griff nach meiner Waffe und betrachtete sie von allen Seiten. »Du bist völlig damit verschmolzen, Ardrel ... Soll ich dieses Wunderding gleich wieder im Fels einschließen?«

»Nein!«, erwiderte ich. »Tahereh könnte es bemerken, wenn ich nur eine Kopie meines Schwerts trage.«

Als Jaron die Waffe wieder auf den Tisch legte, hielt ich ihm das dick mit Stoff umwickelte Drachenei hin. »Trag du es!«

»Schade ich dem Drachen auch nicht?« Jaron nahm mir das Ei vorsichtig ab.

»Nein! Er wird ab jetzt oft von Dämonen umgeben sein und so kann er sich schon einmal daran gewöhnen.« Ich hob den Zauber auf, der den Eingang zur Höhle verschloss und schnallte mir mein Schwert um. »Bist du bereit? Tahereh ist sicher schon ungeduldig.«

Er nickte und wir traten ins Freie. Als ich zum Ufer schaute, sah ich die Schattenkönigin dort auf und ab laufen. Sie rang immer wieder die Hände. Dann bemerkte sie, dass wir die Treppe herunterkamen, und blieb stehen.

Kurz bevor wir den unteren Treppenabsatz erreichten, ging sie mit raschen Schritten auf uns zu. »Lebt er?«

»Ja, ehrwürdige Tahereh, der Drache lebt.«

Mit einem glücklichen Lächeln nahm die Schattenkönigin das Ei von Jaron entgegen. Vorsichtig schob sie das Tuch, in das es eingehüllt war, ein wenig auf, und strich mit einem Finger sanft über die glatte Schale. »Numir, mein Lieber«, flüsterte sie, »endlich bist du bei mir!«

»Du musst den kleinen Drachen jetzt stets gut warm halten«, sagte ich und verbeugte mich.

Tahereh warf mir einen kurzen Blick zu. »Numir wird an meinem Herzen ruhen, bis die Schale bricht und er mich sieht.«

»Ja, du musst die Erste sein, die der Drache sieht!«, rutschte es mir heraus.

Aber Tahereh fasste meine Äußerung wohl nicht als Respektlosigkeit auf. Sie nickte sogar. Dann packte sie das Ei samt Tuch in den mitgebrachten Beutel, verstaute alles unter ihrem Umhang und wandte sich ab, um zu gehen.

Bevor sich Tahereh mit ihrem Begleiter in die Luft erhob, drehte sie sich jedoch noch einmal zu uns um. »Was heute geschehen ist, bleibt unser Geheimnis!«

»Natürlich!«, erwiderte ich und auch Jaron nickte.

Tahereh lächelte. Dann flog sie davon und während sie unseren Blicken entschwand, regneten Tränenperlen auf uns herab. Das ganze Ufer war bald davon bedeckt.

Ich grinste. »Das ist wohl Taherehs Art, Danke zu sagen.«

»Jaaa ...«, erwiderte Jaron gedehnt. »Dankesworte liegen ihr nicht. Aber sie hat mich auf eine Idee gebracht. ›Arcanäs‹ ... Ardrel, was hältst du davon, wenn wir uns und die Menschen hier ›Arcanäs‹ nennen?«

Ich atmete durch. Ja! »Arcanäs, die Geheimnisvollen«, das passte zu uns und zu dem Volk, das wir hier gründeten.

»Das ist eine richtig gute Idee«, sagte ich daher. »Und jetzt sammeln wir deine Sachen ein, damit du deine Höhle beziehen kannst. Ich nehme an, die neben meiner ist dir recht?«

»Die ist perfekt!« Jaron sammelte bereits seine Bücher auf.

Als die Sonne aufging, hatten wir alles nach oben geschafft und ich fühlte mich gleichermaßen erleichtert wie erschöpft, aber auch seltsam glücklich. *Arcanäs, die Geheimnisvollen ...*, dachte ich. Ja, das würden wir ab jetzt sein!

6000 Jahre später ...

3. Kapitel

Alles gut und doch nicht …

Sechstausend Jahre waren vergangen. Das von Ardrel und Jaron gegründete Volk der Arcanäs lebte noch immer verborgen am Großen See. Nur selten ließ sich einer von ihnen außerhalb des Tals blicken und so gab es in Antiquerra fast nur Gerüchte über sie und keine klaren Fakten. Man wusste nur, dass die Arcanäs mächtige Magier waren, die vermutlich von einem Lichtkrieger abstammten.

Neben den Feenstämmen der Sidda und Korria sowie den Alraunen und den Arcanäs hatten sich im Laufe der Zeit weitere Völker entwickelt. Große Bedeutung für Antiquerra hatten die Lichtmagier erlangt. Ihr Oberhaupt, — derzeit war das Meister Finley —, wurde als Herr des Turms allseits geachtet. Auch Vampire gab es, doch deren Entstehungsgeschichte erschien fast so geheimnisvoll wie die der Arcanäs.

Die Rabenfürsten und ihr Volk der Juncta waren über die Jahrtausende hinweg in Vergessenheit geraten, alle Aufzeichnungen über sie hatten sich auf unerklärliche Weise in Luft aufgelöst. Erst vor etwa hundert Jahren änderte sich etwas. Die Dunkelheit brach über Antiquerra herein und es führte dazu, dass eine kleine Gruppe mutiger Feen, Alraunen, Lichtmagier und Vampire zueinanderfand, sogar unverbrüchliche Freundschaft schloss, um die Gefahr abzuwenden. Ein Zufall? Nein! Nicht für diejenigen, die an die Vorsehung glaubten und das tat in Antiquerra fast jeder. Aber wie auch immer, die dramatischen Ereignisse, die diesem Anfang folgten, brachten die Rabenfürsten wieder zum Vorschein. Ja, sie hatten sich als Sterbliche gefunden und lebten nun wieder ihr unsterbliches Leben — falls man den Zustand, in dem sie sich mit ihren Junctas befanden, Leben nennen konnte. Denn es war längst nicht wieder alles in Ordnung gekommen. Das Zuhause der Rabenfürsten bekam keine Energie mehr, weil das Tor, das ihre Steinwelt mit Antiquerra verband, unauffindbar blieb. Ihr Volk, die Juncta, starb aus, und obwohl es Wiederkehrer waren, tauchte keiner mehr auf. Es lag daran, dass Thamars Fluch noch immer Wirkung zeigte, und bald war es für eine Wende zu spät.

Die freundschaftlichen Bande, die sich vor fast hundert Jahren gebildet hatten und die auch die Rabenfürsten Niven und Lena einschlossen, blieben jedoch weiterhin stark. Deshalb hatte bislang keiner aufgegeben und sie würden auch jetzt wieder allen Gefahren trotzen, um den beiden zu helfen.

Auch hinter den Nebeln, im Türkisland und im Dunklen Land gab es Unerschrockene, die Thamar, der selbst nach so langer Zeit und immer wieder neue Verbrechen begang, bekämpfen wollten.

Es gab Hoffnung.

»Ich brauche euch!« Als Luczin am frühen Abend den Schmetterling mit Finleys ungewöhnlicher Nachricht erhielt, trommelte er sofort seine Vampirgefährten zusammen.

Wenig später trat Briann bereits in seine Bibliothek. »Ich habe die Schmetterlingsbotschaft auch erhalten. Herrje, hoffentlich steckt Finley nicht in Schwierigkeiten!«

Hinter ihm kam Thure zusammen mit Darian und Vico herein. »Immer ruhig Blut! Vielleicht hat er ja das Tor zur Steinwelt gefunden.«

Luczin nickte. »Ja, das wäre durchaus möglich. Aber wir nehmen auf jeden Fall den kürzesten Weg zu ihm.«

Er eilte zu dem großen Spiegel, der neben der Tür zum Balkon stand, und klopfte mit dem Knöchel seines Zeigefingers drei Mal auf ein magisches Zeichen, das in den Schnörkeln des Rahmens versteckt war. Um ihn herum fing es an, zu rauschen, dann veränderte sich das Spiegelglas. Es verlor seinen üblichen Glanz, wogte und verdunkelte sich, bis zuletzt aus der Mitte heraus ein helles Licht aufstrahlte und ihn erfasste.

Nacheinander traten sie alle durch das Spiegeltor und kamen wenig später im Turm des Lichtmagiers Finley aus einem anderen Spiegel wieder heraus. Dieser stand seit einiger Zeit in dem Schlafzimmer, das einmal Finleys Vorgänger, Meister Kieran, gehört hatte.

Luczin blieb stehen und lauschte. »Cara ist unten, und ich glaube, Reik und Alrik sind auch schon auf dem Weg.«

Er drehte sich zum Spiegel um, weil es dort rauschte. Der Sidda-Feenkrieger Mihai trat aus dem Spiegeltor heraus. Er schien ein wenig außer Atem zu sein. »Hab lieber den kurzen Weg genommen, Finleys Botschaft hörte sich an, als ob etwas passiert ist!«

»Ja, aber wir sollten nicht gleich das Schlimmste annehmen.«
Luczin öffnete die Tür und ging den anderen voraus, die enge
Treppe hinunter, die zur Küche des Turms führte.

Als er unten ankam, entdeckte er Cara, die mit magischen
Handbewegungen eine Flasche Kräuterbiest sowie Gläser vom
Küchenschrank zum Tisch dirigierte. Sie schaute auf. »Oh, so
schnell haben wir euch gar nicht erwartet! Finley ist noch
draußen.«

»Alles klar, meine Hübsche.« Luczin fragte sie nicht, was los
war, und er verlor auch kein Wort über das dicke Buch mit dem
ungewöhnlich verzierten weißen Ledereinband, das bestimmt
nicht zufällig auf der Anrichte neben der Tür zum Studierzimmer lag. Cara hätte ihn heute doch nur an Finley verwiesen,
das spürte er. Deshalb ging Luczin gleich hinaus auf die Lichtung vor dem Turm. Die anderen folgten ihm.

Finley war gerade dabei, den Tisch und die Stühle neben dem
Eingang vom Schnee freizufegen, ausnahmsweise einmal ohne
dabei seine Magie zuhilfe zu nehmen. Als Luczin mit den Gefährten zu ihm trat, schaute er überrascht auf, wurde aber gleich
wieder abgelenkt, als aus dem Eichenwald neben dem Turm der
schreiende Alraun Reik auftauchte. Reik war nicht größer als ein
fünfjähriges Kind, aber ungemein mutig. Während er zum Turm
rannte, hielt er seine Steinschleuder im Anschlag und sicherte
nach allen Seiten.

»He, Reik, welchen Feind hast du im Auge?«, rief Vico ihm
zu. »Pass auf, dass du nicht aus Versehen einen von uns ab-
schießt!«

Reik ließ seine Steinschleuder nur widerstrebend sinken. Als
er zum Tisch kam, runzelte er die Stirn. »Meister Finley, was ist
hier los? Ich dachte, die Dämonen greifen wieder an!«

Finley blies die Backen auf und schüttelte den Kopf. »Aber
ich hab euch doch nur mitgeteilt, dass ich euch brauche!« Er

beugte sich zu Reik herunter. »Niemand greift uns an!« Finley schnaufte durch, dann blieb sein Blick an Briann haften. »Glaub ich zumindest nicht … Ich wollte nur eine seltsame Begebenheit mit euch besprechen, weil sie mir Kopfzerbrechen bereitet.«

Während Finley seinen Besen mit einer schlenkernden Handbewegung an den Aufbewahrungsplatz hinter den Turm schickte und danach die Stühle wieder ordentlich an den Tisch stellte, flog Luczins Blick zum Birkenwäldchen, das dem Eichenwald gegenüber lag. Der Korria-Feenkrieger Alrik tauchte dort zwischen den Bäumen auf, seinen Bogen hielt er schussbereit in der Hand. Luczin grinste. Sie waren wohl derzeit alle schnell zu erschrecken. Aber Alrik bewegte sich nicht mehr ganz so kraftvoll wie damals, als sie sich kennengelernt hatten. Heute fiel es ihm besonders auf. Nun ja, immerhin waren seither schon an die hundert Jahre vergangen und seit Kierans Tod war Alrik der Älteste der sterblichen Gefährten. Luczin seufzte leise, denn der Gedanke deprimierte ihn. Es bedeutete, dass er sich in absehbarer Zeit wieder einmal von einem Freund verabschieden musste.

»Dann sind wir ja komplett«, unterbrach Finley seine Gedanken, als Alrik an den Tisch trat.

Der Feenkrieger ließ seinen Blick über die Gefährten schweifen. »Kann mir einer von euch sagen, warum ich dachte, dass Gefahr droht?«

Finley seufzte. »Tut mir wirklich leid! Ich wollte euch nicht beunruhigen. Kommt, gehen wir hinein.«

Drinnen in der Küche setzten sie sich alle um den Tisch herum. Luczin bekam mit, wie Finley sich zuvor den dicken Folianten griff, der auf der Anrichte lag. Aber ehe er fragen konnte, was für ein eigenartiges Buch das war, drückte Cara ihm ein Glas mit magischem Hirschblut in die Hand. Der köstliche Duft lenkte ihn ab.

»Danke, Cara. Du bist ein Schatz!« Luczin lächelte sie an. Mit dem Hirschblut als Grundlage vertrugen seine Vampirgefährten und er das scharfe Kräuterbiest wesentlich besser, das in einer Flasche samt kleinen Gläsern schon auf dem Tisch bereitstand.

Der Alraun Reik, der wegen seiner geringen Körpergröße auf dem Stuhl kniete, räusperte sich plötzlich. »Donnerlittchen, ich hätte nicht gedacht, dass mir dieser Dämonenmist noch so im Blut steckt! Dabei ist das schon so lange her und ich weiß ja auch, dass diese Monster Niven damals nur deshalb in die Knie gezwungen haben, damit er wieder zum Rabenfürsten werden konnte.« Seine Stimme knirschte, als hätte er Sand zwischen den Zähnen.

Mihai griff das Thema auf. »Geht uns wohl allen so. Hat eigentlich einer von euch etwas von Niven oder Lena gehört?«

Die Frage traf bei Luczin einen empfindlichen Nerv. Er hatte die Rabenfürstin Lena geliebt, damals als sie noch sterblich war, und auch jetzt empfand er sich ihr eng verbunden. Es schmerzte, dass er nur wenig für sie tun konnte. Luczin seufzte und schüttelte den Kopf. »Nichts. Keine Nachricht von den Rabenfürsten. Ich vermute, dass Lena eisern beim Rest ihrer Juncta ausharrt und von dem, was hinter den Nebeln im Türkisland geschieht, bekommen wir ja auch nichts mit. Aber da Niven sich nicht gemeldet hat, nehme ich an, dass er immer noch dort ist.«

»Und irgendeinen Hinweis auf das Tor zur Steinwelt hat wohl auch noch keiner gefunden, oder?«, fragte Finley, der von dem Kräuterbiest in die Gläser goss und diese herumreichte.

»Nein, nicht einmal den Schatten eines Rabenzeichens konnten wir bis jetzt in den Felsen unserer Gebirge entdecken«, antwortete Briann stellvertretend für alle.

Luczin sah Finley forschend an. »Was hast du vorhin mit ›seltsamer Begebenheit‹ gemeint? Dass ein Teil der Menschen, die vor vier Jahren auf Antiquerra Zuflucht gefunden haben, plötzlich wie Feen wirken und überaus schnell magische Kräfte entwickeln, wirst du wohl nicht meinen. Dieses Phänomen können wir ja schon seit einiger Zeit beobachten.«

»Geister!«, platzte Cara, die sich zwischenzeitlich neben Finley gesetzt hatte, empört heraus. »Geister in unserem Turm!«

»Nein, Cara. In deiner Panthergestalt hättest du die Geister aufgespürt, wenn wir solche hätten.« Finley drückte ihre Hand.

Ah, dann ging es um ein persönliches Problem des Turmherrn. Luczin beugte sich zu Finley vor. »Erzähl!«

Finley nickte, hob sein Gläschen den Gefährten entgegen und trank den scharfen Trinkessig namens Kräuterbiest in einem Zug aus. Er verzog das Gesicht und schüttelte sich. Dann stellte er das Glas ab und klopfte auf das Buch, das er vor sich liegen hatte. »Es geht um diesen Folianten hier. Er lag heute Mittag im Studierzimmer auf dem Schreibtisch und *ich* habe das Buch nicht dorthin gelegt. Cara auch nicht, wir haben dieses Buch noch nie gesehen!« Er hob es hoch, damit jeder es anschauen konnte. »So ein Einband fällt auf, weiß und kostbar verziert mit goldenen Schnörkeln. Wenn dieses Grimoire schon immer im Studierzimmer gewesen wäre, wüsste ich das.«

»Wenn wir keine Geister haben, muss jemand bei uns im Turm gewesen sein und es dort hingelegt haben«, warf Cara ein.

»Glaub ich nicht!« Finleys Stimme klang absolut sicher.

Luczin sah, wie Cara in sich zusammensank. Er wandte sich unbemerkt an Briann, der neben ihm saß. *Was ist mit den beiden los?*, fragte er ihn auf geistigem Weg.

Briann hob die Schultern. *Keine Ahnung ...* Er schaute Finley an. »Also, wenn es keine Geister waren, die das Buch dorthin gelegt haben und kein Fremder, der in den Turm eingedrungen ist, wer war es deiner Meinung nach dann?«

Finley antwortete nicht gleich, sonder schlug das Buch auf und entnahm ihm einen mit roter Tinte beschriebenen Zettel.

Die aufgeschlagene Seite markierte er sorgfältig mit dem Lesezeichen. Er hob das Blatt Papier hoch. »Das lag dabei. Schaut euch bitte die Handschrift an.« Finley ließ das Papier reihum gehen.

»Ist doch eindeutig.«

»Ach, du erinnerst dich nur nicht mehr!«

Luczin hörte die Kommentare, aber als er selbst das Blatt in die Hände bekam, fing es in seiner Magengrube an, zu kribbeln. Irgendetwas war komisch an diesem Zettel. Er fühlte sich zwar so an wie das übliche geschöpfte Papier, war aber viel zu leicht. Er las die Worte, die in schwungvoller Schrift geschrieben standen: Komm zu mir! Es ist wichtig. K.

Luczin gab das Papier an Briann weiter und hörte gleich darauf dessen Stimme in seinem Kopf: *Der Papierbogen stammt nicht aus Antiquerra, so viel steht fest.*

Ist mir auch aufgefallen, antwortete er und wandte sich an Finley. »Die Nachricht wurde eindeutig von Meister Kieran geschrieben. Seine Handschrift werden wohl alle erkannt haben. Aber warum findest du das merkwürdig? Das Buch, in dem die Notiz lag, muss ihm gehört haben. Vielleicht ist es dir nur deshalb nie aufgefallen, weil der Einband mit der Zeit ausgeblichen ist. So etwas kommt vor, wenn Bücher sehr alt sind.«

»Ja, das wird es sein, Finley.« Cara atmete erleichtert auf.

Aber Finley schüttelte den Kopf. »Das Buch ist nicht alt. Außerdem ist es nicht mal ein richtiges Buch!«

Briann beugte sich zu ihm vor. »Also jetzt mal Klartext! Was willst du uns eigentlich sagen?«

»Finley glaubt, dass er in die Stimme Antiquerras hineingehen soll, weil Kieran ihn angeblich dorthin ruft.« Cara schnaufte heftig auf, griff sich dann die Flasche Kräuterbiest und schenkte jedem schwungvoll nach.

»Ist das wahr, Finley?«, fragte Briann.

»Im Prinzip schon.« Finley nickte und glättete die Seiten des Folianten. »Es ist …«

Reik unterbrach ihn. »Dass du Kieran noch immer vermisst, ist natürlich.« Er griff nach Finleys Hand und drückte sie. »Aber du musst akzeptieren, dass Tote nicht zurückkehren, auch dann nicht, wenn sie durch den Willen unserer Göttinnen zu einer Stimme Antiquerras geworden sind. Stimmen kann man außerdem nicht aufsuchen.«

Der Korria-Feenkrieger Alrik nickte. »Ja. Die Stimme Antiquerras ist kein Ort. Sie ist ein Klang, der zufällig von Kierans Lebenserinnerungen mitbestimmt wird. So ähnlich erklären es zumindest die Gelehrten.«

Finley seufzte. »Gestern hätte ich euch da noch zugestimmt. Aber heute Morgen fand ich das.« Er klopfte auf das aufgeschlagene Buch, hob dann die Seiten hoch und blätterte durch. »Seht ihr? Unbeschriebenes, weißes Papier, lauter leere Seiten — bis auf die Doppelseite in der Mitte.« Er beugte sich zu Briann vor, der ihm direkt gegenüber saß, und schaute ihn eindringlich an. »Wenn ich eines eindeutig erkenne, dann sind das Kierans selbst erfundene Zauberformeln. Er hatte eine unvergleichliche Art, solche aufzuschreiben. Auf der linken Seite sammelte er alle Ideen, wie etwas durchzuführen sei, wild durcheinander. So wie hier …« Finley zeigte auf die linke aufgeschlagene Buchseite und wies dann auf die rechte Seite. »Und so wie hier schrieb er danach die Anleitung in vollkommener Weise geordnet auf. Aber!« Er hob den Finger. »Niemals hätte Kieran in der Mitte eines Buchs zu schreiben begonnen. Das hat er nur ein einziges Mal getan. Damals war ich noch sein Schüler und er benutzte das als Trick, um meine ungeteilte Aufmerksamkeit zu erhalten. Das will er jetzt auch!«

»Nun, das hat dann wohl geklappt, aber zu welchem Zweck?«, fragte Briann.

Finley wies wieder auf das Buch. »Das hier ist eine magische Formel, mit deren Hilfe man zur Stimme Antiquerras gelangen kann! Es ist Kierans magische Formel, und dazu die Notiz, dass ich zu ihm kommen soll.« Er schaute herausfordernd in die Runde. »Falls ihr noch immer glaubt, es sei eine alte Aufzeichnung von ihm … Kieran hat zu Lebzeiten niemals nach einem Weg in die Stimme Antiquerras gesucht. Er war ja wie ihr der Meinung, dass das kein Ort ist, den man aufsuchen kann. Jetzt weiß er es halt besser. Außerdem — dieses riesige Notizbuch, anderes ist es ja nicht, fühlt sich sehr seltsam an. Es ist dick und müsste entsprechend schwer sein. Aber das ist es nicht!« Finley klappte den Folianten zu und hielt ihn mühelos mit einer Hand, als wenn es nur ein kleines Büchlein wäre. »Diese Aufzeichnungen stammen nicht von hier, sondern kommen aus einer anderen Sphäre.«

Cara schüttelte bei Finleys Rede immer wieder den Kopf. »Selbst wenn du recht hast, Finley, die magische Formel führt nur in die Stimme Antiquerras hinein, nicht wieder heraus — falls sie nicht sowieso an einen ganz anderen Ort führt«, sagte sie dann heftig. »Von mir selbst will ich ja gar nicht erst reden, aber wer soll die Geschicke Antiquerras leiten, wenn du nicht zurückkommst? Du hast als Herr des Turms eine Verpflichtung!«

»Ja, und Kieran weiß das. Wenn er mich dennoch ruft, ist es wirklich wichtig, wahrscheinlich für uns alle!«

»Ja, ja, vorausgesetzt, das Buch stammt nicht von einem Feind, der dich ins Unglück locken will!« Cara verschränkte die Arme vor der Brust.

Finley brummte ungehalten. »Erinnere dich doch, Cara! *Ich* bin derjenige von uns beiden, der stets erst einmal misstrauisch ist. Aber diesmal weiß ich genau, dass Kieran mich ruft! Ich fühle es!«

Luczin blies die Backen auf. Bisher hatte er nie erlebt, dass Cara und Finley ernsthaft miteinander stritten. Er nahm plötzlich wahr, wie Briann neben ihm seine Vampirkräfte nutzte und den beiden schnell eine dämpfende Brise schickte. Er sah seinen Freund an, nickte und wandte sich danach an Finley. »Du hörst dich an, als hättest du dich bereits entschieden.«

Finley bestätigte das. »Ja.« Er schaute zu Cara. »Es geht einfach nicht anders. Es muss sein!«

Luczins Vampirgefährte Darian wies auf das Buch. »Ich fürchte, wenn du den Zauber nicht aufgeschrieben hast, dann erübrigt sich diese Diskussion.«

Alle schauten zu dem Buch, das wieder aufgeschlagen vor Finley lag. Es schien sich zu verändern. Die Ecken bekamen schattenartige Flecken, die sich ausbreiteten und das Papier allmählich in Luft auflösten. Die Schrift verblasste zuletzt.

Finley erschrak aber keineswegs, er lächelte sogar. »So etwas habe ich insgeheim erwartet. Natürlich schrieb ich den Zauber noch gleich heute Nachmittag ab, damit die Formel nicht verloren gehen kann.«

»Allein solltest du das Experiment aber keinesfalls wagen!«, sagte Briann und hob warnend den Finger.

Finley sah ihn an. »Ich hatte gehofft, dass einer von euch mit mir geht.«

Der Alraun Reik bewegte seinen Mund, als ob er an etwas kaute, sodass sein ganzes Gesicht wie ein in Bewegung geratenes, zerknülltes Papier wirkte. Ein Zeichen, dass er nachdachte. Dann schaute er auf. »Finley, du weißt, dass du bei jeder Gefahr auf mich zählen kannst, aber diese Situation ist eine andere als damals, als wir alle zusammen ins Schattenreich aufgebrochen sind. Selbst wenn es tatsächlich Kieran ist, der dich aus unbekanntem Grund gerufen hat —, wenn wir alle mit dir gingen, stünde das im Konflikt zu unserem Versprechen, das

Tor zur Steinwelt zu suchen. Für mich hat das aber Priorität, weil es für die Rabenfürsten Lena und Niven nun mal überlebenswichtig ist, dass es gefunden wird!«

Alle gaben nun ihre Meinung kund, nur Luczin und Briann blieben still. Sie verständigten sich auf geistigen Weg und kamen zu einem Entschluss. Luczin hob die Hand, um sich Ruhe zu verschaffen. »Also«, sagte er dann. »Briann und ich werden mit Finley mitgehen und ihr sucht weiter nach dem Steinwelttor!« Luczin ließ sich nicht mehr auf weitere Diskussionen ein, sondern wandte sich an Cara. »Mach dir keine Sorgen. Was auch immer auf uns wartet, wir kehren alle drei unbeschadet zurück!«

Cara atmete wie befreit auf, aber das lag weniger an Luczins Worten, sondern mehr an dem hypnotischen Blick, mit dem er ihr die Zuversicht regelrecht einimpfte. Er lächelte sie an und hielt ihr sein leeres Glas hin, damit sie es mit Kräuterbiest füllte.

»Soll ich euch auch noch ein Glas Hirschblut zaubern?«

»Nein, danke. Wir müssen bald gehen.« Luczin wollte mit Briann heute Nacht lieber noch einmal im Wald von Dracopatria echte Hirsche jagen, denn er ahnte, dass Finley es jetzt eilig haben würde, das Vorhaben in die Tat umzusetzen. Wer wusste schon, wie lange er sich dann von seinen getrockneten Blutvorräten ernähren musste.

Finley bestätigte seine Vorahnung umgehend. »Ist es euch recht, wenn wir gleich morgen Nachmittag zum Kristallenen See aufbrechen? Dort möchte ich den Zauber sprechen.«

»Ja«, erwiderte Luczin, und Briann bekräftigte es.

Somit war es beschlossene Sache. Luczin würde morgen mit Briann zum Turm kommen und Finley abholen.

Als Luczin mit Briann nach Dracopatria zurückkehrte, warteten Vico, Thure und Darian bereits in seiner Bibliothek. Sie wollten noch einmal über das Buch reden und über Finleys Glaube, dass es von Kieran aus der Stimme Antiquerras stammte. So ganz überzeugt waren sie nicht, auch wenn sie genauso wie Luczin und Briann einen eigenartig vertrauten Hauch gespürt hatten, der eindeutig von dem Buch ausgegangen war. Was den dreien aber wirklich zu schaffen machte, war die Tatsache, dass Luczin und Briann allein mit Finley gehen wollten.

»Was, wenn der Zauber euch in der Stimme Antiquerras gefangen hält oder wenn ihr gar durch einen Feind, den wir nicht kennen, in einen Hinterhalt geratet? Dann haben wir nicht einmal die Möglichkeit, eure Asche heimzuholen, um euch wiederzubeleben«, sagte Vico heftig.

»Hat Cara euch mit ihrer Angst angesteckt?« Luczin schüttelte den Kopf. »So kenne ich euch gar nicht. Aber lasst euch gesagt sein, dass Briann und ich immer einen Weg finden werden, zurückzukehren! Im Grunde wisst ihr das auch.«

Auch wenn Briann und er die Gefährten verstanden, ihre Entscheidung stand außer Diskussion. Briann sprach das auch deutlich aus und erteilte danach ruhig seine Anweisungen. Die Gefährten mussten weiter nach dem Tor zur Steinwelt suchen, Thure sollte das koordinieren und den anderen die nächsten Suchabschnitte vorgeben. Vor allem aber sollten sie sich um Cara kümmern, die ab morgen allein im Turm war.

Am nächsten Nachmittag schneite es wieder. Dennoch begab sich Luczin zusammen mit Briann wie besprochen zum Turm. Finley wartete schon auf sie und nachdem Cara, die nun ganz ruhig war, ihrem Liebsten noch schnell ein Fladenbrot mit eingebackener Tränenperle als Wegzehrung in die Hand gedrückt hatte, machten sie sich auf den Weg durch den Eichenwald hinunter zu dem großen Felsen neben dem Wasserfall.

Als sie dort ankamen, lief Finley gleich auf eine Ölweide zu. Hinter dieser versteckt gab es im Felsen eine Ausbuchtung mit einem unauffälligen magischen Zeichen. Finley legte seine Hand dorthin und unter seinen Fingern strahlte plötzlich ein Licht auf. Ein schabendes Geräusch erklang, wenig später öffnete sich der Eingang.

Sie traten ins Innere. Dort ankerte am Ufer des Sees wie immer die goldverzierte Barke, deren hoher Bug mit dem Kopf einer strahlenbekränzten Frau geschmückt war. Finley stieg ein und nahm vorne den Führungsplatz ein, während sich Luczin und Briann hinter ihm aufstellten.

»Alles klar?« Finley drehte sich zu ihnen um.

Als sie bejahten, atmete er hörbar aus. Dann richtete er seinen Blick auf die zwei weiblichen Steinfiguren, welche das Portal zu einem Tunnel bewachten. Im Felsen knirschte es leise und die steinernen Frauen drehten sich zu ihnen um. Während sie grüßend den Kopf neigten, schienen ihre Gewänder sowie ihre Haare wie im Wind zu wogen. Die Barke setzte sich schaukelnd in Bewegung, legte vom Ufer ab und glitt langsam in den Wasserweg hinein.

Keiner von ihnen sprach ein Wort und so genoss Luczin nur die bewegten, mehrdimensionalen Bilder an den Wänden, welche bis zur Decke reichten und ihn in die schönsten Landschaften Antiquerras versetzten. Alles fühlte sich so echt an: der Wind, der durch sein Haar strich, das Vogelgezwitscher in den Zweigen von Bäumen und der Geschmack sonnengereifter Früchte, der sich auf seine Zunge legte und ihn an Zeiten erinnerte, die lange vorbei waren.

Viel zu schnell nahm der Tunnel ein Ende. Die Barke steuerte in den riesigen See, der wegen seines klaren, tiefen Wassers von allen der »Kristallene See« genannt wurde. In den Höhlenwänden ringsum gab es unzählige weitere Tunnel, die an viele verschiedene Orte der Menschenwelt führten. Sie wurden von Fackeln beleuchtet, deren Licht sich im Wasser spiegelte und die Inseln voller Tropfsteingebilde glitzern ließen. Nicht nur Luczin spannte seine Haltung jetzt an. Gleich würde das Experiment beginnen! Finley wies nach rechts zu einer Felseninsel, die sich mit der Höhlenwand verband. »Dort steigen wir aus und dann führe ich den Zauber durch«, flüsterte er so leise, als ob er befürchtete, dass ihn jemand hören könnte.

Vielleicht war es auch durchaus angebracht, dass Finley nur flüsternd sprach! Luczin lauschte, beugte sein Ohr sogar ein wenig zum Wasser hin. Der See war zu still! Viel zu still!

Luczin dachte daran, dass früher aus dem See immer Stimmen erklungen waren, sobald die Barke hier einschwenkte, ein wunderbarer Gesang aus der Tiefe des Wassers, der das Herz erhob und das wärmende Gefühl von Heimat vermittelte. Aber jetzt schien es eher so, als ob da unten etwas lauerte. Als die Barke die mit Tropfsteinen überzogene Felseninsel erreichte und dort anlegte, verursachte das nicht einmal die kleinste sichtbare Wellenbewegung.

»Ich glaube, hier sind wir heute nicht sonderlich willkommen«, wisperte Luczin.

Briann nickte. Auch er sah sich misstrauisch um, aber Finley ließ sich durch die ungewöhnliche Stimmung nicht von seinem Vorhaben abbringen. Er legte nur einen Finger vor den Mund, um anzudeuten, dass sie still sein sollten.

Nachdem sie alle drei ausgestiegen waren, holte Finley aus seinem Taschenbeutel eine Schale, füllte sie mit Wasser aus dem See und trat nah an die Felswand heran. »Ich male das magische Zeichen mit Wasser an die Wand, damit niemand es entdecken kann.« Er sprach jetzt so leise, dass normale Sterbliche ihn wohl nicht gehört hätten. »Wenn das Tor offen ist, müssen wir zügig hindurchgehen!«

Luczin und Briann sahen zu, wie Finley das Zeichen an die Wand malte und dann mit seinen Händen eigenartige Bewegungen ausführte. Die auswendig gelernte Formel sprach Finley währenddessen dazu, jedoch lautlos. Nur sein Mund bewegte sich.

Es dauerte nicht lange, dann trat Finley einen Schritt zurück. Seine Mine wirkte jetzt wachsam und er hielt sogar einen Augenblick lang die Luft an. Doch schon im nächsten Moment spielte ein Lächeln um seine Lippen. Im Felsen tat sich etwas. Ein Licht schien auf, das sich ausbreitete und das Felsgestein in strahlende Helligkeit tauchte. Finley lief entschlossen darauf zu und zog dabei Luczin und Briann mit sich.

Als sich das magische Tor kurz darauf hinter ihnen schloss, sahen sie sich alle drei überrascht um. Sie standen auf einem niederen Berg inmitten hoch aufragender, schneebedeckter Tannenbäume. Links neben ihnen rauschte zwischen Schnee und Eis ein Wasserfall in die Tiefe und unten im Tal leuchteten winterweiße Felder. Etwas weiter entfernt entdeckten sie die Häuser eines Dorfs.

»Hm … da scheint etwas schiefgelaufen zu sein«, brummte Luczin nach einer Weile des Schweigens. »Wie es aussieht, sind wir jetzt lediglich auf der Rückseite des Felsens.«

Er hatte das kaum ausgesprochen, da lief ihm ein Schauer über den Rücken, wie er das seit ewigen Zeiten nicht mehr verspürt hatte. Denn hinter ihnen erklang plötzlich eine Stimme, an die er sich gut erinnerte, und die eindeutig zu Kieran gehörte. »Schnell! Versteckt euch da oben in der Tanne!«

Luczin und Briann fackelten nicht lange. Sie griffen umgehend nach Finley und flogen mit ihm zu den höchsten Wipfeln des Baums. Dort versteckten sie sich, so gut es ging, in den Zweigen. Als Finley etwas sagen wollte, hielt ihm Briann schnell den Mund zu. »Still!«

Luczin wies nach unten. Zwischen den Bäumen trat ein Mann hervor, der aufgeregt auf Kieran zuging. »Ah, du hast das auch gehört? Der ganze Boden hat vibriert und in der Luft knirschte es, als ob jemand bei uns eindringen wollte!«

Kieran schüttelte den Kopf. »Das Einzige, was hier knirscht, sind meine Knochen!« Er streckte seine Arme aus und versuchte sich halbherzig an ein paar Kniebeugen.

»Quatsch«, erwiderte der andere, »unsere Knochen können nicht mehr knirschen, dazu sind sie zu tot.« Misstrauisch untersuchte er den Felsen, fand aber scheinbar keine Spur von Finleys Zauber. Er wandte sich wieder an Kieran. »Ich weiß, was ich gespürt habe, die Barriere wurde durchbrochen! Wir sollten unseren Verdacht den Wächtern melden!«

»*Deinen* Verdacht!« Kieran wies auf den Beutel, den er quer über der Schulter trug. »Ich kann nicht mitkommen, ich begebe mich nämlich gerade wieder auf Reisen.«

Der Mann, der mit seinen langen hellblonden Haaren und dem schmalen, blassen Gesicht aussah wie eine Korria-Fee, schüttelte missbilligend den Kopf. »Bei dem Wetter? Das ist typisch für dich, Kieran.« Er wollte wohl noch etwas sagen, ließ es dann aber und stapfte quer durch den Tannenwald davon.

Kieran sah ihm nach, bis er verschwunden war, danach schaute er zur Tanne hoch und winkte Finley, Luczin und Briann zu sich. Als alle drei neben ihm standen, stieß er ohne ein Begrüßungswort seinen langen Stab auf dem Boden auf. Sein Arm deutete eine umfassende Geste an und nur einen Augenblick später befanden sich alle im Studierzimmer des Turms. Doch auch dort benahm sich Kieran seltsam. Er legte einen Finger auf den Mund und ging zur Tür. Vorsichtig öffnete er diese, schaute in die Küche hinaus und verschwand dann.

Luczin sah seine Gefährten überrascht an. Was bedeutete das alles? Er hörte, wie draußen ein Schlüssel im Schloss umgedreht wurde. Danach näherten sich Schritte und kurz darauf trat Kieran wieder zu ihnen herein.

Kieran atmete erleichtert auf. »Tut mir leid, aber ich musste erst den Turm zusperren. Wenn mich jetzt jemand besuchen will, wird er glauben, dass ich auf Reisen bin, und wieder gehen.« Er schaute alle nacheinander an, dann blieb sein Blick auf Finley haften, dem der schmelzende Schnee vom Umhang tropfte. »Ich bin froh, dass du meiner Aufforderung gefolgt bist. Aber du hättest den Zauber im Studierzimmer ausführen sollen. Das wäre trockener gewesen und hätte weniger Aufsehen erregt.«

Finley starrte ihn an. »Wieso sind wir im Turm? Hab ich dich womöglich in unsere Welt zurückgeholt?«

Kieran stellte für jeden einen Stuhl an den Schreibtisch und nahm ihnen dann die Umhänge ab, um sie vor dem Kamin zum Trocknen aufzuhängen. »Nein Finley, das könnte dir höchstens bei einem Totengeist gelingen. Ich bin etwas anderes, fast wieder lebendig, wenn man so will. Nein, ihr seid hier in der Stimme Antiquerras — verbotener Weise, wie ich zugeben muss. Wir müssen daher vorsichtig sein!« Er wartete, bis sich alle gesetzt hatten, lief dann um den Schreibtisch herum und setzte sich an seinen eigenen Platz. »Ihr müsst wissen, dass die Stimme die geistige Hülle Antiquerras ist, eine Aura, und deshalb gibt es hier auch einen Turm. Ich lebe hier …« Er seufzte und deutete auf die Flasche Kräuterbiest, die auf dem Tisch stand. »Leider kann ich euch nichts anbieten. *Ihr* hättet im Gegensatz zu mir nur Luft im Glas …«

»Das macht nichts. Geht es dir gut hier?«, fragte Briann.

»Oh ja!« Kieran nickte.

»Du wirkst so kraftvoll wie in deinen besten Jahren«, stellte Luczin fest.

»Ich fühle mich auch so! Ich reise viel im Land umher, so wie in meinen jungen Jahren. Auf diese Weise bekomme ich mit, was in Antiquerra geschieht. Ich kann das dann einordnen und in Beziehung setzten zu den Dingen, die ich noch aus meinen sterblichen Leben weiß. Daher verstehe ich jetzt vieles besser als zu der Zeit, wo ich noch mit euch lebte.« Er seufzte wieder. »Ich würde so gerne zwanglos mit euch plaudern, aber ich weiß nicht, wie lange euch der Zauber bei mir hält. Deshalb ist es besser, wenn ich gleich auf das komme, weshalb ich euch gerufen habe. Es geht um eure Suche nach dem Steinwelttor.«

Luczin richtete sich kerzengerade auf. »Sag bloß, du weißt, wo wir es finden können, Kieran?«

Kieran nickte. »Ihr wisst sicher noch, dass wir damals in ganz Antiquerra keine Aufzeichnungen über die Rabenfürsten und ihre Juncta finden konnten. Wir hatten nur das Buch der Meerfrauen …«

»Ja«, unterbrach Briann, »ich fand das immer sehr eigenartig.«

Kieran sah ihn an. »Das ist es auch, denn es gab Aufzeichnungen! Wie mir jetzt allerdings klar wurde, haben sie sich mit der Zeit einfach aufgelöst, zusammen mit der Erinnerung an die Juncta. Warum das passierte, darüber kann ich nur Vermutungen anstellen, aber das ist auch nicht so wichtig. Hier bei uns habe ich jedenfalls noch einige Exemplare dieser alten Schriften gefunden, — in der Aura Antiquerras hält sich nämlich alles viel länger —, und sie natürlich studiert.« Kieran stand auf und holte ein Buch herbei. Er blätterte. »In diesem hier steht geschrieben, wo sich das Tor zu Steinwelt einst befand.« Alle standen auf und umringten Kieran, der nun eine Seite aufschlug, die eine Zeichnung enthielt. Er deutete auf einen markierten Punkt. »Hier, das Tor zur Steinwelt ist in dem Gebirge vor dem Großen See, in einem Hohlweg, direkt neben der Stelle, die heute den Eingang zur Wirkstätte der Arcanäs verbirgt.«

»Aber in dem Hohlweg haben wir gesucht und nichts gefunden, das auf ein Tor hindeutet«, erklärte Briann.

Kieran entnahm dem Buch ein Blatt Papier mit einer Kopie der Zeichnung und drückte sie Luczin, der ihm am nächsten stand, in die Hand. »Zeichnet das ab, sobald ihr wieder zuhause seid.« Er schnaufte auf. »Ja, ich war auch dort. Das Zeichen des Tors, ein Rabe, verblasst selbst schon bei uns. Es bleibt nicht mehr viel Zeit, um das Volk der Juncta vor dem Untergang zu bewahren. Niven und Lena sind machtlos gegen das, was geschieht, aber ihr könntet vielleicht alle retten.«

Luczin schaute Kieran forschend an. »Soll das heißen, dass du eine Idee hast, wie wir das Tor zum Vorschein bringen können?«

Kieran bat darum, dass sich alle wieder setzten. »Ist vielleicht besser. Die Sache ist nämlich nicht so einfach und ich muss ein wenig ausholen.«

Luczin lächelte, weil er fand, dass Kieran noch immer so wie früher war, mit einer Vorliebe für lange Erklärungen. Es erinnerte ihn an die vielen Gespräche, die er mit ihm geführt hatte. »Gut, dann erzähl uns alles!«, forderte er ihn auf.

Kieran atmete durch. »Vielleicht erinnert ihr euch noch, dass ich einmal davon sprach, wie ich als junger Mann auf die Insel Skeletten zum Krapp-Volk kam. Es gab damals noch dieses Tor …«

»Ja.« Alle nickten.

»Aber deine Erinnerung an Skeletten war damals sehr lückenhaft«, warf Luczin ein.

Kieran nickte. »Ja, doch seit ich hier zur Stimme Antiquerras gehöre, ist mir alles wieder eingefallen und ich glaube, ich verstehe jetzt auch die Zusammenhänge. Ich traf damals nämlich den Krappmagier Mataro, ein sehr bedauernswertes Wesen, das nicht sterben kann. Er hatte am ganzen Körper blutende Wunden und Geschwüre, ein grässlicher Anblick, vielleicht hatte ich die Erinnerung deshalb so vollkommen verdrängt. Schuld an seinem Leid ist derselbe Schwarzmagier, der unsere Rabenfürstin Lena vor 6000 Jahren in einen sterblichen Körper zwang.« Er schüttelte den Kopf, als ob er das immer noch nicht fassen könnte. Dann atmete er durch und sah sie alle drei an. »Ich fürchte, Mataro ist der Schlüssel zum Steinwelt-Tor, denn er ist das Bindeglied zwischen diesem vermaledeiten Schwarzmagier und den Rabenfürsten!«

Luczin sah erst Briann an und dann Kieran. »Ich verstehe nicht ganz!«

»Erinnert euch an das Buch der Meerfrauen und was darin geschrieben stand! Es war Mataro, durch den es diesem bösartigen Zauberer damals gelungen ist, zu tun, was er getan hat. Die dunkle Magie von damals ist nicht verschwunden, sie hat Mataro immer noch fest im Griff und damit auch Lena und Niven.«

»Hm«, Briann überlegte laut. »Ich sehe nicht, was wir dagegen tun könnten. Zum einen gibt es keinen Weg mehr nach Skeletten und zum anderen …« Er wandte sich an Finley. »Oder hast du jemals mit schwarzmagischen Zaubern zu tun gehabt?«

Finley verneinte. »Nie!«

»Finley, du bist ein hervorragender Lichtmagier, und …«, begann Kieran wieder.

Finley unterbrach ihn. »Oh, danke, das hast du mir zu Lebzeiten nie gesagt!« Er schwankte plötzlich und wäre vom Stuhl gefallen, wenn Briann ihn nicht gehalten hätte. »Wieso ist mir plötzlich so komisch?«

Kieran sog den Atem ein. »Herrje, es passiert früher als gedacht! Dann jetzt schnell, damit ihr noch alles mitbekommt! Auf Skeletten erfuhr ich, dass Mataro erlöst werden kann, aber nur von einem, der im Bund mit den Drachen steht und der dazu noch den Zeitenwender hat.« Er winkte ab, als Luczin etwas sagen wollte. »Nachher … Der Bund mit den Drachen bedeutet, dass derjenige Drachenfeuer aushalten können muss, warum weiß ich nicht. Ich habe gesehen, dass ihr das könnt, damals, als ihr Numir das zweite Mal vor die Schnauze geraten seid! Der Zeitenwender ist ein magisches Artefakt, ich habe euch aufgezeichnet, wie es aussieht. Ich weiß nicht, wo es ist, aber ihr müsst es finden! Hier …« Kieran reichte Luczin ein Blatt Papier und schaute besorgt zu Finley, der jetzt ganz blass aussah und leise stöhnte. »Wir haben nicht mehr viel Zeit, also hört gut zu! Briann!« Er sprach den Namen scharf aus. Briann, der Finley noch immer stützte, aber nun auch ein wenig weggetreten wirkte, riss die Augen auf. Kieran sah es und sprach jetzt sehr schnell. »Geht zu Wighard in den Schattenturm, er soll euch helfen, etwas über die Lösung von schwarzmagischen Verbindungen herauszufinden. Danach sucht ihr nach einem Weg nach Skeletten. Wenn die Krapp dort erfahren, dass ihr Drachenfeuer aushalten könnt und den Zeitenwender habt, werden sie euch alles erzählen, was ihr wissen müsst und euch nach Kräften unterstützen. Rettet Mataro und ihr rettet auch Niven und Lena sowie ihr ganzes Volk!« Kieran rüttelte plötzlich an einer Schublade des Schreibtischs. »Wer von euch ist noch einigermaßen bei sich? Luczin, komm her, schnell!«

Während Kieran die Schublade aufzog, ging Luczin zu ihm, aber er musste sich dabei am Schreibtisch festhalten. Sein Kopf fühlte sich an, als ob Ameisen darin wären und seine Beine gehorchten ihm nicht mehr richtig.

Kieran zwickte seinen Arm. »Hiergeblieben!« Er zeigte ihm einen Mechanismus, der innerhalb der Schublade ein Geheimfach öffnete, in dem ein Ring lag. »Der gehörte mir, er ist bei Finley zuhause im Studierzimmer, genau an diesem Platz. Der Ring wird seine magischen Kräfte verstärken und …«

Luczin hatte das Gefühl, als ob Kierans Stimme immer leiser wurde. Er sah ihn auch nicht mehr deutlich. Alarmiert schaute er zu Finley und Briann, aber die beiden verschwammen vor seinen Augen wie wabernde Nebel. »Kieran, was ist hier los?« Luczins Stimme klang selbst in seinen eigenen Ohren hohl und kraftlos und Kierans Antwort schien von weit her zu kommen. Er verstand kein Wort mehr. Dann spürte Luczin, wie ihm die Beine wegsackten, und im nächsten Augenblick wurde alles um ihn herum schwarz.

Hinter den Nebeln von Antiquerra, auf der anderen Seite im Türkisland, befand sich die junge Magierin Lili zusammen mit Kelwyn und Ardric mitten in der Nacht und bei schneidender Kälte auf dem Weg zum Hafen von Astral. Während sie die Tausend Stufen hinunterstiegen, die von der Ratsburg zum Südtor der Stadt führten, sprach sie kein Wort. Sie dachte nur daran, dass erst drei Tage vergangen waren, seit sie auf Leben und Tod gegen Thamar gekämpft hatten und dass sie jetzt schon wieder zum Kampf gegen ihn aufbrachen. Auch wenn Lili verstand, dass sie zumindest versuchen mussten, dieses Ungeheuer endgültig auszuschalten, hatte sie kein gutes Gefühl dabei, obwohl die Vorzeichen diesmal eigentlich gut standen. Vielleicht lag es daran, dass sie gesehen hatte, zu was Thamar fähig war.

In der Luft erklang der Schrei eines Raben und wenig später landete Barbarossa auf ihrer Schulter.

»Hallo Barb«, flüsterte sie, obwohl sie mittlerweile wusste, dass ihr Rabe Niven Rabenfürst hieß.

Ich warte am Hafen auf euch, klang es in Lilis Kopf und dann flog Barb alias Niven schon wieder davon.

Als Lili unwillkürlich seufzte, griff Kelwyn nach ihrer Hand. »Willst du nicht doch hierbleiben? Niemand würde dir das verübeln!«

Lili schüttelte den Kopf. »Nein! Wir haben den Kampf gegen Thamar zu dritt begonnen und werden ihn auch zu dritt beenden.«

»Dir ist aber klar, dass wir unsere eigentliche Aufgabe schon erfüllt haben? Velam ist wieder sicher«, warf Ardric ein.

Sie erreichten jetzt den unteren Treppenabsatz und bogen nach rechts, um zum Südtor zu gelangen. Lili blieb stehen und sah ihre Begleiter an. »Nichts und niemand ist sicher, solange

Thamar lebt! Außerdem wisst ihr so gut wie ich, dass der tödliche Zauber, unter dem das Volk der Rabenfürsten steht, nur dann gebrochen wird, wenn wir diesem Ungeheuer endgültig das Handwerk legen. Barb beziehungsweise Niven hat uns in unserem Kampf unterstützt, jetzt will ich *ihm* beistehen, und dann ist da auch noch Luan! Der Viperus hat euch das Leben gerettet, wir sind es ihm alle drei schuldig, dass wir gemeinsam versuchen, seine Schwester aus Thamars Gewalt zu befreien. Also fragt mich nicht mehr, ob ich hierbleiben will!«

Kelwyn legte seine Arme um Lilis Schultern und zog sie an sich. »Nein, ich werde nicht mehr fragen, Liebste.« Er seufzte. »Stehen wir die letzte Schlacht also auch gemeinsam durch!«

Da war sie wieder — die Angst, Kelwyn in dem kommenden Kampf zu verlieren. Es schnürte Lili fast die Kehle zu. Dennoch lächelte sie ihn an. »Ja, ich liebe dich auch! Betrachte es doch so: Mit euren Bogenschießkünsten könnt ihr Thamar wehtun, aber am Ende wird es unsere Liebe sein, die ihn unschädlich macht.«

Ardric drängte die beiden, weiterzugehen. »Wenn das Schiff ohne uns ablegt, habt ihr umsonst diskutiert.«

Lili nickte. Wenig später liefen sie bereits durch das Stadttor hinaus, danach links den Uferweg entlang bis hinunter zur Hafenmauer, wo die großen Segelschiffe ankerten.

Schon von Weitem sah Lili, dass sie erwartet wurden, aber nicht von zwei Personen, wie ausgemacht, sondern von drei.

»Kann es sein, dass das dort Kalliopi ist?«, fragte sie, während sie ihre Schritte beschleunigte.

»Stimmt, das ist unsere Seherin!«, erwiderte Ardric überrascht. »Hm, eigentlich sollte Bolko nur den Dolch bei ihr abholen.«

Als Lili mit Kelwyn und Ardric die Wartenden erreichte, trat die Frau rasch auf sie zu. Sie wandte sich gleich an Ardric. »Ich werde mit euch reisen! Deinem Onkel, König Silvius, habe ich die Nachricht schon zukommen lassen.«

»Aber …«, begann Ardric.

Kalliopi unterbrach ihn. »Seit du mich vor vielen Jahrzehnten halb ertrunken am Ufer des Coagulums gefunden hast, träume ich von einer südlichen Insel, die vom Meer selbst beschützt wird. Als Bolko mir Karmand beschrieb, wusste ich sofort, dass es diese Insel ist. Ich kenne sie aus meinen Visionen und werde euch daher von Nutzen sein. Außerdem bin ich ja nicht nur eure Seherin, sondern auch …«, sie holte unter ihrem Umhang ein schmales Kästchen aus dunklem Metall hervor und hielt es hoch, »… die Hüterin dieses unseligen Dolchs, den ich gewiss nicht aus der Hand geben werde.«

Kalliopi schaute Ardric jetzt mit vorgerecktem Kinn an und dieser blies hörbar seinen Atem aus. Aber er wusste wohl nicht, was er antworten sollte und so schaute er hilfesuchend zu dem mit Speer und Schwert ausgerüsteten Bolko. Doch der zuckte nur die Schultern. »Unsere rothaarige Götterbotin hat ihren eigenen Kopf, das weißt du doch!«, murmelte er in seinen Bart.

Für Lili war von vornherein klar gewesen, dass Kalliopi sich nicht abweisen lassen würde. Sie war froh darum und stellte sich deshalb schnell auf deren Seite. »Ich denke, Kalliopi weiß genau, worauf sie sich einlässt.«

Die Seherin nickte, und nun trat auch der Viperus Luan vor. Als Lili ihn ansah, spürte sie plötzlich die Kälte dieser Winternacht noch mehr. Denn während alle anderen in warme, schwarze Umhänge gekleidet waren, trug er lediglich ein weißes Kleid, das auf der Brust mit silbernen Zeichen bestickt war. Sein langes, blondes Haar glänzte im Mondlicht fast genauso wie das Diadem auf seiner Stirn, das ihn als Anführer des Schlangenwandlervolks auswies.

Luan legte Ardric eine Hand auf die Schulter. »Wir haben den Dolch und den Holderbaumsamen. Nur das zählt! Ob fünf oder sechs Personen nach Karmand aufbrechen, ist jetzt nicht mehr der Diskussion wert. Unser Schiff wird jeden Moment hier im Hafen auftauchen.«

Lili fröstelte es auf einmal so sehr, dass sie zitterte. Sie rieb sich über die Arme. »Auftauchen! Na klar, ist ja ein Geisterschiff.«

Luan lächelte sie an. »Keine Sorge, du wirst feste Planken unter deinen Füßen spüren.«

Während er sprach, hörte Lili in der Ferne eine Turmuhr Mitternacht schlagen. Ihr Herz klopfte mit einem Mal schneller. Sie griff nach Kelwyns Hand, schaute angestrengt am Kai entlang. Aber außer ihrem Atem, der in kleinen Wölkchen vor ihrem Gesicht waberte, sah sie nichts, was man für eine geisterhafte Erscheinung hätte halten können. Alles schien ruhig, sogar der Ozean, dessen Wasser in kleinen Wellen zwischen den ankernden Schiffen gegen das Ufer schlug.

Luan deutete plötzlich nach vorne und lief los. »Dort!«

Fast am Ende der Hafenmauer spritzte die Gischt hoch auf. Meereswellen klatschten in heftigen Schüben auf den Stein der Uferstraße. Während Lili mit den anderen Luan hinterherlief, sah sie unweit der bezeichneten Anlegestelle einen in Nebel gehüllten Dreimaster aus dem Wasser aufsteigen. Lili erkannte nur Umrisse, obwohl die Sicht auf die anderen Segelschiffe im Mondlicht sehr klar war.

Lili und ihre Gefährten hatten Luan eingeholt. Sie beobachteten nun, wie das Geisterschiff anlegte. Es verursachte kein Geräusch dabei, auch die fast durchsichtig wirkende Planke, die bald darauf als Einstiegshilfe zum Kai herübergehievt wurde, knarrte kein einziges Mal.

Luan stieg sofort hinauf. Lili sah auf seine Füße, die wie in Nebel gehüllt schienen. Aber er sank nicht durch und als er auf dem Schiff war, winkte er herüber zum Zeichen, dass sie nachkommen sollten. Lili atmete erst einmal tief durch, ehe sie den

120

ersten Schritt auf die Planke setzte. Überrascht stellte sie dann fest, dass sie auf etwas trat, das sich wie Holz verhielt. Es wippte ein wenig, als sie vorsichtig über das Brett ging. Rechts und links tief unter sich sah Lili das Wasser des Hafens dunkel glänzen. Sie versuchte, das zu ignorieren, und konzentrierte sich auf die schmale, graue Linie, die zu der undeutlichen Silhouette des Geisterschiffs führte, das vor ihr aufragte. Als sie an der Einstiegsluke ankam, streckte sich ihr eine Hand entgegen, neblig verschwommen, aber dennoch deutlich sichtbar wie die bärtige Person, zu der sie gehörte. Lili ergriff die Hand und erschrak fast über den festen Griff, mit dem der Mann sie beim Betreten des Dreimasters stützte.

Lili bedankte sich bei ihm und lief zu Luan, der sich über die Bordwand lehnte und den anderen mit wilden Gesten zurief, dass sie sich beeilen sollten. Er wandte sich ihr zu. »Das Schiff bleibt nicht lange an dieser Stelle!« Luan schaute wieder zur Hafenmauer, aber als er sah, dass Kelwyn, Ardric und Bolko in kurzem Abstand zu Kalliopi die Planke betraten, war er zufrieden.

Wenig später waren alle samt Lilis Rabe auf dem Schiff. Die Planke wurde eingezogen, und während dies geschah, schien der Nebel, der das Geisterschiff umgab, noch dichter zu werden. Lili ahnte mehr, als dass sie sah, wie der Bärtige zum Steuerrad lief, er war wohl der Kapitän des Dreimasters. Außer ihm entdeckte sie nur noch zwei weitere Geister an Bord. Es sah so aus, als ob sie den Anker einholten. Während Lili darüber nachdachte, dass es außer den dreien doch sicher weitere Besatzungsmitglieder gab, — schließlich gingen sie jetzt schon unter Segel —, lichtete sich der Nebel, und zu ihrer Überraschung befanden sie sich jetzt in voller Fahrt auf See. Der Hafen mit der dahinter liegenden Stadt Astral war in der Ferne kaum noch zu erkennen, gleichzeitig wurden die Konturen des Geisterschiffs auf einmal deutlicher. Schon nach kurzer Zeit sah es wie ein normaler Dreimaster unter vollständiger Besegelung aus. Allerdings …

»Wo ist die Mannschaft?« Kelwyn sprach aus, was Lili dachte.

»So tot wie wir. Dennoch war ihnen das Glück mehr gewogen als uns, sie sind längst im Schattenreich.« Der Bärtige hatte seine Position am Steuerrad verlassen und kam mit den zwei anderen Männern zu ihnen. Alle drei sahen jetzt fast wie lebende Seeleute aus, nur ihre Gesichter sowie die unbedeckte Haut an ihren Körpern wirkten grau. »Wir drei sind hier hängengeblieben, dazu verdammt, unsere Segelfregatte durch den Ozean zu steuern. Wobei … steuern ist nicht ganz richtig. Meine Shaty hält den Kurs von allein.« Der Kapitän neigte den Kopf. »Ich bin Aramas, Kapitän dieses prächtigen Mädchens.« Er schaute sich um und seine Haltung verriet, wie stolz er auf diesen Dreimaster gewesen war. »Ja, prächtig! Das Schiff war neu, noch nicht einmal ganz abbezahlt.« Aramas seufzte und wies dann auf den rothaarigen Seemann, der direkt neben ihm stand »Das ist unser Schiffskoch Emmund und das …« Er wies auf den jungen Mann neben Emmund, »… ist sein Neffe Miktar, unser Schiffsjunge. Die beiden brachten damals diesen vermaledeiten Thamar zu uns an Bord und weil er viel Geld bot, erlaubte ich ihm, mit uns zu fahren.«

»Dann seid ihr wohl wegen ihm verflucht worden.« Kalliopis Stimme klang mitfühlend.

Aramas nickte. »Ja, solange Thamars Taten nicht gesühnt sind, müssen wir jeden dritten Mond die damalige Fahrt wiederholen. Über zweihundert Jahre geht das schon so. Ich hoffe, ihr könnt ihm endlich geben, was er verdient. Es würde auch uns helfen!« Er atmete durch und klatschte dann in die Hände. »Aber genug davon. Miktar wird euch die Kammer mit den Schlafplätzen zeigen. Richtet euch dort ein, so gut es geht, wir werden fast einen ganzen Mond lang unterwegs sein.«

»Danke, Aramas!« Luan nickte dem Kapitän zu und wandte sich dann an die Gefährten. »Der Wind bläst hier ziemlich kalt und ihr seht schon halb erfroren aus. Unter Deck ist es sicher ein wenig wärmer. Gehen wir!«

Bolko, der auf einmal ein wenig unpässlich wirkte, schüttelte den Kopf. »Ich glaube, ich bleibe hier oben.«

Kalliopi sah ihn an, kramte dann in der Tasche, die sie mitgebracht hatte, und gab ihm wenig später etwas in die Hand. »Ich habe Pillen gedreht, die gegen die Seekrankheit wirken. Damit geht's dir gleich besser. Du musst sie kauen!«

Bolko staunte. »Wann hast du die denn hergestellt? Ich bin doch erst am Mittag zu dir gekommen.«

Kalliopi lächelte. »Ich bin eure Seherin, schon vergessen? Vor drei Tagen habe ich uns im Traum auf einem Schiff gesehen und umgehend Vorbereitungen getroffen.«

»Danke.« Bolko fragte nicht weiter, sondern steckte sich die Pille in den Mund. Dann atmete er durch und schaute zu dem Schiffsjungen Miktar. »Na gut, dann führe uns mal in den Bauch dieses schaukelnden Ungetüms!«

Miktar grinste. »Keine Sorge, bis wir unseren Zielort erreichen, hast du dich an die Fahrt auf See gewöhnt. Mir war bei meiner ersten Reise auch ständig übel, aber das gibt sich.« Er winkte alle mit sich. »Hier lang!«

Barb, der in den Masten gesessen hatte, flog auf Lilis Schulter. Während sie alle zu der Luke gingen, die unter Deck führte, lief Lili an Bolkos Seite. »Nachher gebe ich dir Heilenergie.«

»Ist mir recht«, brummte Bolko und kaute heftig seine Pille.

Miktar führte sie über eine steile Treppe zur Mannschaftsunterkunft hinunter. Eng nebeneinander waren dort Hängematten aufgereiht. Sie durchquerten diesen Raum und noch einen weiteren, dann zeigte Miktar auf die kleine Kammer links von ihnen. »Hier ist euer Schlafplatz. Dieser Raum ist der einzige, der damals bei unserem Schiffbruch an den Felsen vor Karmand nicht beschädigt wurde. Wenn wir zum nächsten vollen Mond wieder dort auflaufen, müsst ihr hier drinnen bleiben, bis ich euch sage, dass ihr herauskommen könnt. Nur dann habt ihr eine Chance, heil an Land zu kommen.«

Ardric sah sich in dem Raum um. Auch hier gab es nur Hängematten. »Hat denn damals jemand überlebt?«

Miktar nickte. »Thamar natürlich, aber der war zu der Zeit schon unsterblich, und ich selbst habe den Schiffbruch hier in dieser Kammer unbeschadet überstanden.«

Lili stutzte. »Ja aber … warum bist du dann dennoch tot?«

»Ich wollte über die Klippen an Land klettern, aber ich bin abgerutscht und wurde vom Göttersturm erfasst.«

Miktar war wieder nach oben auf das Hauptdeck gegangen. Aber das Gespräch mit ihm hatte allen deutlich gemacht, dass sie die Insel Karmand vielleicht gar nicht lebend erreichten.

»Wenn etwas schiefgeht, kann ich nur hoffen, dass wir nicht auch ewig auf diesem schaukelnden Kasten über See fahren müssen«, brummte Bolko. Es ging ihm zwar dank Kalliopis Pille und Lilis Heilmagie jetzt besser, aber heimisch würde er sich auf diesem Schiff nach eigenem Bekunden nie fühlen.

Luan blieb gelassen. Er holte aus der Tasche seines Kleids einen kleinen Beutel und setzte sich in der Kammer auf eine der Hängematten. »Wir wussten, dass es gefährlich wird, aber es ist unsere einzige Chance, dieses Ungeheuer Thamar endgültig zu bezwingen.« Er hielt den Beutel hoch. »Sicherheitshalber teilen wir aber die Samen des Holderbaums unter uns auf.« Er zögerte. »Falls einer von uns es nicht auf Karmand schafft …«

Kelwyn setzte sich zusammen mit Lili und Ardric auf die Hängematte gegenüber von Luan. Er deutete auf den Beutel.

»Wo hast du die Samen herbekommen? Ich nehme an, es sind keine gewöhnlichen Holderbaumsamen.«

»Nein. Die Samen stammen von dem Baum, den Thamar aus der Erde gerissen und ins Meer geworfen hat, um den Herrn der Zeit zu schwächen und überwältigen zu können und seine Stelle einzunehmen. Mir wurde gesagt, dass eine Gruppe von Meerfrauen den Baum später gefunden hat. Sie haben die Samen davon gesammelt und aufbewahrt.«

Kalliopi setzte sich neben Luan. »Hast du auch erfahren, was aus dem wahren Herrn der Zeit geworden ist?«

Luan schüttelte den Kopf. »Es heißt, dass er tot ist. Seine Kraft und Stärke war wohl mit dem Holderbaum verbunden. Vielleicht erwacht er wieder, wenn einer der Samen gesetzt ist.«

Der Rabe, der noch immer auf Lilis Schulter saß, krächzte ihr etwas ins Ohr. Lili sah Luan an. »Niven sagt, dass der Same an genau derselben Stelle eingepflanzt werden muss, an der zuvor der Holderbaum stand.«

»Wie viele Versuche haben wir denn?«, fragte Ardric.

Luan schüttete die Samen aus dem Beutel in seine offene Hand und zählte sie. »Es sind sechs Samen, also sechs Versuche, um die richtige Stelle zu finden.«

Kalliopi schüttelte den Kopf. »Ich weiß, wo der Holderbaum früher stand, ich habe es im Traum gesehen und kann euch hinführen.«

Bolko, der auf seinen Speer gestützt, dastand und bisher nichts gesagt hatte, schaute Kalliopi an. »Jeder von uns wird also ab jetzt einen Samen hüten. Meinst du nicht, dass der Dolch bei mir nun auch besser aufgehoben ist? Wenn du ihn verlierst, haben wir nichts gegen Thamar in der Hand. Außerdem habe ich mir geschworen, dieses Monster bis zu meinem letzten Atemzug zu bekämpfen und wenn es so weit ist, will ich es sein, der den Dolch führt!«

»Der Dolch geht nicht verloren! Du bekommst ihn, sobald wir wissen, wo sich Thamar auf der Insel versteckt!«

Bolko sah hilfesuchend zu Ardric. »Sag doch auch mal was!«

Aber Ardric winkte ab. »Sehen wir erst einmal zu, dass wir Karmand erreichen.«

Luan verteilte jetzt die Samen des Holderbaums. Lili verstaute ihren in dem Amulett, das sie um den Hals trug. Ardric und Kelvin, die dasselbe Schmuckstück trugen, machten es genauso. Bolko sowie Kalliopi fanden auch schnell ein sicheres Plätzchen, um den Holderbaumsamen am Körper zu tragen.

Lili dachte noch einmal über die Waffe nach. Sie sah die anderen an. »Warum seid ihr so sicher, dass Thamar durch den Dolch getötet werden kann. Der Mann ist unsterblich!«

Wieder antwortete Luan. »Meine Schwester Caida hat es von Thamar selbst erfahren. Er hat im Schlaf davon gesprochen. Eine Seherin hat ihm wohl einmal gesagt, dass er durch eine Klinge sterben wird, die er kennt. Diesen Dolch kennt er, denn es ist sein eigener, derjenige, mit dem er vor sechstausend Jahren seine Tochter Asla als auch deren Bräutigam Gavin getötet hat.«

Ardric bestätigte das. »Ja. Die Waffe wurde damals zusammen mit den Ermordeten ins Dunkle Land gebracht und seither gut versteckt, sodass Thamar sie nicht finden konnte.«

Lili seufzte. »Ich wäre zu gerne schon zwei oder drei Monde älter.« Sie hielt dem Raben, der noch immer auf ihrer Schulter hockte, ihren Arm hin. Während das Tier darauf hüpfte, wies sie auf die Schlafplätze der Kammer. »Schau Niven, du hast eine eigene Hängematte, ich habe nämlich sieben Stück gezählt. Auf jeder liegt eine Decke und ich hoffe, so kannst du schlafen, auch wenn es dir derzeit noch nicht möglich ist, dich in deine wahre Gestalt zu verwandeln.«

Kelwyn sah zu, wie der Rabe aufflog und eine der Hängematten belegte. »Ja, gehen wir schlafen! Die Nacht wird schon bald vorüber sein. Bis wir Karmand erreichen, dauert es eine Weile, und bis dahin werden wir genug Gelegenheiten finden, unsere Pläne zu besprechen.«

Lili gähnte hinter vorgehaltener Hand, dann zog sie Kelwyn und Ardric mit sich hoch und belegte mit ihnen die drei Schlafplätze neben Niven Rabenfürst. Auch die anderen machten sich zum Schlafen bereit. Wo sich die drei Geister aufhielten, wusste keiner von ihnen genau, aber vermutlich blieben diese während der Fahrt hauptsächlich oben auf Deck.

Im Raum wurde es bald still, doch draußen auf See schlugen die Wellen allmählich höher. Nur wenig später steuerten sie direkt auf den ersten Sturm zu.

Ich stand oben auf dem Treppenabsatz vor meiner Wohnhöhle und schaute hinunter zum Ufer des Großen Sees. Die junge Rilana stand dort trotz der winterlichen Kälte im knietiefen Wasser und wusch ein paar Wäschestücke. Sie plauderte dabei mit dem Nöck Jendri, der nicht weit von ihr entfernt auf einem großen Stein saß.

Als Jendri mich sah, winkte er zu mir herauf. »Ein herrlicher Tag heute, nicht wahr, Ardrel?«

Ich grüßte zu ihm herunter. »Ja, solange die Sonne scheint, mag ich den Winter auch.«

Jendri lachte. »Ach, du willst doch nicht sagen, dass du frierst? Früher warst du nicht so empfindlich.«

Ja, früher … Während Jendri sich wieder Rilana zuwandte, wanderten meine Gedanken zurück in die Vergangenheit. Rilana hatte große Ähnlichkeit mit Brigid, der ersten aus der Gruppe von Menschen, denen ich vor über sechstausend Jahren den magischen Funken übertragen hatte. Ich hatte Brigid gemocht, sie war schon von Natur aus bescheiden gewesen, hilfsbereit und fleißig, ein angenehmer Charakter, völlig anders als der rothaarige Ewan, der Jaron und mich damals fast zur Verzweiflung getrieben hatte. Ewan war verdorben gewesen, von Anfang an und nicht bereit, sich zu ändern. Jendri hatte sich viele Male über ihn beschwert, weil Ewan trotz seines Verbots immer wieder im See fischte statt im nicht weit entfernten Fluss und mit seinen Angelhaken die hier lebenden Nixen dabei oft verletzte. Ich seufzte. Eines Tages war Ewan dann tot ans Ufer des Sees gespült worden …

Ich schüttelte den Gedanken an Ewan von mir ab. Immerhin war ansonsten alles prima gelaufen. Jaron und mich verband seit damals eine tiefe Freundschaft. Jetzt gehörten wir zu den

Arcanäs, dem geheimnisvollen magischen Volk, das den übrigen Bewohnern von Antiquerra noch immer Rätsel aufgab. Es lag daran, dass wir uns nur selten irgendwo blicken ließen und daran, dass unser Tal, das ich damals im Berg freigelegt hatte, auch heute noch für andere unsichtbar war. Jaron und ich wollten, dass sich daran nichts änderte.

Aber auch, wenn sich hier alles wie erhofft entwickelt hatte und unser Volk schon seit langem im Geiste Antiquerras lebte, jetzt sogar den Elementen befahl, so trug ich dennoch denselben großen Schmerz mit mir herum wie damals. Es war nicht mehr deshalb, weil meine Königin Alyssa mich hatte fallen lassen, darüber war ich hinweg. Nein, es war, weil der Schwarzmagier Thamar noch immer mordend sein Unwesen trieb. Das Leid, das er stets von neuem schuf, nahm kein Ende. Ich fühlte mich daran schuldig, denn er hatte nur deshalb so viel Macht, weil ich mir damals von ihm den »Stein der Ewigkeit« hatte stehlen lassen. Zwar wusste ich, dass der Jaspis mittlerweile in den Händen der Königinnen war und somit sicher. Ich wusste auch, dass die Rabenfürsten sich gefunden hatten und vor einiger Zeit in alter Gestalt wiedererweckt worden waren. Aber deshalb war noch lange nicht alles wieder in Ordnung.

Unten am Ufer des Sees klang das Lachen von Rilana zu mir herauf und holte mich in die Gegenwart zurück. Sie war mit ihrer Wäsche fertig und schickte die nassen Stücke mit einer leichten Handbewegung in die Luft, wo sie wie an einer Leine aufgehängt im Wind flatterten. Eine weitere Handbewegung von Rilana verstärkte den Wind, der nun heftig pustend um die Kleidungsstücke herumstrich, um sie zu trocknen. Rilana streckte auch ihre nassen Beine in den Luftstrom und lachte laut auf, weil sie auf einem Bein stehend heftig wackelte und fast das Gleichgewicht verlor. Wenig später wandte sie sich wieder Jendri zu, der sie vergnügt beobachtete. Eine streichende Handbewegung glättete den See und sie sprang, ohne im Wasser einzusinken, zu ihm hinüber und gab ihm einen Kuss auf die Wange. Bald darauf lief sie zurück, sammelte die Wäsche ein und machte sich auf den Weg ins Dorf hinter dem Felsen.

Eine Weile blieb ich noch nachdenklich stehen. Rilana war die Einzige, die auf sämtliche Elemente Einfluss nehmen konnte. Sie befahl dem Wind, dem Wasser, dem Feuer und sie teilte Felsen und brachte fruchtbares Land zum Vorschein. Das alles gelang ihr ohne erkennbare Anstrengung, fast so gut wie mir selbst.

Ich dachte nach. Vielleicht konnte sie…

Hinter mir erklang plötzlich Jarons Stimme und schreckte mich auf. »Hier steckst du, Ardrel! Darf ich ein bisschen mitgrübeln?«

Ich lachte. »Ja, ich habe über einiges nachgedacht.«

»Dann hattest du wohl wieder einmal Besuch von Saral.«

Wie gut Jaron mich doch mittlerweile kannte! Ich nickte. »Ja, es sind wieder vierhundert Jahre vergangen und so stand er kurz nach Sonnenaufgang vor mir.«

Während ich mit Jaron in meine Wohnhöhle ging, gab er einen unwilligen Laut von sich. »Es lohnt nicht, sich über Saral den Kopf zu zerbrechen. Er wird sich nie ändern und uns beide immer von oben herab behandeln.«

Drinnen setzte ich mich mit Jaron an den Tisch, griff nach der Karaffe und goss uns von dem frischen Quellwasser in die Becher. »Er war heute anders als sonst, gesprächiger. Vielleicht lernt er ja dazu.«

»Glaub ich nicht! Hatte er denn zumindest diesmal eine brauchbare Information?«

Ich nickte. »Ja. Aber bevor wir das besprechen — würdest du bitte das Lichtschwert aus der Felswand holen?«

»Warum tust du das nicht selbst?«

Jaron schüttelte den Kopf, aber dann richtete er doch seine Magie auf die Wand hinter meinem Bett. Das Schwert, das darin eingeschlossen lag, sauste auf ihn zu und er fing es auf.

Ich betrachtete ihn. »Was spürst du, wenn du das Lichtschwert in der Hand hältst?«

Jaron schaute mich überrascht an. »Wieso fragst du das?« Er betrachtete das Schwert, drehte und schwang es. »Ich fühle, wie sich die Magie des Lichtschwerts mit meiner verbindet. Eine gewisse Wärme geht von der Waffe aus, die sich in angenehmer Weise in meinem Körper ausbreitet.«

»Dann spürst du dasselbe wie ich. Auch in mir breitet sich Wärme aus, wenn ich das Schwert benutze.«

»Ist das jetzt von Bedeutung?«

»Ja«, erwiderte ich, »denn Saral sagte mir heute, dass jeder Dämon, der bisher versucht hat, ein Lichtschwert zu benutzen, sofort verbrannt ist. Deshalb ist Thamar noch immer am Leben. Wie es aussieht, bist du der einzige Dämon, der einem Lichtschwert zu befehlen vermag.«

»Was?« In Jarons Gesicht spiegelte sich Entsetzen. Er ließ das Schwert auf den Tisch fallen und sprang auf.

Ich beruhigte ihn. »Jaron, erinnere dich! Als ich damals anfing, unser Volk im Schwertkampf zu trainieren, da hast du nur mitgemacht, weil ich dir mein Lichtschwert in die Hand gab. Seither hast du es unendlich viele Male benutzt, für Zauber, und obendrein beim Schwerttraining,« Ich grinste. »Wobei du es sogar einmal geschafft hast, mich mit einer deiner hinterhältigen Finten zu entwaffnen. Dir ist nie etwas zugestoßen und dir wird auch künftig nichts passieren, wenn du das Lichtschwert benutzt!«

Jaron setzte sich wieder und griff vorsichtig nach der Waffe, horchte dabei in sich hinein. »Ja, das Schwert erkennt mich an. Es weiß, dass wir Freunde geworden sind und vertraut mir. Es ist so wie immer, deine Waffe wartet auf meinen Befehl.« Er schaute mich an. »Vielleicht hat Saral aber auch gelogen …«

»Nein. Dieses Mal hat er die ganze Wahrheit gesagt und nichts verschwiegen. Er hat Angst, weil die Königinnen wegen dieser Sache streiten und er nicht weiß, wie er sie besänftigen soll. Er fürchtet deshalb schon um seine Stellung.«

Jaron legte das Lichtschwert beiseite und lachte auf. »Diese Nachricht gefällt mir! Saral hat wahrlich absolut kein Talent dazu, jemanden zu besänftigen, im Gegenteil!« Er sah mich forschend an. »Er hat dich damals, als du verbannt worden bist, ziemlich mies behandelt. Ich hoffe, du hast ihm jetzt nicht als Belohnung dafür auch noch Tipps gegeben, die er für sich nutzen kann.« Als ich die Schultern zuckte, grollte er. »Das sieht dir ähnlich, du versuchst selbst deinen Feinden zu helfen!«

»Sei nicht so hart«, erwiderte ich. »Ich war selbst einmal zu stolz und ich bin tief gefallen. Das wünsche ich keinem.«

»Du warst nie so wie er!« Jaron atmete durch und beugte sich dann zu mir vor. »Aber genug davon. Ich nehme an, dass du mir das mit dem Schwert nicht ohne Grund erzählst. Ich hoffe, du verlangst nicht von mir, dass ich gegen diesen Schwarzmagier Thamar kämpfe!«

Ich schüttelte den Kopf. »Nein, ich verlange es nicht von dir. Aber ich bitte dich als meinen Freund.«

Jaron schwieg und blies dann den Atem aus. »Ardrel, du weißt, dass ich nie kämpfen wollte!«

»Ja, das weiß ich.«

Jaron schüttelte wieder den Kopf. »Ich bin kein Dämon mehr, so wenig wie du noch ein Lichtkrieger bist. Es wäre daher sowieso fraglich, ob wir Thamar dahin schicken könnten, wo er hingehört.«

Ich schob den Ärmel meines Gewands hoch und betrachtete meine Haut, die bei magischen Handlungen längst nicht mehr so gleißend hell aufstrahlte wie früher. »Es ist wahr, das sterbliche Leben um uns herum hat uns verändert. Sehr sogar. Dennoch glaube ich, dass wir im Kampf gegen Thamar noch einmal zu dem werden können, was wir waren. Dämon und Lichtkrieger stecken noch immer in uns und werden immer in uns sein.«

Jaron senkte den Kopf und schaute auf seinen Becher, den er spielerisch drehte. »Hm … Angenommen, wir könnten Thamar tatsächlich ausschalten, dann stünde deiner Rückkehr zu Alyssa nichts mehr im Weg.«

»Doch«, erwiderte ich, »meine Liebe zu unserem Volk und meine Freundschaft zu dir. Ich will nicht zurück, und Alyssa würde mich nicht gegen meinen Willen von hier fortholen.«

Jaron sah auf. »Sei dir da nicht so sicher!« Er atmete durch und überlegte. »Wir haben zwar noch immer die Fähigkeit, die Nebel auf Karmand zu teilen, aber wenn wir trotz unserer Verbannung hindurchgehen, um uns auf die Suche nach Thamar zu machen, dann wird das unseren Königinnen nicht gefallen.«

»Wir brauchen ihn nicht zu suchen, ich weiß, wo er ist. Saral hat es mir gesagt.«

Jaron gab einen gequälten Ton von sich. »Ich traue Saral nicht!«

Ja, Saral war sicher nicht mein Freund und noch weniger der von Jaron, das wusste ich auch. Aber ich hatte Maßnahmen ergriffen. Ich deutete auf mein Lichtschwert und die große Schale voll Wasser, die am Rande des Tisches stand. Beides waren Werkzeuge, die mich Dinge sehen ließen, die ich erforschen wollte. »Ich habe seine Informationen natürlich nachgeprüft, soweit es mir möglich war.«

Jaron schnaufte durch. »Dann wäre es gut, wenn du mir jetzt erst einmal alles erzählst, was du erfahren hast.«

Ich nickte. »Über die Sache mit dem Schwert weißt du jetzt Bescheid. Saral war gezwungen, mir das sagen, weil Alyssa es ihm befohlen hatte, sonst wüssten wir das wahrscheinlich immer noch nicht. Natürlich war er der Meinung, dass diese Information nur dazu dienen sollte, mein Gewissen erneut zu belasten, aber ich bin mir da nicht so sicher.«

Jaron gab einen überraschten Laut von sich. »Glaubst du etwa, dass deine Königin uns indirekt auffordert, zu handeln?«

Ich zuckte die Schultern. »Ich weiß es nicht. Aber nach allem, was wir wissen, kann ich mir nicht vorstellen, dass sie mich nur quälen will.«

Jaron schüttelte den Kopf. »Du hast immer noch eine zu gute Meinung von ihr. Dass Thamar dir den Stein stehlen konnte, war mindestens genauso ihre Schuld wie deine — oder auch meine.«

Dieses Thema wollte ich nicht wieder vertiefen. »Lassen wir das und bleiben bei dem, was Saral mir sagte.« Ich sah Jaron an. »Die anderen Fakten habe ich mühsam aus ihm herauslocken müssen, aber zusammen mit seinen früheren Informationen ergibt das jetzt ein ziemlich rundes Bild. Du hattest jedenfalls recht, dieser Schwarzmagier Thamar greift tatsächlich nach der Macht der Götter. Er hat sie zum Teil sogar schon, denn es ist ihm gelungen, den Herrn der Zeit zu überwältigen und sich an seine Stelle zu setzen.«

»Dann ist Thamar auf Karmand?«

Ich nickte. »Ja.«

Jaron dachte nach. »Das macht die Sache nicht einfacher, zumal damit zu rechnen ist, dass seine magischen Kräfte noch gewachsen sind. Ich weiß zwar, in welcher Ecke Karmands die Behausung des Herrn der Zeit sein muss, dort hält sich Thamar ja sicher versteckt — aber wie sollen wir ihn herauslocken? Er wird uns sehen, bevor wir ihn zu Gesicht bekommen.«

»Es ist nicht nötig, dass wir ihn aus seinem Versteck herauslocken, das übernehmen andere für uns. Hinter den Nebeln gibt es nämlich eine Gruppe von Magiern, die bereits vor Kurzem im Dunklen Land gegen Thamar gekämpft und damit eine Prophezeiung erfüllt haben. Aber es gelang ihnen natürlich nicht, ihn endgültig ausschalten. Wie Saral mir sagte, sind sie jetzt mit einem Geisterschiff nach Karmand unterwegs, um erneut gegen diesen Dunkelmagier zu kämpfen. Sie haben eine Waffe dabei, von der sie glauben, dass diese Thamar töten wird. Wir beide wissen, dass dem nicht so ist, aber sobald sie ihn aus seinem Unterschlupf herausgelockt haben, können wir eingreifen.«

»Moment mal!« Jaron schüttelte den Kopf. »Selbst wenn diese Magier mit einem *Geisterschiff* nach Karmand segeln, sie werden das Ufer niemals lebendig erreichen!«

»Du meinst wegen der Brandung des Göttersturms, die wir nicht manipulieren dürfen?«

»Ja. Selbst für unsere Königinnen ist der Göttersturm tabu, es steht in dem Gesetz, dem sich alle Götter verpflichtet haben.«

»Ich weiß. Aber es gibt kein Gebot, das einen *Sterblichen* daran hindert, den Göttersturm vor der Küste Karmands zu besänftigen.«

Jaron schaute mich zweifelnd an. »Wie soll das gehen, Ardrel? Wir können keinen aus unserem Volk durch die Nebelgrenze schicken. Selbst wenn wir denjenigen an die Hand nehmen — er würde zweifellos umkommen.«

»Das ist wahr. Aber ich habe eine andere Idee, sie kam mir, als ich vorhin Rilana beobachtet habe.«

Jaron horchte auf. »Rilanas Magie ist sehr stark. Denkst du, dass sie von hier aus den Göttersturm beeinflussen könnte?«

»Es wäre möglich. Erinnerst du dich daran, wie einer ihrer Vorfahren, er hieß Wilin, vor dreitausend Jahren ein im Nebelmeer treibendes Stück Land mit Antiquerra verbunden hat? Es rettete viele Leben! Wilin befahl damals Erde und Wasser mithilfe des Brunnens, der am Rand des Dorfs steht, und den alle für Befragungen nutzen. Rilana hat noch stärkere magische Kräfte als er und wenn sie im Brunnen die Küste und das Geisterschiff sieht, dann gelingt es ihr vielleicht, den Sturm von da aus zu beruhigen.«

»Hm …« Jaron rieb sich nachdenklich das Kinn, dann schaute er mich an. »Ja, möglicherweise. Aber sicher ist es nicht und wir dürfen nicht eingreifen. Außerdem muss Rilana erst einmal damit einverstanden sein, dieses Experiment durchzuführen. Wissen wir denn wenigstens, wann das Geisterschiff auf die Küste trifft?«

Ich nickte. »Laut Saral zum nächsten Vollmond. Ob seine Zeitangabe stimmt, kann ich allerdings nicht überprüfen. Aber ich habe mithilfe der Wasserschale nach dem von ihm beschriebenen Geisterschiff geforscht …«, ich wies zu der Schüssel auf dem Tisch, »… und gesehen, wie es im Türkisland von einem Hafen aus in See gestochen ist.« Ich zögerte einen Augenblick. »Falls Rilana das Wagnis eingehen wird, müsste sie das Schiff eine Zeit lang allein beobachten, denn wir sollten schon ein paar Tage vorher nach Karmand aufbrechen, um rechtzeitig an der Nebelgrenze zu sein. Wir können nicht bei ihr bleiben, um die Ankunft des Schiffs und den Erfolg ihrer Magie zu überwachen.«

Jaron blies den Atem aus und griff dann nach der Karaffe, um sich Wasser nachzuschenken. Er schüttelte den Kopf. »Das sind ziemlich viele Unwägbarkeiten, wie mir scheint.« Er schaute mich ernst an. »Ardrel, ich weiß, dass du Thamar unbedingt seiner Gerechtigkeit zugeführt sehen willst und ich wäre auch froh, wenn dieses Kapitel endlich beendet wäre, aber was, wenn wir aktiv werden und du dann miterleben musst, wie diese Magier umkommen? Ich denke da gar nicht mal an den Sturm, sondern an Thamar, der garantiert stinksauer wird, wenn sie ihn angreifen.«

Daran hatte ich schon gedacht und es würde mich sehr belasten, wenn wir das nicht verhindern könnten. Dennoch …

»Das wäre schlimm für mich, das ist wahr«, erwiderte ich. »Es würde die Vergangenheit wieder heftig aufrühren. Aber zu wissen, dass wir die Möglichkeit haben, Thamar ein Ende zu bereiten und es nicht zu versuchen, würde mich erst recht belasten.«

Jaron seufzte. »Das habe ich mir gedacht! Also gut, ich werde gegen dieses Ungeheuer kämpfen. Wir müssen uns aber etwas einfallen lassen, weil die Gefahr besteht, dass Thamars Bosheit mich überwältigt. Ich könnte in dem Fall zur Schwert schwingenden Furie werden, die nicht mehr ansprechbar ist. Es würde deinen Part, ihn als Seelenlosen einzufangen, erschweren oder im schlimmsten Fall gar verhindern.« Er zögerte. »Ich weiß, dass ich unter bestimmten Umständen ausraste, deshalb wollte ich nie eine Waffe tragen.«

Ich griff nach Jarons Hand und drückte sie. »So etwas hab ich vermutet und ich rechne es dir deshalb umso höher an, dass du mir trotzdem hilfst.«

Jaron winkte ab und grinste. »Es wird auch für dich nicht leicht. Du musst noch mit mir üben …«

Am Nachmittag sprachen wir mit Rilana. Sie erklärte sich sofort bereit, all ihre Fähigkeiten einzusetzen, um die ihr unbekannten Magier vor dem Göttersturm zu retten. Mit unserem Einverständnis informierte sie danach ihre Familie, denn ihre Angehörigen sollten ihr helfen, das Geisterschiff im Auge zu behalten. Auf diese Weise stieg die Chance, dass sie den richtigen Zeitpunkt für ihren Besänftigungszauber nicht verpasste. Was wir auf Karmand vorhatten, gaben Jaron und ich allerdings nicht preis, dies war allein unsere Sache.

Am Abend besprachen wir dann noch einmal das geplante Vorhaben. Wir wollten spätestens in drei Wochen nach Karmand aufbrechen, aber wir hatten noch kein magisches Tor, das uns dorthin brachte. Wir mussten uns erst eines schaffen und nahmen uns vor, das gleich morgen in Angriff zu nehmen.

Jaron fiel jedoch noch etwas ein. »Hat Saral dir auch gesagt, was aus dem Krapp Mataro geworden ist?«

»Nein. Befürchtest du etwa, dass er noch lebt?«

»Wenn Thamar ihn an sich gekettet hat, so wie die Königinnen es damals, als du verbannt worden warst, erzählt hatten, dann bestimmt. Tahereh hatte ihm zwar einen Drachen geschickt, der seine Seele schützen sollte, aber der ist nach so langer Zeit bestimmt nicht mehr dazu in der Lage.«

»Wir brauchen Informationen über diesen Krapp! Wenn Thamar an Mataros Seele klammert, dann gelingt es mir womöglich nicht, ihn einfangen, nachdem du ihn getötet hast, und er käme ungestraft davon. Oder hast du schon einmal gehört, dass ein Seelenloser, der eine fremde Seele gestohlen hat, von den sieben Richtern des Schattenreichs erkannt worden ist?«

Jaron schüttelte den Kopf. »Nein. Falls es solche jemals gab, dann sind sie schwer zu erkennen. Aber es ist sicher genauso schwierig, etwas über Mataro herauszufinden. Saral kommt bestimmt so schnell nicht wieder, und mein ehemaliger Wärter Dragon besucht mich ja auch eher selten. Ihn können wir also auch nicht fragen.«

Ich überlegte. »Es gibt da ein altes Tor nach Skeletten, wo die Krapp leben. Es ist zwar verschlossen, aber vielleicht …«

»Vergiss es, Ardrel!« Jaron hob abwehrend die Hände. »Auch wenn unsere Königinnen uns verbannt haben, so sind wir immer noch an ihre Weisungen gebunden. Skeletten darf von uns nur in ihrem Beisein betreten werden!«

»Hast du dich früher nicht auch ab und zu einmal über Weisungen hinweggesetzt? Ich erinnere mich da an eine Begegnung mit dir …«

Jaron brummte. »Das war etwas völlig anderes.«

»Wieso?«

»Herrje, das ist das Kreuz mit euch Lichtkriegern, ihr seht nur schwarz und weiß!«, fauchte Jaron. Aber dann besann er sich. »Entschuldige, Ardrel, du bist natürlich anders, das weiß ich.« Er atmete tief durch. »Nicht jede Weisung hat dasselbe Gewicht und wenn man ein Gebot übertritt, muss man abwägen, ob es das Risiko wert ist oder nicht. Man muss auch überlegen, wie die Chancen stehen, dass man nicht erwischt wird. Skeletten gehört den Königinnen, es ist *ihre* Insel und sie werden es ohne Zweifel merken, wenn wir dorthin gehen.«

Ich nickte, denn ich verstand nur zu gut, was er meinte. Die Königinnen waren auf eigenartige Weise mit Skeletten verbunden, so als ob die Insel ein Teil von ihnen wäre. Sie bekamen alles mit, was dort geschah. Wenn wir das Tor öffnen würden, um hindurchzugehen, dann würden sie es sofort bemerken und uns entdecken. Die Folgen konnte ich mir ausmalen. Vermutlich würden Jaron und ich nicht einmal den einfachen Tod finden, sondern den Drachen vorgeworfen werden und unser Volk musste womöglich auch mit Strafe rechnen.

Ich seufzte. »Warum sind die Göttinnen so streng mit uns? Die Sterblichen dürfen sich mehr erlauben!«

Jaron lachte auf. »Ah, ich denke, das ist eher Stoff für philosophische Betrachtungen und für solche ist jetzt nicht der richtige Zeitpunkt.«

Ich nickte. »Ja, das ist wahr. Aber was unternehmen wir wegen Mataro? Wenn der Schwarzmagier noch Macht über ihn hat, dann bleibt, nachdem du Thamar mit dem Lichtschwert verletzt hast, nur ein winziges Zeitfenster, in dem er noch als

Seelenloser eingefangen werden kann. Es wird vielleicht nicht reichen, damit du mir das Schwert übergeben und ich mit dem Zauber beginnen kann.«

»Wir werden auf jeden Fall die schnelle Übergabe des Schwerts aus allen erdenklichen Situationen heraus üben.«

»Ja«, erwiderte ich, »aber wenn ich wüsste, wie wir im Notfall Thamars schwarzmagische Verbindung zu Mataro unterbrechen könnten, wäre mir wesentlich wohler.« Ich rieb mir die Stirn, um meiner Denkfähigkeit nachzuhelfen. »Was meinst du, ob der Herr des Turms von der Strahlenkönigin Alyssa einen Hinweis bekäme, der uns nützt? Ich würde mich überwinden und ihn aufsuchen.«

»Nein, Ardrel, das lass besser bleiben! Du bist zu geradlinig, zu ehrlich. Er und deine Königin Alyssa würden schnell begreifen, was wir vorhaben. Wir stünden von da an unter Beobachtung, und das würde mich sehr nervös machen.«

»Wenn du mitkommst, könnte ich ja dich reden lassen!«

»Nicht im Turm der Strahlenkönigin!« Jaron schüttelte vehement den Kopf. »Aber Tahereh hat ja seit Kurzem in Antiquerra auch einen Diener. Ich bin daher bereit, mit dir den Herrn des Schattenturms aufzusuchen. Falls er Kontakt zu Dragon aufnehmen kann, — oder notfalls halt zu einem anderen Dämon —, wäre das vielleicht eine Möglichkeit, etwas über die Natur von Thamars schwarzmagischer Seelenverbindung zu erfahren, sodass wir diese unter Umständen blockieren können.«

Nun, das war zumindest eine Chance, wenn auch nur eine geringe. Denn dass Wighard, der Herr des Schattenturms, zu Taherehs Dämonen Kontakt hatte, wagte ich zu bezweifeln. Genauso fraglich war, ob ein Dämon seine Erkenntnisse mit Jaron teilen würde, sofern er solche überhaupt hätte.

Aber vielleicht tat sich ja noch eine andere Tür auf. Ich wollte zumindest *jetzt* die Hoffnung noch nicht aufgeben.

4. Kapitel

Magische Formeln …

Vor wenigen Augenblicken waren Luczin, Briann und Finley noch Kieran gegenüber gesessen. Jetzt stürzten sie im Studierzimmer des Turms unsanft zu Boden. Die Lehne eines umkippenden Stuhls schlug Luczin gegen den Kopf und vertrieb die Dunkelheit, die ihn von Kieran weggerissen hatte. Er öffnete die Augen und stöhnte. Himmel, so zittrig und kraftlos hatte er sich lange nicht mehr gefühlt! Auch die anderen gaben ächzende Laute von sich.

Draußen in der Küche wurden Stühle gerückt, gleich darauf klangen rasche Schritte, und wenig später wurde die Tür zum Studierzimmer aufgerissen. Cara trat herein und hinter ihr kam Darian.

Cara starrte zuerst sprachlos auf die drei am Boden liegenden Männer, dann sprudelte es aus ihr heraus: »Wieso in aller Welt seid ihr hier und warum liegt ihr am Boden? Ihr seid doch eben erst zu Kieran aufgebrochen. Habt ihr es euch anders überlegt? Und wieso haben wir euch nicht kommen sehen?«

»Bitte Cara, mir ist ganz elend.« Finley versuchte, sich aufzurichten, aber er taumelte und wäre erneut gestürzt, wenn er sich nicht im letzten Moment am Schreibtisch festgehalten hätte.

»Um Himmels Willen, was ist mit euch los?« Darian eilte zu den dreien hin und half ihnen, sich aufzurichten.

Während Cara eilig die Stühle aufstellte, damit sie sich mit Darians Hilfe setzen konnten, rieb sich Luczin seinen schmerzenden Kopf. »Das nenne ich mal einen harten Aufprall in der Realität …« Sein Blick flog zum Kamin, in dem das Feuer knisterte und vor dem ein Trockengestell stand, über dem ihre Umhänge hingen. Eine Pfütze Wasser hatte sich darunter gebildet. Es war also wahr, er hatte die Begegnung mit Kieran nicht geträumt! Luczin schaute zu Darian hoch und blinzelte, weil dessen Gesicht vor seinen Augen ein wenig verschwommen wirkte, so wie alles andere im Zimmer auch. »Kierans Welt ist seltsam. Etwas warf uns raus, noch während wir mit ihm sprachen.«

»Ja, und das ziemlich unsanft! Herrje, wieso sehe ich nur alles so verschleiert?« Briann rieb sich über die Augen, aber es schien nicht zu helfen.

Cara wandte ihre Augen nicht von Finley ab, der wie betäubt in seinem Stuhl hing. Plötzlich schien ihr etwas einzufallen. Sie kramte in dem Beutel, der am Gürtel ihres Kleids hing, holte einen Ring heraus und lief mit raschen Schritten zu Darian, der neben Luczin stand. Drängend griff sie nach seinem Arm und hielt ihm den Ring unter die Nase. »Darian, ich schenke dir diesen Wunschring, aber ich darf dir nicht sagen, was du dir wünschen sollst.«

Darian begriff sofort, schließlich gebrauchten sie solche Wunschringe nicht zum ersten Mal. Er streifte sich den Ring über den Finger und sprach das Gesundungsritual. »Ich wünsche mir, dass Finley, Briann und Luczin körperlich und geistig wieder vollkommen gesund und kraftvoll sind.« Danach drehte er den Ring drei Mal um seinen Finger.

Cara atmete auf. »Gut, dass du die geistige Gesundheit auch erwähnt hast!«

Schon kurz nachdem der Zauber ausgeführt war, spürte Luczin, wie seine Energie zurückkehrte. Sein Blick wurde wieder klar und das Pochen im Kopf hörte auf. Als er sich bewegte und merkte, dass ihm nicht mehr schwindlig wurde, stand er auf und schaute zu Briann und Finley. Auch diese sahen jetzt schon viel frischer aus. »Geht's euch wieder gut?«, fragte er. Als die beiden bejahten, schaute er suchend auf dem Boden umher. Kieran hatte ihm doch zwei Zeichnungen gegeben, aber er hielt sie nicht mehr in der Hand. Nach kurzer Zeit entdeckte er die Blätter unter dem Schreibtisch. Er bückte sich und hob sie auf. Dann schaute er zu Cara und Darian. »Danke für die Wunschmagie!« Er hob die Bilder hoch. »Wir werden euch gleich alles erzählen, aber erst müssen wir von diesen Zeichnungen Kopien anfertigen.«

»Himmel, ja!« Finley, der noch auf seinem Stuhl saß, sprang auf. »Die Schrift verblasst garantiert schnell.« Er lief um den Schreibtisch herum und kramte hektisch in einer Schublade, dann hielt er zwei unbeschriebene Blätter Papier hoch. Eines davon reichte er Briann. »Malt ihr das magische Zeichen ab, ich nehme mir die Zeichnung mit dem Hohlweg vor.«

Finley zeichnete mit schneller Strichführung. Auch Briann nahm sich sofort einen Stift und übertrug das Abbild des Zeitenwenders detailgetreu auf das leere Blatt Papier. Luczin sah sich währenddessen die Zeichnung genauer an. Irgendwie kam ihm das magische Artefakt bekannt vor, aber er kam nicht darauf, wo er es schon einmal gesehen hatte.

Es dauerte nicht lange, bis die Kopien fertig waren. Zum Glück, denn die Originale, die Kieran ihnen mitgegeben hatte, verblassten bereits und kurz darauf lösten sie sich in Luft auf.

Finley blies die Backen auf, als er das sah. »Nur einen Augenblick später und wir hätten nichts mehr in der Hand gehabt.« Er warf Cara einen kurzen Blick zu und schaute dann zu Briann und Luczin. »Wir hatten wohl Glück, dass wir uns nicht genauso aufgelöst haben. Eine Zeitlang hab ich mich gefühlt, als ob ich unter der Zimmerdecke schwebe.«

Ja, das traf es recht gut. Luczin nickte. »Ich denke, dass wir in der Stimme Antiquerras zu einer Art Geistwesen wurden. Als es uns dann hierher katapultierte, mussten wir uns wohl erst wieder mit der Materie verbinden.«

»Wir reden draußen in der Küche weiter! Ihr solltet jetzt erst einmal etwas essen und trinken«, sagte Cara streng.

Luczin stimmte ihr zu. »Ja, nur einen kleinen Augenblick noch, Cara. Es geht um etwas Wichtiges!« Er wandte sich an Finley. »Kieran hat mir ein Fach an deinem Schreibtisch gezeigt, hast du das mitbekommen?«

»Nein!«, erwiderte Finley, »Da war ich wohl schon in Auflösung begriffen.«

»Dann schau her!« Luczin lief um den Schreibtisch herum an Finleys Platz, zog rechts davon eine Schublade auf und betätigte einen Mechanismus, der ein Fach aufspringen ließ. »Hier ist ein Geheimfach!«

»Nanu, das wusste ich ja gar nicht.« Finley sah in das Fach hinein. »Ein Ring!«

Luczin erklärte. »Er gehörte Kieran und er sagte, dass er deine Magie verstärken würde.«

Finley nahm den Ring in die Hand. »Oh ja, ich spüre es!« Sein Mund verzog sich zu einem breiten Grinsen. »Kieran hat für uns vorgesorgt, den kann ich brauchen, wenn alles klappt.«

»Wenn was klappt?« Cara stemmte die Arme in die Seiten. »Wollt ihr etwa schon wieder das Schicksal herausfordern? Ich sehe es euch doch an, dass ihr etwas vorhabt, und das wird wieder gefährlich sein!«

Briann ging zu ihr, legte seinen Arm um ihre Schultern und schob sie aus dem Zimmer. »Nicht aufregen, Cara! Mach deinem Finley erst etwas zu essen. Dann erzählen wir euch, was wir erfahren haben, und besprechen, was zu tun ist.«

Wenig später saßen sie alle am Küchentisch. Mit geübten Handgriffen und ein bisschen Magie richtete Cara ihrem Finley einen Teller voll Getreidebrei mit Beerensoße. Für die Vampire füllte sie einen großen Krug mit Wasser, das sich durch ihre geflüsterten Worte und einige schnelle Handbewegungen in magisches Hirschblut verwandelte. Währenddessen erzählten Luczin, Briann und Finley abwechselnd von der Stimme Antiquerras sowie von ihrer Begegnung mit Kieran, der ihnen wichtige Informationen zur Lösung des Problems der Rabenfürsten gegeben hatte.

Als Cara sich zu ihnen setzte, seufzte sie tief auf. »Ich habe geahnt, dass es um Lena und Niven geht. Nur aus so wichtigem Grund hätte Kieran nach einem Weg gesucht, um euch zu sich zu rufen, was er ja, wie jetzt feststeht, tatsächlich getan hat.« Sie griff nach Finleys Hand. »Es war richtig, dass du dich von mir nicht hast abhalten lassen, aber ich hoffe, dass du den Zauber, der euch in die Stimme Antiquerras gebracht hat, nicht wiederholen wirst.«

»Warum nicht, Cara? Jetzt wissen wir, wie es funktioniert und wir könnten so mit Kieran in Kontakt bleiben.«

Briann hob seine Hand in stoppender Geste. »Finley, du vergisst, dass die Stimme Antiquerras für uns Lebende eigentlich tabu ist, das hat Kieran selbst gesagt, und ein weiterer Besuch könnte ihn in Schwierigkeiten bringen. Davon abgesehen … Nur durch Caras Wunschring geht es uns wieder gut! Luczin hat es im Studierzimmer schon angedeutet: Wir wurden durch die Energie dort vermutlich vorübergehend zu Geistwesen und die Probleme, die wir vorhin hatten, lagen sicher daran, dass sich Körper und Geist nur schwer wieder verbunden haben. Weitere Besuche bei Kieran könnten solche Phänomene verstärken und die Gesundheit schwer beeinträchtigen.«

Luczin nickte. »Ja, so sehe ich das auch. Kieran hat uns gesagt, was ihm wichtig war, jetzt will er uns beobachten, wie wir seine Informationen umsetzen. Finley, du hast doch sicher mitbekommen, wie er gesagt hat, dass er alles sieht, was in Antiquerra geschieht. Er ist bei uns, auch wenn wir ihn nicht sehen.«

Cara drückte Finleys Hand. »Ja. Konzentrieren wir uns darauf, wie wir Lena und Finley sowie ihr Volk vor dem Untergang retten.« Sie seufzte wieder. »Es wäre doch grausam, nach allem was wir mit den beiden zusammen schon durchgemacht haben, wenn es umsonst wäre. Wir müssen zu den Krapp und es schaffen, den schwarzmagischen Zauber aufzulösen, damit die beiden endlich frei werden, so wie Kieran euch das erklärt hat.«

Finley lächelte. »Das ist meine Cara, unerschrocken selbst in größter Gefahr!«

»Noch sehe ich keine Gefahr«, bemerkte Darian trocken. Bis jetzt hatte er nur still zugehört, aber nun verlangte er, die Zeichnungen zu sehen. »Vielleicht erst einmal die von diesem ominösen Zeitenwender.«

Finley stand auf, um die beiden Zeichnungen zu holen, die noch im Studierzimmer lagen. Als er zurückkam, drückte er eine davon Darian in die Hand und die andere legte er auf den Tisch.

Darian betrachtete das Abbild des Zeitenwenders und runzelte die Stirn. »Hm … diese Form kennen wir doch alle, ein oben und unten geschlossenes X in einem Kreis aus magischen Symbolen. Wir hatten darüber gesprochen und vermutet, dass es eine Sanduhr darstellt.«

»Jetzt weiß ich, weshalb mir die Zeichnung so bekannt vorkam!« Luczin schlug sich an die Stirn. »Warum bin ich nicht gleich darauf gekommen! Dieses Zeichen befindet sich auf der Zeituhr, die Lena mir gab und die eigentlich von Tahereh stammt.«

»Oh je!« Cara stöhnte. »Dann müssen wir wohl wieder mit den göttlichen Königinnen rechnen. Dabei steckt mir die letzte Begegnung mit Tahereh noch immer in den Knochen.«

Luczin seufzte. »Nun ja, als Tahereh mir damals durch Lena die Uhr zum Geschenk machte, war es sicher *nicht* ihr primäres Ziel, uns damit Reisen in die Vergangenheit der Menschenwelt zu ermöglichen. Lena wies damals auf das magische Zeichen hin und sie sagte mir, dass wir herausfinden müssen, was es bewirkt, falls Nivens Auftrag ihn nach Antiquerra führt.«

Briann rieb sich über die Stirn. »Er ist aber nicht gekommen. Womöglich hat es hinter den Nebeln Schwierigkeiten gegeben, vielleicht ist alles schiefgegangen und er steckt fest.«

»Ja, und von Lena haben wir auch nichts mehr erfahren. Vielleicht ist sie schon in ihrer Steinwelt eingeschlossen und kommt nicht mehr heraus«, fügte Luczin hinzu.

Darian beugte sich zu den beiden vor. »Es bringt nichts, darüber zu grübeln, warum sie sich nicht melden. Uns gelingt es ja auch nicht, Kontakt zu ihnen aufzunehmen, nicht einmal mit Schmetterlingen. Es ist daher sicher besser, wir konzentrieren uns auf das, was wir haben, nämlich Kierans Informationen. Wenn ich alles richtig verstanden habe, ist das die einzige Möglichkeit, den beiden zu helfen.«

Luczin atmete tief durch. »Du hast recht, Darian.«

»Ja«, bestätigte Finley und schaute zu Cara. »Ob es nun die Schattenkönigin Tahereh ist, die etwas von uns will oder die Strahlenkönigin Alyssa spielt keine Rolle. Beiden liegen unsere Rabenfürsten Lena und Niven am Herzen, dessen bin ich mir nach all dem, was wir schon erlebt haben, sicher, und sie vertrauen darauf, dass wir handeln. Deshalb hast du …«, er sah Luczin an, »… diese Uhr bekommen. Die Königinnen wussten, dass wir sie brauchen werden.«

Cara brummte. »Finley, dein Verständnis für die Königinnen in allen Ehren. Du sprichst als Herr des Turms, als Alyssas Diener. Aber neben der Uhr hätten die beiden uns besser auch eine Gefahrenliste liefen sollen, die uns hilft, solchen auszuweichen! Uns steht nämlich wieder einmal ein entscheidender Kampf bevor, das spüre ich deutlich und schon der Name der Insel, zu der wir hingehen müssen, weckt bei mir ein ungutes Gefühl.«

»Skeletten …« Darian nickte. »Kann man sich alles Mögliche drunter vorstellen.«

Luczin winkte ab. »Kieran war in seinen jungen Jahren schon dort, wie ihr wisst. Wenn es auf der Insel Gefahren gäbe, hätte er es uns gesagt.«

»Er hat damals nicht versucht, den Krapp von seinem Fluch zu befreien«, entgegnete Cara. »Aber gut, es hilft ja nichts, wir müssen da durch — für Lena und Niven!« Sie überlegte kurz. »Luczin! Dieser Zeitenwender, damit ist doch sicher die ganze Uhr gemeint, und nicht nur das magische Zeichen, das sich darauf befindet.«

»Ja, daran hab ich gedacht. Im Grunde passt es ja auch, denn diese Uhr bringt uns in jede Zeit der Menschenwelt, die uns gefällt. Allerdings müsste sie dann meiner Meinung nach noch eine Funktion haben, die auch hier beziehungsweise in Skeletten Wirkung zeigt, wobei mir aber schleierhaft ist, welche Art von Wirkung.«

»Hast du die Uhr dabei?«, fragte Briann.

»Ja.« Luczin zog an einer Kette, die in der Seitentasche seiner Hirschlederhose befestigt war und hielt kurz darauf die daran hängende Uhr in der Hand. Er löste sie aus dem Clip und reichte sie Briann.

Briann betrachtete die Uhr von allen Seiten, tastete auf der Rückseite das magische Zeichen ab und schüttelte dann den Kopf. »Ich finde nur das, was wir schon kennen: das Zeitrad und den Knopf, um es zu aktivieren.«

Finley nahm ihm die Uhr ab, um sie selbst genau zu studieren. Aber auch er fand nichts, das auf eine bisher nicht beachtete Besonderheit hindeutete. Er gab sie Luczin zurück und zuckte mit den Schultern. »Kieran hat gesagt, dass die Krapp uns alles sagen werden, was für uns wichtig ist. Vielleicht erfahren wir von denen, wie die Uhr als Zeitenwender funktioniert.«

Cara schüttelte energisch den Kopf. »Darauf ist kein Verlass. Wir brechen erst dann nach Skeletten auf, wenn wir es selbst herausgefunden haben.« Sie deutete auf die Tür zum Studierzimmer. »Vielleicht finden wir in den Büchern etwas über den Zeitenwender.«

Finley zuckte mit den Schultern. »Mir ist nichts in Erinnerung.«

Darian wandte sich an Luczin und Briann. »Wir durchforsten auf jeden Fall *unsere* Bibliothek. Aber wenn ich das, was ihr von Kieran erfahren habt, richtig verstanden habe, dann steht zunächst ein Besuch bei Wighard an, weil er durch seine Nähe zur Schattenwelt vielleicht etwas über das Brechen von Flüchen weiß. Möglicherweise hat er auch Informationen über den Zeitenwender.«

Luczin schaute zu Finley. »Ja, das betrachte ich als Priorität.«

»Wie ihr wisst, haben wir morgen Nachmittag wieder ein Treffen mit den anderen«, erwiderte Finley, »die brennen schon darauf, von unseren Erfahrungen in der Stimme Antiquerras zu hören. Übermorgen gehen wir dann zu Wighard und Keona in den Schattenturm. Ist euch das recht?«

Als Luczin und Briann nickten, schaute Darian sie an. »Wollt ihr alleine dorthin oder sollen wir alle mitkommen?«

»Ich denke, es ist nicht nötig, dass wir alle zu Wighard gehen. Wir drei?« Luczin wedelte mit ausgestrecktem Zeigefinger zwischen Finley und Briann hin- und her.

»Ja, wir drei!« Brianns Stimme klang entschieden. »Ihr anderen forscht in den verschiedenen Bibliotheken nach Informationen zum Zeitenwender, aber das werde ich morgen, wenn wir uns treffen, auch noch mal sagen.«

»Gut«, Darian akzeptierte diese Entscheidung ohne weitere Regung. Er deutete auf die Zeichnung mit dem Rabensymbol. »In dem Hohlweg haben wir gesucht und den Eingang zur

Steinwelt nicht gefunden. Ich denke aber, wenn der Bann gebrochen ist, dann wird es sich von alleine öffnen. Unsere Suche nach dem Tor können wir daher sicher abschließen, was meint ihr? Wir wissen jetzt ja, wo es ist.«

»Ja, das müssen wir nicht mehr suchen«, bestätigte Luczin und die anderen nickten.

Luczin fühlte sich auf einmal ziemlich erschöpft. In seinen Ohren rauschte es und der ganze Raum verschwamm vor seinen Augen. Schnell trank er einen Schluck von Caras magischem Hirschblut. Es half ein wenig, sein Blick wurde wieder klarer. Prüfend schaute er zu Finley und Briann. Ja, auch die beiden kämpften gegen Schwäche und Müdigkeit. Unter ihren Augen entdeckte er sogar ungewohnt dunkle Ringe. Vor allem Finley schien sich kaum noch auf seinem Stuhl halten zu können. Immer wieder legte er den linken Zeigefinger und den rechten Mittelfinger auf seine Nasenwurzel, um sich frische Energie zu geben. Der Aufenthalt in der Stimme Antiquerras war wohl kräftezehrender gewesen als gedacht, sodass selbst Caras Wunschring nicht alle Spuren getilgt hatte. Sie brauchten unbedingt Schlaf! Nur wenn sie in ihrer vollen Kraft standen, geistig wie körperlich, konnten sie ihren Freunden, den Rabenfürsten Lena und Niven, helfen.

Luczin klopfte mit der Hand auf den Tisch und stand auf. »Freunde, wir brauchen alle noch ein wenig Nachtruhe, der Besuch bei Kieran war selbst für uns Vampire anstrengend und es ist spät geworden.«

Nachdem sie sich verabschiedet hatten, kehrte Darian ohne Umweg nach Dracopatria zurück. Aber Luczin empfand genauso wie Briann trotz Caras magischem Hirschblut heftigen Durst. Sie legten daher im Wald vor Dracopatria eine Zwischenstation ein, um sich auf die Jagd nach echten Hirschen zu begeben. Deren Blut war immer das beste Mittel für sie, um

Körper und Geist wieder ins gewohnte Gleichgewicht zu bringen. Es würde sicher auch diesmal helfen.

Gestärkt durch das Hirschblut nutzte Luczin den Rest der Nacht, um zusammen mit Briann in seiner umfangreichen Bibliothek nach einem Buch mit Hinweisen zum Zeitenwender zu suchen. Bis kurz vor Sonnenaufgang blätterten sie einen Folianten nach dem anderen durch. Sie fanden nichts und so begaben sie sich in ihre abgedunkelten Privaträume, die hinter einer Geheimtür der Bibliothek lagen, um endlich ein wenig zu schlafen.

Als Luczin eine Zeit später erwachte, stand die Sonne schon wieder tief am Horizont. Erschrocken sprang er aus dem Bett. Sie kamen zu spät zum Turm! Er eilte in Brianns Zimmer und stellte fest, dass dieser tief und fest schlief. Er hatte Mühe, ihn wachzurütteln. Dementsprechend dauerte es dann eine ganze Weile, bis sie sich frisch gemacht hatten, aber danach fühlten sie sich immerhin beide so fit wie sonst auch.

»Was eine robuste Vampirnatur und ein langer Schlaf doch für Wunder wirken! Ich spüre keine Nachwirkungen mehr von unseren Besuch bei Kieran«, bemerkte Briann, »aber ich bin gespannt, wie es Finley geht.«

»Das werden wir bald wissen.« Luczin warf sich den dunkelroten Umhang über, den er so gern trug. »Wir sind spät dran, bist du soweit?«

Darian, Vico und Thure erwarteten sie bereits, als sie wenig später in die Bibliothek hineintraten. Die Türe zum Balkon stand schon offen. So marschierten sie, ohne viele Worte zu machen, nacheinander hinaus und sprangen in die Luft, um zum Turm von Meister Finley zu fliegen.

Luczin und seine Vampirgefährten trafen diesmal als Letzte im Turm ein, aber niemand drückte seine Verwunderung darüber aus. Cara nahm ihnen schnell ihre schneebestäubten Umhänge ab, um sie im Studierzimmer vor dem Kamin zum Trocknen aufzuhängen, und so setzten sie sich gleich zu den anderen an den großen Küchentisch.

Die Feenkrieger Alrik und Mihai sowie der Alraun Reik waren schon vor einer Weile hier eingetroffen und daher über die Folgen ihres Aufenthalts in der Stimme Antiquerras im Bilde. Immer wieder warfen sie besorgte Blicke zu Finley, der seltsam verkrampft am Küchenschrank lehnte. Mit sparsamen Handzeichen dirigierte er Gläser zum Spülstein, damit sie sich mit Wasser füllten.

»Keine Ahnung, wie es euch geht …«, Finley warf einen kurzen Blick auf Luczin und Briann, »… ich jedenfalls habe einen so heftigen Muskelkater, wie ich es nie erlebt habe.«

»Tja, da hilft nur Bewegung«, frotzelte Briann. »Sollen wir morgen zu Fuß in den Schattenturm gehen?«

Finley verzog das Gesicht. »Bloß nicht. Ich hoffe, dass du mich wie üblich durch die Luft trägst. Oder bist du auch leidend? Du siehst fit aus!«

Briann grinste. »Wir haben ungewöhnlich lange geschlafen, aber jetzt sind wir so gut wie neu.«

»Beneidenswert!« Während Cara, die wieder aus dem Studierzimmer herausgekommen war, das Wasser in den Gläsern in magisches Hirschblut verwandelte, setzte sich Finley stöhnend auf seinen Platz. Die Flasche mit dem selbst hergestellten bitterscharfen Trinkessig namens Kräuterbiest schob er zu den Feenkriegern. Finley selbst begnügte sich ausnahmsweise mit Pfefferminztee. »Das Biest krieg ich heute nicht runter«, meinte er.

Alrik reichte die gefüllten Gläschen herum und wandte sich danach an Luczin. »Finley hat uns schon alles gesagt und wenn wir es schaffen, das Tor nach Skeletten zu öffnen, gehen wir natürlich alle mit. Ich sehe für mich nur ein Problem: Ich bin nicht feuerfest wie ihr. Mich hat der Drache damals ja links liegen lassen.«

»Wenn es so weit ist, finden wir da sicher eine Lösung«, erwiderte Luczin. »Aber ehe wir uns um das Tor kümmern, brauchen wir erst mehr Informationen. Wie Kiran sagte, können wir den Rabenfürsten Lena und Niven nur dann helfen, wenn wir den Krapp Mataro erlösen. Aber das gelingt uns nur, wenn wir herausfinden, wie der Zeitenwender funktioniert. Der scheint eine Hauptrolle dabei zu spielen. Außerdem hat keiner von uns Erfahrung mit dem Brechen von Flüchen. Wie Finley sicher schon gesagt hat, gehen wir deshalb morgen zu Wighard. Ich hoffe, dass er uns weiterhilft.«

Alrik nickte. »Ja, tut das! Mihai und ich werden uns morgen dennoch schon einmal das alte Tor ansehen, das nach Skeletten führt. Vielleicht finden wir heraus, welcher Zauber es verschlossen hat und wie es wieder geöffnet werden kann.«

»Ich werde morgen auch in den Norden reisen«, warf der Alraun Reik ein und seine Stimme knirschte dabei, als hätte er Sand zwischen den Zähnen. »Ich habe dort einen Verwandten, der die älteste Bibliothek der Alraunen hütet. Vielleicht weiß er etwas über den Zeitenwender.«

Mihai, der bis jetzt nichts gesagt hatte, schenkte sich von dem Kräuterbiest nach und schüttelte dabei fast unmerklich den Kopf. »Diese Uhr, von der wir jetzt wissen, dass sie ein Zeitenwender ist, — was immer das auch bedeutet —, stammt von der Schattenkönigin Tahereh.« Er schaute zu Luczin. »Auch wenn sie dir dieses Artefakt sicher nicht ohne Hintergedanken gegeben hat, es ist und bleibt ein magischer Gegenstand der göttlichen Königin. Deshalb glaube ich nicht, dass es hier in Antiquerra Informationen gibt, die uns die Funktion für unseren

Fall erklären. Wie sollte auch, du bist der Erste, der so etwas erhalten hat. Meiner Meinung nach werden wir erst von den Krapp Näheres über den Zeitenwender erfahren, wenn überhaupt. Daher sehe ich unsere Priorität in der Öffnung des Tors nach Skeletten.«

Luczin sah den Feenkrieger nachdenklich an. Mihai war aufgrund der Vergangenheit auf besondere Weise mit den Rabenfürsten verbunden und dass er jetzt möglichst schnell handeln wollte, um Niven und Lena samt ihrer Steinwelt zu retten, fand er nur allzu natürlich. Aber auch Kieran hatte gesagt, dass die Zeit drängte. Vielleicht blieb ihnen daher nicht anderes übrig, als in weiten Teilen zu improvisieren.

Er seufzte. »Ja, du hast möglicherweise recht. Machen wir es so: Sobald ihr herausgefunden habt, wie das Tor nach Skeletten geöffnet wird, brechen wir auf. Bis dahin werden wir Vampire aber alles tun, um an weitere Informationen zu kommen. Falls ihr beide …«, Luczin deutete auf Alrik und Mihai, »… morgen nicht entdeckt, wie das Tor geöffnet werden kann, sollten Cara und Finley übermorgen dort hingehen und es sich auch ansehen.« Luczin schaute zu Finley. »Oder gibt es eine Möglichkeit, selbst ein Tor dorthin zu schaffen?«

Finley schüttelte den Kopf. »Skeletten liegt im Nebelmeer. Niemand weiß, wo genau, und wie die Insel aussieht. Wir haben keine Koordinaten für diesen Ort, die uns Richtung geben. Daher kann man sich kein Bild von Skeletten machen, was notwendig wäre, um ein magisches Tor dorthin zu schaffen.«

Luczin nickte. Das hatte er befürchtet. Sie standen wieder einmal vor einer Aufgabe, die aus lauter Unwägbarkeiten bestand, fast so wie damals, als sie in Taherehs Schattenwelt aufgebrochen waren.

Am nächsten Nachmittag trat Finley durch den Spiegel in Luczins Bibliothek. Er sah jetzt zwar ein wenig besser aus, aber so fit wie sonst wirkte er lange nicht. Seine augenscheinliche Schwäche versuchte er zu verbergen, er scherzte nur über den schweren Beutel, den er quer über der Schulter hängen hatte und den Cara mit Leckereien für Wighard und Keona gefüllt hatte.

Luczin bekam mit, wie Briann hypnotischen Kräfte einsetzte und Finley so ein paar Tropfen seines Bluts einflößte, ohne dass dieser es mitbekam. *Gut so*, dachte er. Dadurch würde es Finley bald besser gehen, und zum Vampir konnte er auf diese Art nicht werden. Sie taten so etwas immer heimlich, entweder von vorneherein oder indem sie anschließend das Gedächtnis manipulierten, denn die Geheimnisse ihres Vampirbluts mussten auch innerhalb ihrer Freundschaften ein Geheimnis bleiben.

Es dauerte nicht lange, da bewegte sich Finley wieder lockerer. »Muss an der guten Bergluft hier liegen«, meinte er und deutete zum Balkon hinaus, auf die gegenüberliegende Seite des Tränenflusses, wo das Rodar-Gebirge aufstieg.

Briann bestätigte das lächelnd. »Ja, die Gegend hier hat Heilkraft.« Er wies zum Balkon hinaus. »Brechen wir auf!«

Luczin ging mit den beiden hinaus. Finley klammerte sich an Brianns Hals und dieser sprang mit ihm in die Luft. Luczin grinste, als er Finleys erschrockenen Schrei hörte, dann stieg auch er nach oben.

Sie flogen über das Dragho-Gebirge, das direkt hinter der Vampirstadt Dracopatria lag, bis zu dem versteckte Platz in der Nähe der Dragho-Fälle, an dem Niven während seiner Zeit als Sterblicher sein Haus gebaut hatte. Es weckte schmerzhafte Erinnerungen in Luczin. Würden sie bald wieder so kämpfen müssen wie damals? Würden sie auf Skeletten womöglich auch Dämonen begegnen? Er schüttelte den Gedanken ab, schaute nicht hinunter auf das kleine Gebäude, an dem der Zahn der Zeit nagte. Mit festem Blick auf den Fluss überquerte er diesen und bald darauf strebte er über dem schmalen Pfad, der zu Wighards düster aufragender Burg mit dem vorgelagerten Turmgebäude führte, der Erde zu. Auch Briann gewann mit Finley wieder Boden unter den Füßen.

Während sie zu Fuß weitergingen, sah Luczin sich um. Er hatte sich noch immer nicht daran gewöhnt, dass Wighard mit Keona hier lebte, obwohl er beim Bau der Burg mitgeholfen hatte. Er fand den Ort seltsam. Alles hier wirkte irgendwie verwunschen: der See, der ein Stück entfernt zwischen Bäumen schimmerte; die hohen, zerklüfteten Felsen ringsum, die das Gebäude und seine Bewohner schützen. Der Schnee schien sich hier nie lange zu halten, obwohl man überall Spuren des Winters sah. Man nannte die Gegend »Flimmerwald« und viele glaubten, dass es hier Gespenster gab. Aber das stimmte nicht. Das Anwesen selbst sah Finleys Turm allerdings sehr ähnlich. Es wirkte nur nicht so licht und hell. Aber das war völlig in Ordnung, da Wighard an diesem Ort die Verbindung zur Schattenkönigin Tahereh hielt. Er hütete hier zusammen mit Keona deren »Keim der Schöpfung«, eine durchsichtige Kugel, in deren Inneren eine Art dunkelblau glitzernder Sternennebel wogte und dabei einen kleinen schwarzen Stein in Form einer Bohne wiegte.

Sie erreichten die kleine Lichtung vor der Burg und gingen auf den mit Sandsteinen gemauerten Turm zu, dessen Tür offen stand. Seitlich des Turms, vor dem Holzstapel, entdeckte Luczin Keona. Sie füllte Scheite in einen Korb.

Als Keona die Ankommenden bemerkte, winkte sie. »Wie schön, dass ihr uns besuchen kommt!«, rief sie und lief ihnen mit dem Korb in der Hand entgegen. Keona gab Finley einen Kuss auf die Wange. »Hallo Vater.« Sie grinste, als sie seine prall gefüllte Tasche sah. »Hat Mutter wieder Angst, dass wir hier

156

verhungern?« Sie wandte sich Luczin und Briann zu und gab auch ihnen einen Begrüßungskuss. Während Luczin ihr den Korb abnahm und sie alle zusammen in den Turm eintraten, schaute Keona die drei prüfend an. »Wenn ihr zu dritt kommt, dann ist was im Busch …«

»So könnte man es nennen«, erwiderte Finley, »aber lass mich erst die getrockneten Beeren und das andere Zeug loswerden, die Tasche ist schwer.«

Die Küche des Turms sah fast genauso aus, wie die bei Finley zuhause. Er ging zum Tisch und packte seine Schätze gleich aus. »Cara hat auch jede Menge Tränenperlen eingepackt, damit euch der Lebensmittelvorrat nicht ausgeht.«

Keona räumte die Sachen in ihren Vorratsschrank. »Hm, frisch gebackenes Brot. Hach, und Hirschfleisch, da wird sich Wighard aber freuen! Er hat schon lange nichts Blutiges mehr bekommen.«

Finley, Luczin und Briann setzten sich und nachdem Keona die Mitbringsel weggeräumt hatte, stellte sie eine Karaffe mit Kräutertee und ein Glas vor Finley. Für Luczin und Briann verwandelte sie Wasser in magisches Hirschblut, den Zauber hatte sie von ihrer Mutter Cara gelernt.

Luczin sah sich derweil um. »Wo ist Wighard?«

»Hinter den Felsen bei den gläsernen Drachen, er wird bald wieder hier sein.« Keona setzte sich zu ihnen an den Tisch.

»Schade, dass wir die gläsernen Drachen nicht sehen können. Es müssen wunderschöne Geschöpfe sein, eurer Beschreibung nach«, sagte Finley.

Ja, es sind wunderschöne Geschöpfe, dachte Luczin, *schimmernd wie Regenbogenglas, mit heißem Atem.* So ganz stimmte es nämlich nicht, dass außer Wighard und Keona niemand die kleinwüchsigen Drachen sehen konnte. Jeder Vampir sah diese Drachen auch, weil sie mit einem Vampirgeheimnis verbunden waren. Niemand durfte es wissen, es würde ihnen das Vergnügen nehmen, den Sterblichen den Vampirkuss anzudrohen. Denn ohne den Schutz der Drachen durften sie niemanden zu einem der Ihren machen, selbst dann nicht, wenn einer darum bat. Es würde seelenlose Monster hervorbringen, das Schlimmste, das sie anderen antun konnten. Deshalb war das als Verbot in den Gesetzen von Dracopatria verankert.

Keona riss Luczin aus seinen Gedanken. »Ich freu mich ja immer, wenn ihr kommt, aber heute scheint ihr aus bestimmtem Grund hierzusein. Was ist los?«

Finley begann zu erzählen, von ihrem Besuch in der Stimme Antiquerras und von dem, was sie dort über Mataro erfahren hatten. Luczin und Briann ergänzten den Bericht und dann kamen sie auf den Anlass ihres Besuchs zu sprechen.

»Wir wollten von Wighard wissen, ob er uns Informationen über den Zeitenwender beschaffen kann, und ob er weiß, wie man Flüche bricht«, erklärte Luczin.

Keona blies die Backen auf. »Als Halbwüchsiger hat er sich mal mit Flüchen beschäftigt, aber in letzter Zeit eher nicht.« Sie schaute fast entschuldigend zu Finley, der Wighard großgezogen hatte. »Das war damals deshalb, weil es ihm zu schaffen gemacht hat, dass er Vampirzähne hat und ihm niemand gesagt hat, wieso.«

Keonas letzter Satz versetzte Luczins Herzen einen Stich. Wighard war sein Sohn, aber das hatte er jahrzehntelang nicht gewusst, weil er damals in der Menschenwelt festsaß. Seine Gefährten hatten es Wighard gegenüber wegen eines Versprechens, an das sie gebunden gewesen waren, nicht preisgeben dürfen. Erst vor knapp vier Jahren war alles ans Licht gekommen. Luczin seufzte leise, aber dann richtete er sich auf. Wenn sie Mataro erlösten und das Tor zur Steinwelt wieder offen war, dann würden sich endlich alle Fäden der Vergangenheit zu einem guten Ende verknoten. Es war ihre letzte Aufgabe, die da vor ihnen lag, dessen war er sich jetzt sicher.

Keona überlegte. »Dieser Mataro muss also mit dem Zeitenwender erlöst werden, damit sich die Steinwelt der Rabenfürsten wieder öffnet, das ist doch richtig?« Sie schaute die Gefährten an. »Dann *hat* diese Uhr auf jeden Fall noch eine andere Funktion, schließlich könnt ihr ihn ja nicht in die Menschenwelt schicken, das würde sicher nichts ändern. Hab ihr die Uhr denn genau untersucht?«

Luczin wollte gerade antworten, da klopfte es an der Tür. Aber es war nicht Wighard, der gleich darauf eintrat. Zwei Männer kamen herein. Der Größere hatte langes, weißes Haar, unter dem sich spitze Ohren abzeichneten. Der Kleinere trug sein kastanienbraunes Haar halblang. Beide waren in ungewöhnliche Umhänge aus schiefergrauem Leinen gekleidet, in die an den Rändern der Kapuze und an den Ärmelenden je eine weißer und ein lilafarbener Streifen eingearbeitet waren. Fast schien es, als ob sie damit von ihren anziehend wirkenden, ebenmäßigen Gesichtszügen ablenken wollten — und von ihren hell schimmernden Schwertern.

Keona stand auf und ging ihnen entgegen. Die beiden Männer verneigten sich mit dem Feengruß, indem sie zwei Finger an die Stirn legten.

»Möge das Glück stets mit dir sein«, sagte der Dunkelhaarige. »Wir suchen den Herrn des Schattenturms.«

»Auch euch soll das Glück begleiten.« Keona erwiderte den Feengruß. »Wighard ist im Augenblick nicht hier, aber er wird bald zurück sein. Legt doch ab und setzt euch solange zu meinen Freunden.«

Sie nahm den beiden die Umhänge ab und hängte sie an die Garderobe im kleinen Flur vor der Küche. Danach schickte Keona mit einer Handbewegung zwei Gläser zum Tisch.

Während sich die Männer, nach einer neuerlichen Verbeugung vor Luczin und seinen Begleitern, setzten, schenkte Finley ihnen Pfefferminztee ein. »Euren Umhängen nach zu urteilen, kommt ihr vom Großen See.« Er schaute die beiden neugierig an. »Man bekommt selten einen von euch zu Gesicht.«

Wieder antwortete der Dunkelhaarige. »Das ist wahr. Wir Arcanäs leben sehr zurückgezogen.« Er wies auf seinen Gefährten. »Das ist Ardrel und ich heiße Jaron.«

»Finley, und das sind meine Freunde Briann und Luczin.«

Ardrel beugte sich überrascht vor. »Finley, der Herr des Lichtturms?«

Finley lachte auf. »Ja, aber ich muss mich erst noch daran gewöhnen, dass man meinen Turm jetzt der besseren Unterscheidung wegen ›Lichtturm‹ nennt.«

Ardrel nickte, aber Jaron schaute Finley forschend an. »Ich bin überrascht, dich *hier* zu treffen.«

Finley schien sich unter Jarons Blick nicht wohlzufühlen, denn er lehnte sich schnell im Stuhl zurück, um ein wenig Abstand zu schaffen. Er nahm sein Glas und führte es zum Mund. »Wighard und ich sind Diener der Königinnen, das verbindet.«

Luczin bemerkte, wie Jaron sich schnell zurücknahm und Finley, der ungewohnt vage geantwortet hatte, anlächelte.

Unauffällig taxierte er die Energie der beiden Männer. Sie hatten zweifelsfrei starke magische Kräfte, aber er nahm nichts Hinterhältiges oder gar Bedrohliches an ihnen wahr. Sie schienen Unbekannten gegenüber sehr vorsichtig zu sein, so wie Finley auch. Was sie wohl von Wighard wollten? Ehe Luczin fragen konnte, wandte sich Jaron ihm zu. »Als wir eben kamen, haben wir zufällig euer Gespräch mitbekommen. Besitzt ihr wirklich einen Zeitenwender?«

»Ja«, antwortete Luczin nach kurzer Überlegung.

Jaron schüttelte den Kopf. »Das kann ich nicht glauben!«

160

Jetzt war Luczins Neugier geweckt. »Wieso nicht?«

»Wie sollte ein magischer Gegenstand, der den göttlichen Königinnen gehört, in eure Hände gelangt sein?«

»Ein Geschenk womöglich …« Ardrel berührte Jarons Arm. »Die drei sind Gefährten der Rabenfürsten! Sie haben sie damals, als beide noch sterblich waren, begleitet. Erinnere dich, wir haben darüber gelesen.«

Luczin fasste sich grübelnd an die Stirn. Irgendetwas war seltsam an den Männern. Wieso hatten sie ihr Gespräch über den Zeitenwender mitbekommen? Sie waren doch noch draußen gewesen und nur ein extrem hellhöriges Wesen wie er selbst, hätte ihre Worte durch die verschlossene Tür mitbekommen können. Die Magier, die er kannte, hatten solche Fähigkeiten nicht. Sein Blick schweifte von einem zum anderen, blieb dann an Ardrel hängen. Um dessen Gestalt nahm er ein feines Leuchten wahr, schwach nur, aber es war da. Dann fiel Luczin etwas ein.

»Es heißt, dass die Arcanäs von Alyssas Lichtkriegern abstammen. Ist das wahr?«, fragte er.

Jaron bedachte ihn mit einem Blick, als ob er in ihn hineinkriechen wolle. Gleich darauf schaute er zu seinem Gefährten, der unauffällig nickte. Jaron neigte den Kopf. »Ja, die Arcanäs stammen von ihm ab …«, er wies zu Ardrel, »… einem Lichtkrieger, und von mir, einem Dämon. Wir sind die Gründer unseres Volks.«

Finley schnappte nach Luft. »Du bist ein Dämon?«

Er bewegte sich, als ob er sein Schwert greifen wollte, das er aber nicht bei sich trug. Briann, der neben ihm saß, fasste beruhigend seinem Arm.

Luczin wandte sich offen an Jaron. »Da ihr wisst, wer wir sind, ist dir sicher klar, dass wir auf Dämonen nicht gut zu sprechen sind. Warum seid ihr hier?«

Jaron lächelte. »Möglicherweise aus demselben Grund wie ihr.« Er atmete durch. »Was meine ehemaligen Kollegen betrifft, mit denen ihr zu tun hattet … Ja, sie sind grausam, das sieht man ihnen sogar an, und trotz allem befolgen sie nur Taherehs Befehle.«

»Ja, das wissen wir«, erwiderte Luczin knapp und sah Jaron forschend an. »Du siehst nicht aus wie die, welche wir kennengelernt haben, und du scheinst mit einem Lichtkrieger befreundet zu sein, was für dich spricht und wohl sehr ungewöhnlich ist.« Er lächelte gewinnend. »So wie du uns vorhin getestet hast, so haben auch Briann und ich eure Energie geprüft. Ihr habt keine dunklen Absichten, haltet euch nur aus irgendeinem Grund bedeckt, so viel steht fest. Natürlich möchte ich daher gern mehr über euch erfahren, aber ich denke, dafür ist jetzt der falsche Zeitpunkt. Unser Anliegen, weshalb wir hierher gekommen sind, drängt, und ihr scheint etwas zu wissen. Kehren wir also zum Zeitenwender zurück.«

Jaron lächelte. »Zeig ihn uns!«

Ganz kurz dachte Luczin daran, zu behaupten, den Zeitenwender nicht dabei zu haben. Aber dann entschied er sich anders. Die Uhr war ja an einer langen Kette befestigt und er würde sie nicht davon lösen. Er zog das magische Artefakt aus seiner Hosentasche und legte es auf den Tisch. Bis etwa zur Mitte reichte die Kettenlänge aus.

Jaron und Ardrel beugten sich vor, um die ungewöhnliche Uhr zu betrachten. Dann nahm Jaron sie in die Hand, fuhr mit den Fingern über die Motive, mit denen die Uhr verziert war.

Er holte tief Luft und schaute zu Ardrel. »Das ist ein Zeitenwender! Unsere Königinnen haben viele davon, wie du weißt, deine genauso wie meine. Eine der Uhren tragen sie immer, wenn sie die Zeit anhalten wollen.« Er schüttelte nachdenklich den Kopf. »Ardrel, ich bekomme allmählich das Gefühl, dass

162

Alyssa und Tahereh alles geplant haben, unseren Part, genauso wie den Weg von den Gefährten der Rabenfürsten.« Er wies auf Finley, Luczin und Briann. »Es passt alles zu gut!«

Diese Aussage von Jaron fand Luczin interessant und er hätte das Thema gern vertieft. Aber jetzt war etwas anderes wichtig. »Wenn die Rabenfürsten von ihrem Fluch befreit sind, können wir gerne über die Wege der Vorsehung diskutieren. Aber jetzt läuft uns die Zeit davon, das Tor zur Steinwelt wird nämlich bald für immer geschlossen bleiben. Ich frage euch daher: Könnt ihr uns sagen, wie wir den Zeitenwender benutzen müssen, um den Krapp Mataro zu erlösen? Wir müssen seinen Fluch schnellstens brechen, damit das Leben der Rabenfürsten endlich wieder in Ordnung kommt.«

Ardrel griff sich erschrocken an die Stirn. »Herrje, das Steinwelttor hätte ich beinahe vergessen!«

Jaron schaute ihn irritiert an und dann genauso verwirrt zu Luczin. »Moment mal, ihr glaubt doch nicht, dass Mataro den Fluch aufrecht hält?«

»Doch, er ist das Bindeglied.« Luczin nickte.

Ardrel schüttelte den Kopf. »Nein, er ist kein Bindeglied, er ist genauso ein Opfer von diesem Schwarzmagier Thamar wie die Rabenfürsten und ihr Volk.«

Keona, die still zugehört hatte, blies den Atem aus. »Irgendwie verstehe ich bald gar nichts mehr …«

Draußen vor der Tür klangen Schritte und kurz darauf trat Wighard herein. Als er die Gäste sah, leuchtete sein Gesicht auf. »Wie schön, ein volles Haus, fast so wie bei dir, Finley …«

Über den Zeitenwender sprachen sie jetzt erst einmal nicht mehr, denn nachdem Wighard alle begrüßt hatte, wollte er wissen, was sie herführte. So erzählte Finley jetzt eben noch einmal die Geschichte ihres Besuchs in der Stimme Antiquerras. Dass Ardrel und Jaron jetzt auch alles darüber erfuhren, schien ihm nichts mehr auszumachen. Vielleicht hoffte er, dadurch ein wenig mehr über ihre Absichten zu erfahren. Als Wighard sich dann an die beiden wandte, redeten sie tatsächlich völlig frei. Zumindest fast, wie es Luczin schien.

»Was wir hier zu erfahren hofften, haben wir bereits gehört. Mataro lebt also noch«, begann Jaron und sah dann zu Luczin. »Aber seine Rettung ist nur ein Teil dessen, was zu tun ist, um die Welt der Rabenfürsten wieder in Ordnung zu bringen. Mein Freund Ardrel sprach vorhin von Thamar. Das ist der Schwarzmagier, der damals der Rabenfürstin die Unsterblichkeit genommen hat. Auch er lebt noch, genauso wie seine dunklen Taten.«

Ardrel nickte und erzählte weiter. »Es ist so: Thamar kann nur von einem Lichtschwert, das einem Lichtkrieger gehört, getötet werden, aber es muss von Hand eines Dämons erfolgen …«

»Aber warum ist das nicht längst geschehen?«, warf Finley ein.

»Weil jeder Dämon, der bisher ein Lichtschwert in die Hand nahm, in Flammen aufging und starb«, erwiderte Jaron. »Das haben wir erst dieser Tage erfahren. Ich bin der Einzige, der ein Lichtschwert ohne Gefahr benutzen kann, die Königinnen wissen das nicht … oder vielleicht doch, wer weiß. Jedenfalls werden Ardrel und ich nach Karmand gehen, wo Thamar sich derzeit aufhält, und sobald die Voraussetzungen stimmen, werden wir ihn erledigen.«

»Welche Voraussetzungen?«, fragte Luczin.

Jaron sah ihn an. »Auf der anderen Seite der Nebel ist derzeit eine Gruppe Magier unterwegs, die Thamar verfolgen. Wir müssen warten, bis sie nach Karmand kommen. Wir brauchen sie, damit wir Thamars Versteck finden.«

»Bei diesen Magiern, ist da ein Rabe dabei?«, fragte Finley.

»Ja«, erwiderte Ardrel.

Finley atmete auf. »Ein Glück, dann können wir davon ausgehen, dass es zumindest Niven gut geht.«

Luczin schaute zu Briann und schüttelte den Kopf. »Briann und ich sind vor langer Zeit hinter den Nebeln im Türkisland geboren worden und soweit ich mich erinnere, war es immer unmöglich, Karmand von dort aus zu betreten.«

»Wegen dem Göttersturm, ja, das ist noch immer so.« Ardrel nickte und zögerte kurz. »Aber in unserem Volk gibt es talentierte Magier, welche den Göttersturm vielleicht besänftigen können, sodass die kleine Gruppe eine Chance hat.«

Luczin wollte dieses Thema nicht weiterverfolgen, aber ihm schien, als ob Ardrel weitere Probleme befürchtete. »Na gut«, sagte er daher, »ihr wollt also Thamar ausschalten. Sind das diese Lichtschwerter, von denen ihr gesprochen habt?« Er wies auf die glänzenden Waffen, die beide mit sich trugen.

»Nein. Ein Lichtschwert ist zu mächtig, als dass einer von uns es ohne zwingenden Grund mit sich tragen würde.« Ardrel seufzte leise. »Es ist eine Waffe aus Alyssas und Taherehs Schattenwelt, und eigentlich hat sie hier im sichtbaren Teil Antiquerras nichts verloren.«

»Was mich in der Annahme bestärkt, dass unsere Königinnen alles vorausgeplant haben«, warf Jaron mit finsterer Mine ein.

»Wie auch immer …« Luczin wollte nicht wieder abschweifen. »Jaron, du siehst nicht aus wie ein Kampfdämon, obwohl ich starke Kräfte in dir spüre. Wenn du diesem Thamar gegenübertrittst, wird er garantiert versuchen, dich auszutricksen. Glaubst du, dass du ihm gewachsen bist? Vielleicht sollte ich dir ein paar Kampftechniken beibringen …«

Finley und Briann sahen Luczin überrascht an und er glaubte fast selbst nicht, dass er das gesagt hatte. Immerhin war Jaron ein Dämon und auch wenn derzeit keine Bedrohung von ihm ausging, sie mussten vorsichtig bleiben.

Jaron lächelte. »Danke für das Angebot, ich rechne es dir hoch an. Aber ich habe den besten Lehrmeister, den es gibt: meinen Freund Ardrel. Selbst ihr könntet gegen ihn, den Lichtkrieger, nicht gewinnen!«

Luczins Blick schweifte zwischen den beiden hin und her. »Hm, dann lassen wir das einmal so stehen.«

Briann, der bisher nur beobachtet hatte, mischte sich jetzt ein. »Nun gut, nehmen wir an, dass ihr diesen Thamar tatsächlich erledigen werdet, aber wie passt der Krapp Mataro dann ins Bild? Sein Fluch müsste doch mit Thamars Tod enden, oder sehe ich das falsch?«

Ardrel sah zu Jaron und seufzte. »Jetzt ist es wohl angebracht, dass wir die Karten offen auf den Tisch legen. Diese drei könnten uns helfen, die Sache ein für alle mal zu erledigen, aber sie sollten wissen, worauf sie sich einlassen.«

Jaron nickte. »Ja, du hast recht. Am besten erzählst du, denn es geht dabei hauptsächlich um deinen Teil der Aktion.«

Luczin hatte das Gefühl, dass es endlich zur Sache ging. Aber das zog wohl Probleme nach sich und nicht nur für die beiden. Dennoch sagte er nichts, er wollte abwarten und erst einmal zuhören.

Ardrel lehnte sich in seinem Stuhl zurück und sah die anderen an. »Wie wir schon sagten, sind Jaron und ich die Einzigen, die dieses Ungeheuer Thamar seiner gerechten Strafe zuführen können. Wenn es gelingt, sind die Rabenfürsten und ihr Volk endlich frei, aber es gibt einen Haken dabei …«

»Was für einen Haken?«, fragte Luczin schnell.

Ardrel sah ihn an. »Thamar ist durch seine Verbrechen zum Seelenlosen geworden, was bedeutet, dass er keine eigene Seele mehr besitzt. Er hat sie durch seine Taten zerstört. Für solche Wesen gibt es im Schattenreich ein Gefängnis, denn sie dürfen nicht wiedergeboren werden. Wenn Jaron das Lichtschwert in

Thamars Herz getrieben hat, dann muss er es also wieder herausziehen und mir übergeben, damit ich den Zauber vollbringen kann, der Thamar einfängt und in sein Gefängnis wirft.«

Jaron schien Ardrels Erklärung zu lange zu dauern, denn er unterbrach ihn. »Aber Thamar hat für solchen Fall vorgesorgt und Mataro an sich gebunden, damit er dessen Seele stehlen kann. Wir vermuten, dass er den schwarzmagischen Zauber so vorbereitet hat, dass die Übertragung automatisch beginnt, sobald er den Tod kommen fühlt. Ardrel bleibt daher möglicherweise zu wenig Zeit, um Thamar als Seelenlosen einzufangen. Die Folgen wären fatal, denn die für Thamar vorgesehene Strafe würde Mataro treffen. Auch für die Rabenfüsten wäre es das Ende, denn der Fluch, den Thamar über sie und ihr Volk geworfen hat, könnte nie mehr gebrochen werden, weil Thamar nur tot aber nicht ausgeschaltet wäre. Ihre Steinwelt bliebe verschlossen.«

Jaron schnaufte tief durch und es schien, als ob Ardrel und er erst jetzt begriffen, wie riskant ihr Vorhaben war. Die beiden taten Luczin fast leid, aber umso wichtiger schien es ihm, etwas über den Zeitenwender zu erfahren. *Ja*, dachte er, *es liegt mal wieder an uns, die Ereignisse zu einem guten Ende zu führen.* Briann neben ihm bestätigte das auf geistigem Weg.

»Kommen wir zum Zeitenwender, wie können wir ihn benutzen, um Mataro dem Zugriff Thamars zu entziehen?«, fragte Luczin nun ganz direkt.

Jaron seufzte. »Ja, er hat eine Funktion, die Mataro von Thamar befreien kann. Aber es bringt euch in große Gefahr und ihr solltet gut überlegen, ob ihr das Risiko wirklich eingehen wollt.«

»Da gibt es nichts zu überlegen«, erwiderte Luczin. »Die Rabenfürsten sind unsere Freunde. Wir sind zusammen einen schweren Weg gegangen und haben gemeinsam viel durchgestanden, da werden wir den letzten Schritt auch noch tun.«

»Ja«, mischte sich Finley ein. »Aber es würde mich brennend interessieren, warum die Königinnen diesen Mataro nicht selbst befreit haben. Solche Zeitenwender haben sie ja anscheinend in Massen …«

Jetzt seufzte Ardrel. »Sie dürfen es nicht, denn unter den Göttern gibt es strenge Gesetze, die ein Eingreifen in die Angelegenheiten der Sterblichen verbieten.«

»So ist es«, ergänzte Jaron. »Es hat damit zu tun, dass Sterbliche wählen können, ob sie dem Licht folgen wollen oder der Dunkelheit. Die Auswirkungen einer solchen Wahl liegen immer im Verantwortungsbereich des Einzelnen. Thamar war damals sterblich und er hat sich aus freiem Willen dazu entschieden, dem dunklen Pfad zu folgen. Die Königinnen wurden dadurch außer Gefecht gesetzt. Erst wenn Thamar im Gefängnis der Schattenwelt ist, haben die Königinnen wieder das Sagen.« Als Finley den Mund aufmachte, um etwas zu erwidern, lächelte Jaron ihn an. »Kein Dämon kann dich zu etwas zwingen, das du nicht selbst willst, und kein Lichtkrieger kann dir Kraft geben, wenn du sie nicht annimmst.«

Luczin nickte. »Das sind interessante Gedanken, dennoch möchte ich, dass wir zur Funktion des Zeitenwenders zurückkehren!«

Jaron beugte sich vor und nahm Luczins Uhr in die Hand. »Man kann diesen Zeitenwender so einstellen, dass er in den Leeren Raum führt. Der Aufenthalt in diesem Gebiet kann Mataro retten, aber beim Eintritt ist es dort zunächst stockfinster. Man begegnet in dieser Leere seinen persönlichen Gespenstern und für Mataro und den Drachen könnte es so schlimm werden, dass sie aufgeben wollen. Im Fall, dass sie sich dagegen wehren, weiter durch die Dunkelheit zu gehen, würde der Drache alles in seinen heißen Atem hüllen, auch euch, denn ihr müsstet sie begleiten. Falls ihr dennoch die Schrecken des

Leeren Raums überlebt, wird in der Dunkelheit irgendwann ein kleines Licht aufscheinen. Darauf müsstet ihr mit Mataro und dem Drachen zugehen. Wenn ihr es in dieses Licht schafft, dann sind Mataro und der Drache von Thamar befreit und er kann ihnen nichts mehr anhaben.«

Luczin blies die Backen auf. »Hört sich an, als wärst du schon einmal dort gewesen.«

»Mehr als einmal und ich kann dir sagen, es war keine schöne Erfahrung, auch wenn ich mich danach immer wie neugeboren fühlte. Ich war oft genug versucht, einfach in der Dunkelheit zu bleiben und den Geist aufzugeben.«

Finley schaute zu Briann und Luczin. »Kann uns diese Horrorbeschreibung abhalten?«

»Nein«, erwiderte Briann, »aber wir müssen uns wappnen.« Er schaute zu Jaron. »Welche Folgen hätte es, wenn der Krapp und der Drache im Leeren Raum bleiben würden?«

»Dann wäre die Verbindung nicht gelöst. Erst das Licht trennt sie«, erklärte Ardrel.

»Also bleibt uns nichts übrig, als die beiden unter allen Umständen ans Licht zu zerren.« Luczin beugte sich zu Finley vor. »Ich fürchte, wir brauchen massenhaft Wunschringe.«

Finley kapierte sofort, dass er damit den Lebenswillen ihrer künftigen Schützlinge zu stärken hoffte. »Funktionieren solche denn im Leeren Raum?«, fragte er Ardrel. Der zuckte mit den Schultern und auch Jaron vermochte das nicht zu sagen. Finley blies den Atem aus und schaute zu Briann und Luczin. »Einen Versuch wird es wert sein.«

»Und wie stellt man diese Uhr ein, damit sie in den Leeren Raum führt?«, fragte Luczin.

Jaron deutete auf die winzigen Verzierungen, die rund um den Auslöseknopf an der oberen Seite der Uhr eingehämmert waren. »Das ist keine Zierde, sondern es sind magische Symbole.

Wenn du den Knopf genau betrachtest, dann siehst du an einer Seite von unten bis etwa zur Mitte einen feinen Strich. Dieser steht in Richtung des Symbols, das wie eine Blume aussieht. Deine Uhr ist also eingestellt auf Reisen in die verschiedensten Zeiten der Menschenwelt.«

»Ah, ich dachte immer, das sei ein Kratzer im Metall.«

Jaron stimmte zu. »Ja, das könnte man meinen, aber es ist nicht so. Jedes Symbol rund um den Auslöseknopf hat eine Funktion.« Er deutete auf ein winziges Dreieck. »Wenn die Markierung zum Beispiel auf diesem Dreieck steht, kann man die Zeit anhalten. Aber das ist für euch nicht von Bedeutung, denn es nützt euch nichts, nur den Königinnen, die sich ohne diese Funktion niemals treffen könnten.« Er blickte zu Luczin, dann fuhr er fort. »Hier siehst du ein Symbol, das ein wenig an eine Sanduhr erinnert. Wenn die Markierung auf diesem Zeichen steht, ist die Uhr auf den Leeren Raum eingestellt.« Jaron hob den Finger und schaute Luczin direkt in die Augen. »Tu jetzt nichts ohne meine ausdrückliche Anweisung, sonst landen wir alle im Leeren Raum und können unsere Rettungsaktion vergessen!« Als Luczin es versprach, redete er weiter. »Normalerweise drückt man den Auslöseknopf da oben, aber um den Zeitenwender auf den Leeren Raum einzustellen, muss man den Knopf herausziehen. Mach das mal und drehe die Markierung auf das Sanduhrsymbol.«

Luczin tat es und hörte kurz darauf ein schabendes Geräusch. Auf der Rückseite der Zeitenuhr schob sich das magische Zeichen heraus, das ebenfalls Ähnlichkeit mit einer Sanduhr hatte. Es sah jetzt aus wie ein dicker Knopf »Na da schau her, man muss nur wissen, wie …«

»Nicht anfassen!«, rief Jaron scharf und hielt den Atem an. »Das ist in diesem Fall der Auslöser. Den darfst du erst drücken, wenn ihr für den Leeren Raum bereit seid. Stell die Uhr jetzt wieder auf das Blumensymbol zurück!« Als Luczin das getan hatte, atmete Jaron erleichtert aus. »Es hat sich schnell! Ich selbst bin auch schon einmal nur aus Versehen in den Leeren Raum geraten.«

»Du hast auch so eine Uhr?«, fragte Briann.

Jaron schüttelte den Kopf. »Seit ich zum Arcanäs geworden bin, nicht mehr.« Er wandte sich wieder an Luczin. »Stellt euch am besten in einen magischen Kreis, bevor ihr den Auslöser drückt. Dadurch wird verhindert, dass ihr andere aus Versehen mitreißt.«

Luczin warf einen Blick auf Finley. »Das ist dann deine Aufgabe.« Er steckte die Uhr wieder in seine Hosentasche. »Danke Jaron. Jetzt wissen wir, was wir zu tun haben und müssen nur noch den Mechanismus finden, der das Tor nach Skeletten wieder öffnet.«

»Das Tor könnt ihr nicht öffnen«, warf Ardel ein. »Alyssa hat es auf eine Weise verschließen lassen, die das verhindert.« Er schien kurz mit sich zu ringen. »Ich gehöre zwar nicht mehr zu ihrem Gefolge, aber ich bin ein Lichtkrieger und sie hat mir nicht verboten, das Tor zu öffnen. Ich werde es für euch tun.« Er schaute zu Jaron, der vor sich hin grinste. »Was ist?«

»Mir scheint, ich färbe doch mehr auf dich ab, als ich dachte. Deine Paragraphengläubigkeit nimmt nämlich gerade rapide ab«, erwiderte Jaron.

Ardrel lachte auf. »Du wirst es nicht glauben, aber ich habe auch gelernt, eigenständig zu denken.« Er wandte sich wieder an die anderen. »Er meint immer, ich bin zu korrekt. Aber zurück zu dem Tor. Wir sollten die Zeit, zu der ihr nach Skeletten geht, geschickt wählen, damit Thamar nicht frühzeitig misstrauisch wird. Wir wissen nicht, ob er spürt, wenn seine Verbindung unterbrochen wird. Nicht dass er sich dann womöglich einen Ersatz sucht! Etwa zum nächsten Vollmond, also in knapp drei

Wochen werden Jaron und ich auf Karmand sein, um gegen Thamar anzutreten. Wenn wir davon ausgehen, dass ihr etwa eine Woche im Leeren Raum verbringen müsst, ehe ihr das Licht erreicht, dann solltet ihr in etwa zehn Tagen aufbrechen.«

Jaron hielt jedoch dagegen: »Ardrel, du vergisst, dass die drei weder Dämonen noch Lichtkrieger sind und daher nicht unsere Kräfte haben. Sie werden es sicher nicht so schnell schaffen.«

Luczin winkte ab. »Deine Königin Tahereh hat uns in der Vergangenheit aufs heftigste geprüft und ich denke, das hat unsere Kraft gestählt. Länger als eine Woche brauchen wir sicher nicht, wollen wir nicht brauchen, und ein Aufbruch nach Skeletten in zehn Tagen ist daher bestimmt der beste Zeitpunkt, damit Thamar nichts merkt, bevor ihr ihn euch schnappt.«

Jaron schüttelte den Kopf. »Ihr solltet spätestens in acht Tagen aufbrechen. Notfalls wartet ihr noch eine Zeit lang in der Nähe des Lichtausgangs, ehe ihr heraustretet. Dort ist es auszuhalten. Ich gebe euch auf alle Fälle einen magischen Würfel mit, welcher die Tage ab eurem Aufbruch zählt. So habt ihr einen Anhaltspunkt.«

Nach kurzer Diskussion erklärten sich alle einverstanden und dann sprach Ardrel noch einmal von dem Steinwelttor. »Es gibt auch da noch ein Problem. Sobald Thamar im Schattenreich in seiner Zelle ist, wird die derzeit verschwundene Markierung des Steinwelttors für kurze Zeit aufleuchten. Aber das Tor öffnet sich nicht von allein. Es muss, noch während das Licht strahlt, aktiviert werden, und zwar genauso wie bei der Erst-Aktivierung, nämlich durch einen Sidda, einen Korria und einen Alraun. Gemeinsam müssen sie mit einem Stück Kreide das Rabensymbol nachzeichnen, so wie es damals geschehen ist. Personen, die um dieser Aufgabe willen bereit sind, eine gewisse Zeit im Hohlweg zu verbringen, gilt es noch zu finden. Leider haben Jaron und ich bis jetzt keine Kontakte nach außen …«

Luczin lächelte. »Dann wird es Zeit, dass ihr ein wenig aus eurer Deckung herauskommt. Niemand in Antiquerra wird euch beißen, selbst wir Vampire nicht. Was die drei Personen betrifft, die du ansprichst, die kennen wir. In unserem Freundeskreis gibt es eine Sidda-Fee, einen Sidda-Feenkrieger sowie einen Korria-Feenkrieger und einen Alraun. Sie werden das gern übernehmen.«

Während Keona nachfolgend alle zu Getreidebrei und Beerensoße einlud, sprachen sie noch über einige wichtige Einzelheiten ihrer gemeinsamen Mission. Luczin fand Ardrel und Jaron recht sympathisch, obwohl er nach wie vor daran nagte, dass Jaron ein Dämon war. Nein, mittlerweile waren die beiden Arcanäs geworden und gehörten sogar schon länger als er selbst zu Antiquerra, nicht mehr in die Schattenwelt und auch nicht ins Wolkenschloss, das Ardrel als zweites Zuhause der Königinnen bezeichnete.

Als Luczin eine Zeit später mit Briann und Finley heimging, lag die kommende Aufgabe klar vor ihm. Er wusste, dass es nicht leicht werden würde, aber wann war es das jemals gewesen? Sie hatten Zuversicht und Selbstvertrauen. Alles andere würde sich zeigen.

Unser Nachhauseweg verlief ziemlich schweigsam. Jaron und ich waren so erfüllt von dem Treffen im Schattenturm, dass jeder von uns mit seinen eigenen Gedanken beschäftigt war. Erst als wir im Hohlweg den geheimen Zugang zu unserem Dorf erreichten, nahmen wir uns gegenseitig wieder zur Kenntnis.

»Nanu! War ich so in Gedanken gewesen?« Jaron stutzte. »Wir sind ja schon da!« Er hob die Hände, gab dem Berg magische Zeichen und nahm so den Schleier vom Eingang. Während wir hindurchgingen, sah er mich an. »Vielleicht ist es eine Chance, den Leuten in Antiquerra zu zeigen, dass wir Dämonen nicht nur die Mistkerle sind, die alle in uns sehen.«

»Bestimmt!«

Er blieb stehen, sah mich forschend an. »Alles in Ordnung mit dir?«

Ich nickte und schob ihn weiter. »Ja.«

Aber es war nichts in Ordnung, ich wollte nur nicht darüber reden. »Schauen wir bei Rilana vorbei?«, fragte ich stattdessen.

»Warum nicht, wenn sie noch wach ist ...«

Wir marschierten quer durch das Dorf zu dem weißen Häuschen, in dem die junge Magierin wohnte. Im Fenster sahen wir Licht, also konnten wir uns wohl noch nach dem Stand der Dinge erkundigen.

Ich klopfte an und wir traten ein. Rilana saß allein am Tisch in der Wohnküche und stützte den Kopf in beide Hände. Als sie uns erkannte, seufzte sie tief auf.

»Was ist los?«, fragte ich erschrocken.

Rilana biss sich auf die Lippen und gab sich dann einen Ruck. »Ich habe heute Abend wieder im Wasser des Brunnens dieses Schiff beobachtet.« Ihre Augen wurden auf einmal wässrig. »Es geriet in einen schweren Sturm und ich befürchtete, dass es untergehen würde. Also versuchte ich, die aufgepeitschte See zu besänftigen. Aber es gelang mir nicht, so sehr ich mich auch bemühte und dann wurde ich vor Anstrengung ohnmächtig. Als ich wieder zu mir kam und noch einmal versuchte, das Bild des Dreimasters im Wasser des Brunnens zu sehen, da kam nichts.« Sie sah mich mit einem Blick an, der mir schier das Herz zerriss. »Ich hab es verloren oder was wahrscheinlicher ist: Das Schiff ist untergegangen.«

In meinem derzeitigen Zustand war das die schlechteste Nachricht, die ich hätte bekommen können. Ich wusste nicht, was ich sagen sollte, aber Jaron überwand seinen Schock schneller. »Du wirst zu erschöpft gewesen sein, Rilana, deshalb hast du das Bild nicht mehr heraufbeschwören können. So ein Zauber kostet viel Kraft, das wissen wir aus eigener Erfahrung. Schlaf dich erst einmal aus und mach dir keine Vorwürfe. Morgen schauen wir noch einmal gemeinsam nach, ob wir den Segler im Brunnen sehen.«

Rilana nickte und ich griff nach ihren Händen, um ihr ein wenig Kraft zu übertragen. Aber im Augenblick fühlte ich mich so, als ob ich selbst ausgelaugt wäre. Schnell wandte ich mich deshalb nach der Kraftübertragung ab, ging zur Tür hinaus und machte mich auf den Weg zu meiner Höhle.

Jaron folgte mir und hielt mich an der Schulter fest. »Was ist los mit dir? Gehst fort, ohne Rilana eine gute Nacht zu wünschen. Da steckt mehr dahinter als die Enttäuschung über die Nachricht, die wir von ihr erhalten haben.«

Ich winkte ab und ging weiter.

»Sag es mir!« Jarons Stimme klang auf einmal eigenartig, fast lauernd.

Es veranlasste mich, erneut stehen zu bleiben. »Lass gut sein, Jaron.«

»Wenn du den Mund nicht freiwillig aufmachst, werde ich es auf andere Art aus dir herausholen. Du weißt, ich kann das. Ich bin schließlich ein Dämon.«

»Ach, willst du jetzt den Umstand deiner Geburt gegen mich ausspielen?«

»Wenn es zu deinem Besten ist, ja. Noch hast du die Chance, es abzuwenden. Sag mir, was dich bedrückt!«

»Damit muss ich allein fertigwerden.«

Jaron lachte auf. »Du willst es nicht anders!«

Er packte mich mit festem Griff, sog den Atem ein und ich spürte, wie es in meinen Kopf zuckte. Mein Gehirn schien plötzlich wie vernebelt. Es war unangenehm, so als ob ich die Kontrolle über mein Denken verlor. Genauso musste sich dieser Finley vorhin gefühlt haben, als Jaron seine Energie geprüft hatte. Ich stieß Jaron von mir. »Ist ja gut, ich sag es dir!«

Jaron ließ mich los, mit einem Gesichtsausdruck, den ich nicht deuten konnte. Er hob die Hand ans Ohr, als ob er lauschte.

»Wenn wir in der Höhle sind«, sagte ich knapp, wandte mich von ihm ab und lief auf die Felsentreppe zu.

»Nur zu deiner Information: Sich einschließen bringt nichts, meine Gabe funktioniert auch aus der Ferne«, rief er mir hinterher.

Ich drehte mich zu ihm um und zischte ihn an. »Deine dämonische Ader nimmt gerade unangenehm überhand!«

Jaron erwiderte nichts, sondern grinste nur. Mit schnellen Schritten lief er die Stufen hinter mir hoch und als ich in meine Höhle trat, schlüpfte er mit mir hinein.

Ich setzte mich ächzend an den Tisch und goss mir ein Glas Wasser ein. Um Anstandsregeln scherte ich mich heute Abend nicht mehr, falls Jaron Durst hatte, sollte er sich gefälligst selbst bedienen.

Jaron nahm das durchaus zur Kenntnis. »Es ist wohl ernst, da ich mich selbst bemühen muss, meine Kehle feucht zu halten.« Er schenkte sich ein und setzte sich mit seinem Glas zu mir. »Also, was ist so schlimm, dass du es selbst einem Freund gegenüber kaum über die Lippen bringst.«

Ich sah ihn an und spürte plötzlich seine echte Sorge um mich. Ja, er war mein Freund, ein so guter Freund wie ich ihn in all den Jahrtausenden meines Dienstes für Alyssa unter den Lichtkriegern niemals gehabt hatte. Ich seufzte, denn es fiel mir dennoch schwer, über meine Gefühle zu reden. »Ich weiß nicht, ob du das verstehen wirst«, begann ich. »Seit wir den Schattenturm verlassen haben, kriecht etwas in mir hoch, ich glaube, es ist Angst. Nie habe ich ein solch heftiges Gefühl verspürt, das meinem Bauch wie mit Schwerthieben zerschneidet und mir die Kehle auf eine Weise zudrückt, dass es mich fast lähmt, nicht einmal in den Tagen, wo ich dachte, dass Alyssa mich mit dem Tode bestrafen wird.«

Ich schwieg und Jaron beugte sich zu mir vor. »Was hat dieses Gefühl ausgelöst, kannst du mir das sagen?«

»Ich weiß nicht genau, aber auf dem Heimweg habe ich über unsere Begegnung mit den drei Gefährten der Rabenfürsten nachgedacht.« Ich wies auf mein Bücherregal. »Mir schien es, als ob ich sie bereits gut kannte, denn vor etwa vier Jahren hat der Vampir Luczin aufgeschrieben, was ihnen widerfahren ist. Dort drüben steht das Buch, das mit dem schwarzen Einband.« Ich trank einen Schluck Wasser, weil mein Mund plötzlich so trocken war. »Ich habe es nicht nur einmal gelesen. Schließlich war ich ja die Ursache für all das Leid, das sie erduldet haben. Auch wenn niemand hier weiß, dass alles mit dem Diebstahl des ›Steins der Ewigkeit‹ begann, für den ich verantwortlich war … Und nach all dem, was diese Gefährten schon um der Rabenfürsten willen gelitten haben, sind sie nun wieder bereit, der

Gefahr ins Auge zu sehen. Sie könnten es vielleicht sogar schaffen, den Krapp Mataro zu retten. Die Vampire sind extrem willensstark.« Ich senkte den Blick und unwillkürlich strich ich über mein Handgelenk, an dem ich über viele Jahrhunderte hinweg das aus Haar geknüpfte Armband getragen hatte, das die kleine Faywen mir damals schenkte. *Du wirst die Hoffnung, die mit meinem Haar verwoben ist, einmal brauchen können, Ardrel …* Ja, jetzt brauchte ich sie. Mehr denn je! Aber das Band war längst zerfallen, nicht mehr da. Ich seufzte tief auf, sah zu Jaron. »Was, wenn alle anderen ihren Teil der Aufgabe erfüllen und *ich* am Ende *versage*? Ich habe ja schon einmal versagt! Dann wäre alles umsonst und jeder, der in diese Sache verwickelt ist, auch du, hätte für nichts gelitten. Ich weiß nicht, ob ich das verkraften würde.«

»Ich verstehe …«

»Und dann vorhin Rilanas Nachricht. Wenn die Magier von der anderen Seite der Nebel Karmand nicht erreichen, wird es noch schwerer.«

Jaron atmete tief durch. »Ardrel, ich weiß nicht, wieso du noch immer glaubst, damals versagt zu haben, denn das hast du nicht! Wir haben oft genug darüber gesprochen und ich werde es jetzt nicht wieder tun. Was ich aber mit Sicherheit weiß, ist, dass du Thamar in spätestens drei Wochen seiner gerechten Strafe zuführen wirst, weil du in dem Augenblick, wo du dein Schwert für den Zauber in den Boden rammst, wieder zum mächtigsten Lichtkrieger wirst, den Alyssa jemals hatte.«

»Es ist nicht der Augenblick des Zaubers, der mir Sorgen macht. Ich habe Angst, den richtigen Zeitpunkt zu verpassen.«

»Nun, diese Angst habe ich für meinen Teil der Abmachung auch, aber wir werden sie beide überwinden.« Jaron lächelte mich an. »Wir sind ein starkes Team. Selbst wenn sich die ganze Welt gegen uns stellt, werden wir daran nicht zerbrechen. Was

Thamar betrifft, so tun wir, was uns möglich ist, und wenn es so sein soll, dann werden wir ihn besiegen.«

Ich atmete durch. Doch, es war gut gewesen, dass Jaron nicht locker gelassen hatte und wir jetzt miteinander sprachen. Ein wenig fühlte ich mich besser, wenn auch die Angst nicht verschwand.

Jaron stand auf und gähnte. »Morgen früh forschen wir noch einmal nach dem Geisterschiff. Ah, ein Tipp, du solltest dir Beschäftigung suchen, dir vielleicht überlegen, wie du die drei Gefährten für ihre Aufgabe stärken kannst. Denn wie ich dich kenne, ist so etwas für dich immer die beste Therapie.«

Noch in derselben Nacht folgte ich Jarons Rat. Ich hätte sowieso nicht schlafen können und so überlegte ich, wie ich Finley, Briann und Luczin mit stärkender Lichtkraft versorgen konnte. Ich suchte nach einer Möglichkeit, die Gefährten so auszustatten, dass sie auch im Leeren Raum darauf Zugriff hatten, denn ich würde ja nicht bei ihnen sein. Ich überlegte lange, doch dann kam mir eine Idee, die gut zu sein schien. Kraftbrote, ich würde für sie magische Kraftbrote backen. Die Zeit bis zu ihrem Treffen am Tor nach Skeletten würde dafür gerade so reichen, denn ich musste zuvor Sauerteig ansetzen und diesen fünf Tage lang täglich neu mit Lichtkraft aufladen, damit der Vorrat möglichst lange hielt.

Sofort machte ich mich ans Werk, maß Wasser ab und stellte es zur Erwärmung ans Feuer meines Kamins. Dann holte ich das Mehl. Als ich eine Weile später den dünnflüssigen Teig rührte, sprach ich lautlos den Zauber hinein und beobachtete, wie während der kreisenden Bewegungen mit dem Löffel von meinen Fingerspitzen ausgehend Licht in den Teig tropfte. Ich rührte langsamer und länger, als ich es unter anderen Umständen getan hätte, aber das würde dem Teig nicht schaden. Erst zum Schluss, als ich die Erschöpfung bereits in allen Gliedern spürte, schlug ich den Teig in normaler Geschwindigkeit, um noch genügend Luft hineinzubringen. Danach stellte ich die locker abgedeckte Schüssel in die Nähe des Kamins, damit der Teig gären konnte.

Am nächsten Tag gingen Jaron und ich erst einmal zu dem Brunnen vor dem Dorf. Rilana stand davor und sah hinein. Als sie uns bemerkte, lächelte sie. »Die Fregatte ist wieder da, nimmt weiter Kurs auf Karmand, sie haben den Sturm überstanden. Allerdings habe ich in den Segelmasten Schäden entdeckt, welche die Manövrierfähigkeit des Schiffs eventuell beeinträchtigen.«

»Sie werden Karmand auf jeden Fall erreichen«, erwiderte Jaron. »Ich habe gestern schon überlegt: Es ist immerhin ein Geisterschiff. Den Weg bis zu dem Ort, wo es einst zerschellt ist, kann wohl niemand beeinflussen. Ich denke, sie wiederholen einfach die einstige Unglücksfahrt.« Er wandte sich an Rilana. »Dass du gestern den Sturm nicht beeinflussen konntest, ist unter den Umständen sicher logisch. Es ist ja die Erinnerung eines Sturms, der schon gewesen ist.«

»Ja, das stimmt!«, warf ich ein. »Erst wenn die Magier versuchen, in Karmand an Land zu kommen, geht die Zeit ins Jetzt über. Ich habe gestern gar nicht daran gedacht, aber ich habe schon einmal von solchen Phänomenen gehört.« Er nahm Rilana in den Arm, hüllte sie in für Sterbliche unsichtbares, stärkendes Licht. »Wenn sie die Küste erreichen und das Schiff auf Grund läuft, dann kannst du handeln, um den Göttersturm zu besänftigen. Dann ist er ja real und ich bin sicher, dass unsere Göttinnen deinen Zauber dann auch geschehen lassen werden.«

Rilana atmete wie befreit durch. »Du hast sicher recht, Ardrel. Ich gebe einfach mein Bestes.«

Wenig später machten Jaron und ich uns auf den Weg zum Übungsplatz, den wir vor ewigen Zeiten für das Schwertkampftraining geschaffen hatten. Von unserem Volk wurde er selten benutzt, wir waren ja nicht viele, und so hatten wir auch heute den Platz für uns allein.

Wir übten stundenlang die Übergabe des Schwerts aus allen erdenklichen Lagen. Jaron stellte sich sehr geschickt an und ich spürte, wie ernst es ihm war, auf alle denkbaren Situationen vorbereitet zu sein. Irgendwann schlug er dann vor, kurz vor unserer Abreise nach Karmand noch einige Männer zu unserem Training dazu zu bitten.

»Zumindest ein Mal, damit ich sehe, ob ich richtig reagiere, wenn ich bei der Übergabe des Schwerts angegriffen werde«, war seine Begründung.

Ich stimmte natürlich zu, denn das war das Mindeste, was ich tun konnte, damit wenigstens Jaron sich sicherer fühlte.

In der Nacht kümmerte ich mich dann wieder um meinen Sauerteig, rührte mit frischem Mehl und warmem Wasser auch die zweite Portion magische Lichtkraft hinein, solange, bis mir von der Anstrengung fast die Beine wegknickten.

In den folgenden Tagen hielt ich immer dieselbe Reihenfolge ein: frühmorgens ein Besuch bei Rilana am Brunnen, danach stundenlanges Schwerttraining mit Jaron und nachts die Verstärkung des Kraftteigs.

In der fünften Nacht knetete ich dann endlich den Brotteig, doch auch hier gab ich noch einmal stärkende Lichtkraft hinzu. Nie zuvor hatte ich so viel Licht abgegeben wie in den letzten Tagen und ich fühlte mich unendlich erschöpft, regelrecht ausgelaugt. Aber ich wollte alles tun, was mir möglich war, damit unsere Helfer trotz der dunklen Kräfte, die sie im Leeren Raum zum Aufgeben würden zwingen wollen, den Weg ins Licht fanden.

Den Brotofen des Dorfs hatte ich schon aufgeheizt und ich buk dann darin sieben kleine Brote. Fünf davon würde ich in drei Tagen den Gefährten mitgeben, eines der Brote war für Jaron und eines für mich selbst, obwohl ich nicht wusste, ob es bei mir überhaupt wirkte, wenn ich davon aß. Schließlich war ich ein Lichtkrieger, geboren für den hellen Weg, den ich stets zu verteidigen hatte. Die Lichtkraft, die in dem Brot einge-backen wurde, kam aus mir selbst. Aber es war dennoch ein guter Gedanke, etwas in der Tasche zu haben, das auch meine Kraft verstärkte. Ich musste nur fest daran glauben.

5. Kapitel

Tor nach Skeletten …

Gleich am Tag nach ihrer Begegnung mit Ardrel und Jaron besprach Luczin mit den Gefährten die weitere Vorgehensweise. Es kam dabei zu unerwartet heftigen Diskussionen, denn dass sie einem Dämon vertrauen sollten, lag bei den Freunden außerhalb der Vorstellungskraft. Hatten sie nicht schon genug schlechte Erfahrungen gemacht? Mehr als einmal hatten sie wegen der Angriffe von Dämonen dem Tod schon ins Auge geblickt und wie war das denn damals mit dem Dämonenhorn gewesen, dem bevorzugten Spionageobjekt dieser Schurken? Alles kochte wieder hoch, obwohl es schon Jahrzehnte zurücklag. Mihai und Alrik sprangen auf, um in der Nähe des Turms nach Dämonenhörnern zu suchen, und steckten die anderen damit an. Aber sie fanden nichts.

Luczin und Briann versuchten, die aufgeheizten Gemüter zu beruhigen, aber erst Finley gelang es am Ende, alle wieder zur Vernunft zu bringen. »Ihr wisst, dass ich immer erst einmal misstrauisch bin, und ja, dieser Dämon ist sehr mächtig, das habe ich gespürt. Aber er ist der Freund eines Lichtkriegers und das wohl schon sehr lange. Wenn es zwischen den beiden kein Vertrauen gäbe, wäre das nicht möglich.« Er schwieg einen Augenblick. »Haben wir nicht Luczin und seinen Mannen zu Anfang auch misstraut. Heute sind wir alle die besten Freunde! Ich erinnere mich auch noch gut daran, wie ich Niven kennenlernte. Was hatte er damals doch wegen meines Misstrauens zu leiden!« Finley atmete tief durch. »Vielleicht müssen wir alle umdenken, denn es gibt nicht nur schwarz und weiß. Ich werde jedenfalls mit Briann und Luczin nach Skeletten gehen und

183

versuchen, diesen Mataro und seinen Drachen in den Leeren Raum zu schaffen, um ihn von seiner unseligen Verbindung zu befreien. So, wie es der Dämon uns beschrieben hat! Wir werden Jarons Hilfe annehmen, denn nur wenn wir das tun, wird es dem Lichtkrieger Ardrel am Ende gelingen, den zu bannen, der unseren Freunden, den Rabenfürsten, schon so lange und so übel mitspielt. Ich bin es Lena und Niven schuldig, dass ich alles tue, damit ihre Steinwelt wieder in Ordnung kommt, selbst wenn ich dabei über meinen eigenen Schatten springen muss. Denn wenn ich es nicht tue, werden wir keinen der beiden wiedersehen. Sie werden in der Dunkelheit eingeschlossen sein, allein, ohne eine Seele, die bei ihnen ist.«

Eine Weile schwiegen alle. Doch dann beeilten sie sich, erneut ihre Hilfe zuzusagen, auch, wenn ihnen die Beteiligung eines Dämons nach wie vor Bauchschmerzen bereitete.

Luczin übernahm danach die weitere Koordination ihres Vorhabens. Zehn Tage nach ihrem Aufbruch nach Skeletten sollten Mihai, Alrik und Reik im Hohlweg an der von Kieran bezeichneten Stelle ein Lager aufschlagen und warten, bis das Rabensymbol aufleuchtete, das sie dann gemeinsam nachzeichnen mussten. Cara sollte sie begleiten. Aber wie erwartet wehrte sie sich vehement dagegen. Sie wollte mit ihren Finley nach Skeletten, der dort ganz sicher ihre Hilfe brauchen würde.

»Das kommt nicht infrage!«, schmetterte Finley seine Liebste ab. »Briann und Luczin, mehr Begleitung brauche ich nicht. Aber im Hohlweg wirst du mit deinen Fähigkeiten gebraucht. Dort gibt es Wölfe und es ist immer noch Winter, da könnten sie Mihai, Alrik und Reik als willkommenen Festschmaus betrachten. Aber wenn du dich als Panther zeigst, werden sie das Weite suchen.«

»Darian, Thure und Vico werden Wache halten und was für einen besseren Schutz könnte es geben, als den von Vampiren?«

»Deinen Schutz! Unsere Vampir-Freunde können schließlich auch nicht überall sein«, beharrte Finley.

Luczin und seine Vampirgefährten begriffen, dass Finley das als Ausrede nutzte, weil er nicht wollte, dass Cara im Leeren Raum womöglich leiden würde. Sie unterstützten ihn daher, so gut es ging. Aber erst als Briann Caras Hand nahm und ihr erklärte, dass alles was sie taten, umsonst wäre, wenn sie aufgrund von Kämpfen gegen die Widrigkeiten der Natur im Hohlweg das Leuchten des Rabenzeichens verpassten, gab sie nach.

»Na gut, dann werde ich halt mit in den Hohlweg gehen und aufpassen«, versprach sie widerstrebend.

Nachdem das geklärt war, besprachen sie nur noch die Einzelheiten und als sie sich trennten, hatte Luczin zumindest *ein* gutes Gefühl: Jeder würde seine Aufgabe gewissenhaft erfüllen.

Die wenigen Tage bis zu ihrem Aufbruch nach Skeletten sausten nur so dahin, und dann war es soweit. Luczin und Briann flogen bereits frühmorgens zum Turm, um Finley abzuholen und sich von den Gefährten zu verabschieden. Sie hatten sich einen Vorrat an getrocknetem Blut eingepackt und zur Sicherheit Handschuhe sowie die dichten schwarzen Stoffmasken für den Kopf, die sie vor langer Zeit schon einmal gebraucht hatten, um auch den höchsten Stand der Sonne aushalten zu können, ohne dass es ihnen die Haut abbrannte. Schließlich wussten sie ja noch nicht, was sie auf Skeletten erwartete.

Cara hatte ihrem Finley ein Fladenbrot mit darin eingebackener Tränenperle gerichtet. Es würde ihn solange ernähren, bis er wieder heimkam. Sein Schwert trug er bereits auf dem Rücken. Beides erinnerte an ihre allererste Reise, da waren Lena und Niven noch dabei gewesen.

»Möge die Strahlenkönigin Alyssa euch beschützen!« Cara atmete tief durch und gab Finley einen langen Kuss. Dann wandte sie sich an Luczin und Briann. »Bringt ihn gesund wieder nach Hause!«

Bereits wenig später flog Luczin zusammen mit Briann, der Finley mit sich trug, zum Strand des Nebelmeers, wo sich das Tor nach Skeletten befand.

Als sie dort ankamen, war niemand da. Briann sah sich in allen Richtungen um. »Also entweder sind wir zu früh, oder die zu spät …«

Es dauerte aber nicht lange, da hörten sie ein leises Flattern, wie von Stoff und als sie sich umdrehten, standen Ardrel und Jaron da, noch umhüllt von ein paar funkelnden Sternen ihres Zaubers. *Ah*, dachte Luczin, *die beiden beherrschen die Teleportation.* Niven hatte das auch gekonnt, als er noch mit ihnen lebte. Er seufzte leise. Es war nicht gut, wenn er sich ständig an die Vergangenheit erinnerte. Er brauchte jetzt bald all seine Kräfte!

Ardrel und Jaron verneigten sich mit dem Feengruß und auch Finley, Luczin und Briann legten zwei Finger an die Stirn, um die Begrüßung zu erwidern.

»Habt ihr den Zeitenwender dabei?«, fragte Jaron.

»Natürlich«, erwiderte Luczin. »Ohne den würde es ja keinen Sinn machen, nach Skeletten zu wollen …«

Jaron nickte, er wirkte angespannt. »Versucht, dort so wenig wie möglich aufzufallen. Es ist eine stille Insel mit geheimen Plätzen, die während der Zeit der Sonnenuntergänge und der Sonnenaufgänge nicht betreten werden dürfen.« Als Luczin etwas fragen wollte, winkte er ab. »Es ist ein Gesetz unserer Königinnen, haltet euch daran.«

»Wenn ihr nachher gleich durch das Tor geht, kommt ihr auf einen Pfad, der direkt zum Dorf der Krapp führt. Ihr müsst immer bergauf gehen, es ist kein allzu weiter Weg, nur etwas beschwerlich«, ergänzte Ardrel, kramte in einer mitgebrachten großen Tasche und reichte jedem ein kleines Brot. »Mit Lichtkraft gebacken, es wird euch stärken, wenn die Dunkelheit im Leeren Raum euch niederdrückt und helfen, dass ihr das Licht erreicht.« Er hielt noch zwei kleine Laibe hoch. »Für Mataro und seinen Drachen. Wer nimmt sie?«

Luczin nahm die zwei kleinen Brote entgegen und steckte sie ein. »Danke, aber ich fürchte, für uns Vampire ist das nichts. Wir vertragen kein Brot.«

Ardrel nickte. »Daran habe ich natürlich gedacht und einen Zauber eingewirkt, der es auch euch erlaubt, davon zu essen.«

Davon war Luczin nicht ganz überzeugt, aber er hoffte, dass sie die Kraftbrote gar nicht brauchen würden.

Jaron holte unter seinem Umhang einen kleinen Würfel hervor und hielt ihn Briann hin. »Hier, der Tageszähler.« Er sah zu, wie Briann den Würfel einsteckte, und schaute dann alle an. »Habt ihr noch irgendwelche Fragen, bevor ihr geht?«

Luczin zuckte die Schultern. »Wir hatten ja über alles Wichtige gesprochen, und das Weitere werden wir mit den Krapp klären.«

»Wenn wir es geschafft haben, schicken wir euch einen Schmetterling«, versprach Finley.

Ardrel schüttelte bedauern den Kopf. »Das funktioniert leider auf Skeletten nicht mehr. Seit Mataro verflucht worden ist, können Schmetterlinge die Insel nicht mehr verlassen.«

»Dann kommen wir, nachdem Mataro befreit ist, zu euch nach Karmand. Ihr müsst ja wissen, ob es geklappt hat«, schlug Luczin vor.

Jaron nickte. »Gut. Aber haltet euch dann von der Nebelwand fern. Selbst wenn wir dort bereits einen Korridor geschaffen haben sollten und auf der anderen Seite sind, dürft ihr uns nicht folgen! Die Nebel würden euch greifen und ihr kämt darin um!« Jaron war einen Schritt auf Luczin zugetreten und sprach sehr eindringlich.

Ardrel bestätigte das. »Ja, niemand in Antiquerra kann durch die Nebel gehen, das wisst ihr selbst. Für Jaron und mich ist es nur deshalb möglich, weil wir aus der Schattenwelt stammen.« Er sah die drei Gefährten an, sein Blick blieb an Finleys Schwert hängen. »Nimm das besser nicht mit in den Leeren Raum hinein. Es würde eure Aufgabe zusätzlich erschweren.« Ardrel seufzte tief auf. »Wenn ihr bereit seid, dann öffne ich jetzt das Tor.«

Wenig später beobachtete Luczin, wie Ardrel die Arme hob und wie daraufhin seine ganze Gestalt hell aufstrahlte. Ardrel murmelte Worte, leise zwar, aber dennoch jagte die spezielle Intonation Luczin einen Schauer über den Rücken. Er schaute zu Briann und Finley. Auch sie standen reglos, völlig von dieser Magie überwältigt, die um sie herum vibrierte und die Luft vollkommen erfüllte. *Ja*, dachte Luczin, wenn er noch einen Beweis gebraucht hätte, dass Ardrel tatsächlich einer von Alyssas Lichtkriegern gewesen war, dann hätte ihn dieser Zauber restlos überzeugt.

Jaron, der neben ihm stand, lächelte. »Es ist immer wieder ein Erlebnis!« Plötzlich schob er Luczin nach vorne. »Geht jetzt! Das Tor ist offen, ihr müsst schnell hindurchgehen. Ardrel wird es nämlich sicherheitshalber gleich wieder verschließen.« Als Luczin mit Briann und Finley nun rasch auf das Tor zulief, das aus einem gleißend hellen Licht bestand, das sich in dem Steinbogen am Strand geformt hatte, rief Jaron ihnen hinterher: »Mögen unser beider Königinnen ihre schützende Hand über euch halten! Wir sehen uns auf Karmand!«

Luczin schaute über seine Schulter hinweg zu Jaron und Ardrel, nickte ihnen zu. Dann trat er auch schon in das helle Licht hinein. Wenig später fanden sie sich alle drei auf einem ihnen unbekannten, schmalen Gebirgspfad.

Luczin wies den Pfad hinauf, der durch steiniges Gelände zwischen hoch aufragenden Felsen bis fast zum Gipfel eines Gebirges führte. »Dort, zwischen den drei Bergkuppen, sehe ich mit roten Ziegeln gedeckte Häuser. Das wird das Dorf der Krapp sein.« Er sah sich weiter um. »Eine sehr kleine Insel ist das, wie mir scheint, — falls nicht der Nebel, der vom Meer heraufzieht, weitere Landmassen verdeckt —, und alles ziemlich unwegsam, recht karg zudem, ich sehe nur wenige Sträucher.«

»Mir macht vor allem die Eisschicht auf diesem steilen Pfad Sorgen. Das schafft Finley nicht, er könnte abrutschen und über die Steilhänge stürzen. Wir sollten besser zum Dorf fliegen, als hier hochzukraxeln«, erwiderte Briann.

Luczin nickte. »Ja, das ist das Beste. Also los, verlieren wir keine Zeit!«

Aber Finley schüttelte den Kopf. »Wartet! Habe ich das vorhin richtig verstanden, dass Ardrel das Tor wieder hinter uns verschlossen hat?«

»Ja, und?«, fragte Luczin.

»Wie kommen wir dann zurück? Wir müssen später erst wieder zum Nebelstrand und dann vom Norden aus das Tor nach Karmand nehmen. Wenn die Schmetterlinge hier keine Nachrichten mehr nach außerhalb bringen können, funktioniert vielleicht auch kein Transporttor mehr.«

Luczin runzelte die Stirn und schaute zu Briann. *Womöglich sitzen wir hier in der Falle*, übermittelte er ihm auf geistigem Weg.

Dann ist es jetzt auch nicht mehr zu ändern, aber es wird uns was einfallen. Briann wandte sich beruhigend an Finley. »Wenn wir unsere Aufgabe erfüllt haben, werden uns die Krapp sicher sagen, wie wir wieder von hier fortkommen. Also Arme um meinen Hals legen, es geht los!«

Briann sauste mit Finley hoch in die Luft. Luczin folgte ihm, und wenig später gewannen sie knapp außerhalb von dem kleinen Dorf wieder Boden unter den Füßen.

Der Untergrund war auch hier gefroren und glatt, aber immerhin lag dieser Weg nicht mehr knapp am Abgrund. Es ging eher durch flaches, wenn auch ein wenig abschüssiges Gelände, eine Art Talmulde, die sich im Hochgebirge gebildet hatte. Im Sommer wuchsen hier bestimmt sogar Gras und Bergkräuter. Luczin schaute zu dem Dorf, dessen Häuser zum Teil ziemlich baufällig erschienen. Es lebten hier sicher nicht viele Personen. Die Geräusche, die sein feines Vampirgehör wahrnahm, klangen schwächer, als er es sonst von bewohnten Orten kannte.

Während sie in das Dorf hineingingen, trat aus einem der mit groben Steinen gemauerten Häuser ein Junge heraus, vielleicht elf oder zwölf Jahre alt. Er war in ein seltsames, weites Gewand aus Rabenfedern gekleidet und trotz der vorherrschenden Kälte barfuß. Als er die Ankommenden sah, stutzte er, dann drehte er sich um und rannte ins Haus zurück.

»Mataros Retter sind da«, schrie er dabei.

»Nanu, woher weiß er das?« Luczin sah Briann und Finley an, doch die zuckten die Schultern.

Es dauerte nicht lange, da kam der Junge wieder aus dem Gebäude heraus und mit ihm ein älterer Mann, der ebenfalls in ein weites Gewand aus Rabenfedern gekleidet war. Er ging ihnen entgegen und verneigte sich.

»Seid ihr diejenigen, die im Bund mit den Drachen stehen?«, fragte er.

»Ja«, erwiderte Luczin, »und wir haben den Zeitenwender dabei.«

Der Mann verneigte sich. »Ich bin Silgor, der Älteste nach dem bedauernswerten Mataro.« Er wies auf einen Steinkreis in der Mitte des Dorfs. »Das Orakel hat euch angekündigt.«

Während sie Silgor in seine Hütte folgten, — als Haus konnte man den mit einer windschiefen Tür ausgestatteten Steinhaufen beim besten Willen nicht bezeichnen —, warf Luczin einen Blick zu dem Steinkreis. Rabenfedern lagen darin.

Die Einrichtung der Hütte war wie erwartet spärlich. Es gab nur einen Raum. Darin befand sich eine Feuerstelle, ein schlichter Holztisch mit Stühlen, ein einfach gezimmerter alter Schrank für das Geschirr und eine ebenso alte Kommode, in der wohl die Wäsche aufbewahrt wurde sowie zwei über Eck stehenden Liegen, die scheinbar als Betten wie auch als Sofa genutzt wurden.

Silgor bat sie, Platz zu nehmen. Aus einem holzbefeuerten Teebereiter schenkte er ihnen eine dampfende hellgelbe Flüssigkeit in kleine Becher ein.

Luczin hob die Hand in einer stoppenden Geste. Er lächelte Silgor an und zeigte dabei seine spitzen Zähne »Für Briann und mich bitte nicht. Wir vertragen heißen Tee nicht so gut.«

»Oh«, Silgor hielt in seiner Bewegung inne. »Die Rabenfedern kündigten uns auch eine Überraschung an. Das seid ihr beide dann wohl. Ihr seid Vampire, wenn ich nicht irre.« Er räumte die überzähligen Becher weg und sah Luczin dann an. »Soweit ich weiß, trinkt ihr Blut. Aber das haben wir nicht, nur das, was in unseren Adern fließt.«

»Keine Sorge«, erwiderte Luczin. »Was wir zum Leben brauchen, haben wir mitgenommen. Aber ein Glas kaltes Wasser wäre gut, das vertragen wir.«

Silgor wies den Jungen, der wohl mit ihm verwandt war, an, Luczins Wunsch zu erfüllen. Dieser nahm eine Kanne und lief hinaus, um frisches Quellwasser zu holen.

Während sie auf seine Rückkehr warteten, setzte sich Silgor zu ihnen an den Tisch. Er seufzte schwer auf, sah dann Luczin und Briann fest an. »Wir alle würden uns für Mataro opfern, wenn er nur endlich von seinem Fluch befreit wäre und sterben dürfte.«

»Das ist ganz und gar nicht nötig«, warf Briann mit scharfer Stimme ein. Wie Luczin hatte auch er kein Verständnis für Leute, die sich zum Märtyrer machen wollten. Da er aber merkte, dass Silgor fast die Tränen in den Augen standen, nahm er sich zurück und gab seiner Stimme einen sanfteren Klang. »Wir werden alles tun, um euren Mataro zu retten. Am besten bringst du uns bald zu ihm, damit wir keine Zeit verlieren.«

Silgor fasste sich wieder. »Ich muss euch vorwarnen. Er ist kein schöner Anblick. Sein Körper ist übersät mit Geschwüren und Wunden, weil er die Taten des Schwarzmagiers Thamar büßen muss. Sechstausend Jahre Schmerz und Leid für einen einzigen Augenblick der Unachtsamkeit! Normalerweise werden wir Krapp höchstens vierhundert Jahre alt.«

»Wir haben schon viel Schlimmes gesehen, da verkraften wir auch das, und Mataro wird ja nicht mehr lange leiden«, warf Finley ein. »Ist sein Drache auch bei ihm?«

Der Junge kam zurück und schenkte Luczin und Briann von dem eiskalten Quellwasser ein. Er hatte wohl Finleys Frage gehört, als er eintrat. »Nein, Fuma liegt in einer Höhle unterhalb der Krypta. Zu ihm können wir euch erst morgen nach Sonnenaufgang bringen.«

»Wegen der göttlichen Königinnen?«

Der Junge nickte. »Skeletten ist ihre Insel. Uns ist nur erlaubt, hier zu wohnen.«

Eine Weile später hatten Luczin, Briann und Finley ihre Becher leer getrunken.

Silgor atmete tief durch und stand auf. »Ich bringe euch jetzt zu Mataro, damit ihr euch bekannt machen könnt. Heute Nacht werdet ihr dann hier in meinem Haus schlafen, mein Junge und ich übernachten bei unserem Nachbarn.«

Luczin bemühte sich gar nicht erst, ihm das auszureden. Wenn Silgor ihnen diesen Unterschlupf allein überlassen wollte, bitte! Vielleicht war es auch ganz gut so, dann konnten sie heute Nacht in aller Ruhe ihre ersten Eindrücke besprechen, denn wenn sie morgen zu dem Drachen gingen, nahmen sie Mataro am besten gleich mit.

Luczin stand auf und lief mit den anderen hinter Silgor her. Mataros Unterkunft lag nur ein paar Hütten weiter. Einige Krapp warteten vor dem Eingang. Drinnen standen weitere Männer und Frauen um Mataros Lagerstatt. Luczin hielt nach dem Eintreten einen Moment lang die Luft an, denn die Ausdünstungen des Kranken, die sich mit dem muffigen Geruch von alten Rabenfedern und Arzneikräutern mischten, erfüllten den ganzen Raum.

Mit ehrerbietigen Verbeugungen machte man ihnen Platz. Als Luczin dann auf das Bett schaute, verschlug es ihm noch einmal den Atem. Er hatte in seinem Leben schon viel Schreckliches gesehen, aber so etwas nicht. Er hörte, wie Finley einen gequälten Laut von sich gab und er empfing Brianns geistige Botschaft: *So schlimm habe ich es nicht erwartet ...* Mataro war von Kopf bis Fuß in Bandagen gewickelt. Überall sickerte Wundwasser und Eiter durch. Sein Gesicht war zwar frei, aber mit Pusteln, Schnitten und aufbrechenden Narben übersät. Die Augen hielt Mataro geschlossen, es schien, als sei er ohnmächtig.

Die Frau, die an Mataros Bett saß, schaute zu Luczin hoch. »Jeder Wechsel seiner Verbände ist qualvoll für ihn und es nützt auch nichts, egal wie sorgfältig wir die Wunden behandeln. Wir hoffen so sehr, dass ihr seinem Leid ein Ende setzen könnt.«

Mataro stöhnte und schlug plötzlich die Augen auf. Diese waren trüb und blutunterlaufen. Als er merkte, dass Fremde im Zimmer waren, versuchte er, den Kopf zu schütteln. »Es ist zwecklos. Den Leeren Raum werde ich nicht mehr verlassen.«

»Woher weißt du, dass wir dich in den Leeren Raum bringen wollen?«, fragte Luczin.

»Das Orakel hat es uns gesagt«, erwiderte die Frau an seiner Stelle.

Luczin wunderte sich über dieses doch sehr deutliche Orakel, denn noch nie hatte er von Voraussagen gehört, die so konkrete Angaben machten. Aber obwohl er zweifelte, fragte er nicht, sondern beugte sich zu Mataro herunter. »Du wirst das Licht erreichen, dafür sorgen wir!«

Als sie zur Hütte von Silgor zurückgingen, schwiegen sie, aber nicht, weil sie in Gedanken waren, sondern weil Luczin und Briann mit ihrem übernatürlichen Gehör auf die Gespräche lauschten, die begannen, sobald sie fort waren. Alle Krapp wussten, was der leere Raum war, was ihn ausmachte und dass er auch ihnen zur Gefahr werden würde, sodass womöglich keiner das Licht und somit den Ausgang erreichte. Aber niemand wollte sie warnen oder nachfragen, ob sie sich das auch gut überlegt hatten. Mataro erhielt endlich eine Chance, es gab eine winzige Hoffnung für ihn und niemand war bereit, zu riskieren, dass sie es sich anders überlegten.

Am nächsten Tag, etwa eine Stunde nach Sonnenaufgang, wurden Luczin, Briann und Finley von Silgor abgeholt. Draußen schien sich das ganze Dorf versammelt zu haben, Männer, Frauen und Kinder. In ihren Gewändern aus schwarzen Rabenfedern, die nur Gesicht und Hände nicht verhüllten, wirkten sie wie eine dichte, dunkle, unheimliche Mauer. Doch als Luczin mit seinen Gefährten aus der Hütte heraustrat, kam Leben in sie. Sie bildeten eine Gasse und er sah vier Männer, die eine Bahre trugen. Darauf lag Mataro, eingehüllt in ein scheinbar neues Rabenfedernkleid.

»Wenn ihr bereit seid, dann bringen wir euch jetzt auf dem Bergpfad hinunter zu der Höhle des Drachens«, erklärte Silgor. »Dort müsst ihr dann mit Mataro alleine hineingehen, denn uns ist es nicht gestattet.«

Luczin begriff sofort, dass mit dem Bergpfad der Weg gemeint war, dem sie gestern bis hier herauf gefolgt waren. Das würde nicht gut gehen!

»Gibt es keinen anderen Weg? Der Pfad ist völlig vereist, niemand würde lebend unten ankommen«, sagte er deshalb.

Silgor lächelte. »Nur gestern war das so, ein Zeichen für uns, dass ihr kommt. Normalerweise liegt auf Skeletten nie Eis oder Schnee, auch heute nicht. Hier ist es verhältnismäßig warm, selbst im Winter, es besteht also keine Gefahr.«

»Ich empfinde es hier tatsächlich heute viel wärmer als gestern«, flüsterte Finley Briann zu.

»Na gut«, Luczin dachte, dass Mataro ja sowieso nicht sterben konnte und auf Finley passten Briann und er auf, notfalls stiegen sie mit ihm eben in die Luft. Luczin schaute über die Köpfe der Krapp hinweg zum Himmel, wo die Sonne zum Vorschein kam. »Versuchen wir es.«

Als ob seine Worte das Startsignal wären, marschierten die Krapp los. Hinter den Trägern von Mataros Bahre ließen sie eine Lücke, sodass Luczin, Briann und Finley sich einreihen konnten. Auf die Gehstöcke, die man ihnen angeboten hatte, verzichteten sie. Diese langen Stäbe waren auf dieser Strecke für Ungeübte garantiert lebensgefährlich!

Der Weg war aber noch schwieriger als angenommen, für Finley zumindest, obwohl tatsächlich kein Eis mehr lag. Aber es ging ziemlich abschüssig nach unten. Rechts und links des Pfads war nichts, der Fels fiel dort in endlose Tiefen ab, sodass der Weg wie schwebend zwischen den Bergketten erschien. Bei jedem Schritt rollten Steine über den Rand. Gestern von der Luft aus, hatte Luczin nicht so deutlich wahrgenommen, wie riskant diese Marschroute war. Briann und er nahmen Finley in die Mitte, um ihn zu stützen, aber es nützte nicht viel. Finley ging ständig in die Knie, weil er immer wieder auf Steine trat, die unerwartet wegrutschten. Briann packte ihn daher kurzerhand um die Hüften und trug ihn. Brianns Füße berührten dabei nur selten den Boden. Die nachfolgenden Krapp bekamen seine Schwebetechnik vermutlich gar nicht mit, denn auch sie verwandten ihre gesamte Aufmerksamkeit auf den steinigen Untergrund. Aber ihre langen Stöcke halfen ihnen wohl, das Gleichgewicht zu wahren. Sie setzten sie geschickt ein.

Luczin gab sich bald ebenso Auftrieb wie Briann. Es war hier wirklich einfacher, über dem Boden schwebend vorwärtszukommen. Dennoch strengte das Ganze mehr an, als zu fliegen, und so wechselten sie sich beim Tragen von Finley ab.

Die Strecke schien endlos, aber irgendwann wurde zumindest der Gebirgspfad breiter. Sie ließen die tiefen Schluchten hinter sich und liefen nun auf einem zwar immer noch steilen, aber im Vergleich zu vorher fast schon angenehmen Fußweg an spärlich bewachsenen Steilhängen vorbei. Dann kam endlich die Küste des Nebelmeers in Sicht. Luczin atmete auf.

Bald danach passierten sie die Stelle, wo sie gestern aus dem Tor herausgekommen waren. Luczin drehte sich zu den Krapp um, die hinter ihm liefen. »Wie weit ist es noch?«

»Nicht mehr weit«, bekam er zur Antwort. Der Mann, der das gesagt hatte, wies halbrechts hinunter auf ein prachtvolles, aus schwarzem und rotem Marmor erbautes und mit Figuren reich geschmücktes Gebäude. »Dort drüben ist schon die Krypta zu erkennen. Unterhalb des Wegs dorthin ist die Höhle von Fuma, dem Schwarzdrachen.«

Der Weg wurde jetzt allmählich eben und Finley konnte endlich ohne Hilfe sicher laufen. Alle drei atmeten sie auf. Bald darauf nahm Luczin auch die felsige Landschaft ringsum anders wahr, nicht mehr so lebensfeindlich und vor allem nicht mehr bedrohlich. Die Morgensonne tauchte Felswände, Sträucher und die wenigen Bäume in ein bizarres Spiel von Licht und Schatten, sodass die Insel wie verzaubert wirkte. Der Nebel, der vom Meer her über den Klippenweg zog, tat ein Übriges dazu. Es ließ Luczin nicht unberührt, er liebte solch mystische Momente.

Vor ihm blieben die Krapp plötzlich stehen und bildeten einen Halbkreis. Silgor trat vor und wies auf einen der Felsen, in dem der Eingang zu einer Höhle verborgen lag.

»Wir sind da«, sagte er.

Luczin nickte, doch dann fiel ihm etwas ein. »Kann Mataro Drachenfeuer aushalten?«

»Natürlich«, erwiderte Silgor, »er steht ja im Bund mit seinem Schwarzdrachen.«

Luczin wollte jetzt keine Zeit mehr verlieren und auch keinen emotionalen Abschied. Er legte zwei Finger an die Stirn und verneigte sich vor den Krapp. »Danke für eure Begleitung. In ein paar Tagen sehen wir uns wieder und dann ist Mataro frei.«

Silgor erwiderte den Gruß gemeinsam mit den anderen Krapp. Ernst schaute er danach Luczin und seine Gefährten an. »Wir werden für euch beten.«

Luczin hob Mataro von der Bahre hoch und trug ihn auf seinen Armen in die Höhle hinein. Finley und Briann folgten ihm. Schon nach wenigen Schritten wurde es dunkler um sie herum. Luczin schnupperte und rümpfte die Nase. Es roch nach kaltem Rauch, nach Fledermäusen und verbranntem Fleisch, vermutlich Überreste von Fumas letzter Mahlzeit. An den Höhlenwänden vermeinte er, Ablagerungen von Asche zu sehen. Finley, der seinen Reisestab zuhause gelassen hatte, tastete in der Tasche herum, die er quer über der Schulter trug und zog einen Kurzstab heraus. Mit einer Handbewegung entfachte er an dessen Spitze ein Licht, das heller strahlte, als Luczin es je an Finleys Reisestab wahrgenommen hatte.

»Jetzt kommt dieses Ding auch mal zu Ehren«, murmelte Finley und hob den Stab rundum. »Aber einladend sieht diese Höhle nicht aus, da liegen ja überall alte Knochen herum.« Er wischte sich plötzlich hektisch über den Arm, »Du lieber Himmel! Vorsicht! Hier gibt's jede Menge Spinnennetze, deren haarige Besitzer schon zum Sprung auf uns ansetzen.«

Luczin hatte die aufgeregt in ihren Netzen krabbelnden, handtellergroßen Tiere schon gesehen. Der schmale Durchgang zu einer tiefer liegenden Höhle wurde vollständig von ihrer Spinnseide verschlossen. Briann versuchte, die Tiere mit wirbelnden Bewegungen zu verjagen. Aber es schien eher das Gegenteil zu bewirken. Außerdem war das, was er da tat, höchst riskant! Da Luczin den Krapp Mataro trug, konnte er ihm nicht helfen. »Versuch es mit einem Zauber«, forderte er Finley auf.

Aber Finley hatte schon damit begonnen. In der linken Hand hielt er den Lichtstab und mit der rechten führte er Bewegungen aus, die eigenartige Zeichen andeuteten. Dazu murmelte er Worte, die Luczin nichts sagten. Kierans Ring, den Finley am Mittelfinger trug, leuchtete rotgolden auf. Einige Spinnentiere versuchten, vor Finleys Zauber zu flüchten. Sie krabbelten auf Luczin zu. Ein Biss von ihnen würde seinen Verstand lähmen, ihn Dinge sehen lassen, die nicht da waren! Er sprang zur Seite. Himmel, wann wirkte Finleys Zauber endlich! Mataro, der schon auf dem Weg hierher immer wieder ohnmächtig geworden war, kam durch seine Bewegung zu sich. Er stöhnte vor Schmerzen. »Wozu diese Quälerei. Ihr werdet mit mir umkommen …«

Er hat schon aufgegeben, dachte Luczin, während er beobachtete, wie die Spinnen durch Finley Zauber träge wurden und dann plötzlich aus ihren Netzen fielen oder am Boden zusammensackten. Er nutzte die Gelegenheit, um Mataro anzuschauen, aber es gelang ihm nicht, ihn hypnotisch zu beeinflussen. Der Krapp war wohl schon fast blind, er konnte seinen Blick nicht halten. »Du musst dich an die Hoffnung klammern, Mataro. Es wird alles gut!«, flüsterte Luczin ihm zu.

Finley beendete seine Beschwörung, zog sein Schwert und zerschnitt die Spinnenweben. »Schnell«, rief er. »Ich weiß nicht, wie lange mein Zauber diese Viecher aufhält.«

Sie liefen durch den Felsspalt in die dahinter liegende Höhle. Diese war weiträumig, führte aber wie ein Trichter tiefer in den Berg hinunter. Während sie über Steine und kleine Felsbrocken hinweg abwärtsschritten, nahm der Brandgeruch zu. Sie näherten sich also dem Versteck des Drachens. Für Luczin war dieser Geruch jetzt fast angenehm, er überdeckte den penetranten Gestank, der von Mataros nässenden Verbänden ausging.

»Ich glaube da vorne, hinter dem großen Fels, ist der Drache. Ich sehe etwas Schwarzes, Schillerndes«, flüsterte Briann.

Als sie näher kamen, hörte Luczin ein Schnaufen und kleine Rauchwölkchen stiegen hinter dem Felsen auf, vermischt mit Flöckchen feuriger Glut. Eine raue Stimme klang zu ihnen her. »Wer stört mich?«

»Diejenigen, die dich und Mataro retten werden«, antwortete Briann, der seine Überraschung, dass der Drache sprechen konnte, als Erster überwunden hatte. »Wir kommen jetzt zu dir.«

Sie waren nun hinter dem Felsen. Langsam und vorsichtig gingen sie weiter, damit sie keine Überraschung erlebten, wenn sie gleich um die Ecke bogen und dem Drachen gegenüber standen.

Der Drache lachte, es klang heißer und unendlich bitter, aber es offenbarte auch, wie schwach er war. »Schau an, ein paar Abenteurer, die nicht wissen, was sie reden. Dummköpfe seid ihr. Sobald ihr um die Ecke kommt, werde ich euch mit meinem Atem in Brand setzen, dafür reicht meine Kraft noch!«

»Dann lass uns gleich anfangen, damit wir das hinter uns haben«, rief Briann und lief mit Vampirgeschwindigkeit zu dem Drachen hin. »Dein Atem macht uns nichts aus, Fuma, selbst dann nicht, wenn du mit unserer Hilfe deine Kräfte wiedergewonnen hast!«

Luczin sah nur einen Teil von Brianns Gestalt, aber er hörte den Drachen ächzend Luft holen und rasselnd ausatmen. Brianns Umhang flatterte, fing ein paar Feuerfunken ein, aber mehr passierte nicht. Er klopfte die Glut aus und wedelte sich den Rauch aus dem Gesicht.

»Siehst du?«, sagte Briann. »Mir passiert nichts, denn meine Gefährten und ich stehen im Bund mit Taherehs Drachen Numir, so wie Mataro mit dir im Bunde steht.«

Mataro, der vorhin wieder bewusstlos geworden war, kam wohl durch den Klang seines Namens zu sich. Er begriff schnell, dass sie mit dem Drachen sprachen.

»Fuma«, rief er und stöhnte. »Lass es gut sein. Sie wissen nicht, dass es für uns zu spät ist.«

Luczin, der noch immer den Krapp trug, rollte die Augen. Wie konnte Mataro so mutlos sein, jetzt wo die Rettung nah war! Ihn und seinen Drachen zu erlösen, würde einem Kraftakt gleichkommen, da die beiden nicht mehr an das Licht glaubten.

»Das darf nicht wahr sein! Ihr habt Mataro mitgebracht?« Der Drache fauchte und spuckte wieder ein wenig Feuer. »Warum quält ihr ihn?«

Finley trat zu Briann. »Ja, wir haben Mataro mitgebracht und ob es euch beiden passt oder nicht, wir werden den Fluch, unter dem ihr steht, brechen!«

Luczin ging mit dem Krapp auf seinen Armen ebenfalls zu dem Drachen. Mataro streckte die Hand aus, als ob er Fuma streicheln wollte, aber dann ließ er sie kraftlos sinken und schloss die Augen. Aber er war nicht ohnmächtig, Luczin spürte es deutlich. Die Nähe des Drachens schien Mataro bei Bewusstsein zu halten. Das war zumindest ein kleiner Lichtblick.

Luczin schaute den Drachen fest an, der vor Überraschung ganz vergaß, Feuer zu spucken. »Fuma, wir sind gekommen, um euch in den Leeren Raum zu bringen, damit ihr dort mit unserer Hilfe das Licht findet, das euch von Thamars Fluch befreit.«

»Wir sind zu schwach«, unterbrach Mataro ihn mit leiser Stimme und der Drache bewegte den Kopf, als ob er das bestätigen wollte.

»Schwach ist nur derjenige, der aufgibt, weil er nicht mehr an das Gute glaubt«, rügte Luczin und erinnerte sich im selben Augenblick an eine Zeit, da es ihm beinahe selbst so ergangen wäre. Er schüttelte den schmerzhaften Gedanken ab. »Mag sein, dass ihr euch an die Finsternis gewöhnt habt, in die der Fluch euch führte, aber ihr solltet eines wissen: Wenn ihr in der Dunkelheit bleibt, dann werden auch die Rabenfürsten das Licht niemals mehr wiedersehen! Dann sind sie für immer verloren, weil ihr Schicksal mit eurem verknüpft ist. Sie können nur gerettet werden, wenn ihr gerettet seid.«

Der Drache gab einen Laut von sich, der wie ein Stöhnen klang. »Mataro, so sind wir doppelt verflucht!«

Mataro erwiderte nichts, aber es schien, als ob Fuma auf geistigem Weg mit ihm kommunizierte. Der Drache atmete schwer und ein paar Rauchwölkchen quollen aus seinem Maul. Plötzlich breitete er seine riesigen Flügel aus, zog sie gleich darauf wieder ein, so als ob er sie nur ausprobieren wollte.

Dann stellte er sich ein wenig schwankend auf die Beine. »So bringt uns also in diesen Leeren Raum. Setzt Mataro auf meinen Rücken, ich kümmere mich um ihn, denn ihr werdet genug damit zu tun haben, dass ihr selbst das Licht erreicht!«

Nun, das hatten sie schon ein paar Mal gehört, aber es schreckte Luczin nicht. Sie hatten Angriffe von Dämonen überlebt und andere Gräuel. Schlimmeres konnte ihnen im Leeren Raum nicht widerfahren. Er trug Mataro zu dem Drachen hin und packte ihn auf dessen Rücken. »Halte dich an den Hörnern fest!« Er wies auf die drei großen gebogenen Hornspitzen, die wie ein längsgerichteter Kamm aus der Haut von Fumas Nacken hochragten. Mataro stieß immer wieder kurze Schmerzensschreie aus, als Luczin ihm half, sich auf dem Rücken des Drachens einzurichten. »Haben wir ein Seil dabei?«, fragte er Finley. Als dieser verneinte, knöpfte Luczin seinen weiten Mantel auf, zog sein Schnürhemd aus der Hose und riss mit Brianns Hilfe einen langen Streifen vom Saum ab. »Ich muss dich festbinden, Mataro, damit du nicht verloren gehst.« Als er das getan hatte, nahm er aus der Innentasche seines Umhangs zwei der kleinen Brote heraus, die Ardrel ihnen mitgegeben hatte. »Wir haben von einem Lichtkrieger Kraftbrot bekommen, das hilft euch durchzuhalten.« Er brach einen Brocken von dem einen Brot ab und steckte es in Mataros Mund. »Kannst du deines selbst halten?«

Mataro schüttelte nur den Kopf, aber zumindest kaute er dabei. Aus seinem Mund leuchtete ein feines Licht.

Der Drache stieß ein paar Rauchwölkchen aus. »Heißt der Lichtkrieger womöglich Ardrel?« Als Luczin das bestätigte, seufzte der Drache. »Ich bin froh, dass seine Königin ihn leben ließ. Schließlich trug auch er keine Schuld an Thamars Taten.«

Luczin verstand nicht ganz, was er damit meinte, aber das war jetzt nicht wichtig. Er gab dem Drachen ein Stückchen von dem Kraftbrot. »Ich halte mich an deinem Nacken fest, so kann ich euch ab und zu von der Lichtspeise geben«, ... *und euch auf das Licht zuschieben, falls es nötig ist*, setzte er in Gedanken hinzu. Er wandte sich an Finley. »So, ich glaube, wir sind soweit. Du kannst den Schutzzauber jetzt ausführen.« Luczin griff mit seiner freien Hand in die Manteltasche und hob den Zeitenwender hoch. »Ich muss ihn nur noch einstellen und du sagst mir dann, wann ich die Uhr aktivieren soll.«

Du musst nachher allein auf Finley aufpassen, ich kümmere mich um Mataro und den Drachen, teilte er Briann auf geistigem Weg noch mit.

Wird schon alles gut gehen, bekam er zur Antwort.

Luczin nickte und stellte die Uhr auf das Ziel des Leeren Raums ein. Währenddessen legte Finley sein Schwert neben den Felsen und übergab Briann seinen Lichtstab. Danach zeichnete er mit Kreide einen Kreis auf dem Boden um sie herum. Als das getan war, richtete er sich auf, lief langsam innen an dem Kreidestreifen entlang. Dabei flüsterte er eigenartige Worte und bewegte seine Finger in seltsamen Zeichen. Der Kreidekreis begann rötlich zu leuchten. Als Finley wieder am Ausgangspunkt seines Zaubers ankam, nickte er Luczin zu. »Alles bereit!«

Luczin, der den Drachen mit lockerer Umklammerung an einem seiner Nackenhörner festhielt, warf noch einmal einen prüfenden Blick rundum und wandte sich dann an Briann und Finley. »Habt ihr euer Kraftbrot griffbereit?« Als die beiden es bejahten, hob er den Zeitenwender hoch. »Uns allen Glück!«

Luczin drückte den Aktivierungsknopf und im nächsten Augenblick erlosch das Licht des magischen Lichtstabs, den Briann die ganze Zeit gehalten hatte. Um sie herum wurde es stockfinster. Luczin spannte alle Sinne an. Er hörte das Atmen des Drachens und Mataros gequältes Keuchen. Auch Finley hörte er und Briann, konnte so ihren Standort erahnen. Aber sehen konnte Luczin beim besten Willen nichts, obwohl er normalerweise in der Dunkelheit besser sah als bei Tag.

Bei dir und Finley alles gut?, fragte er Briann auf geistigem Weg, bekam aber keine Antwort. Konnte es sein, dass im Leeren

Raum die geistige Kommunikation außer Kraft gesetzt wurde? Er testete es. »Briann, ich hör dich nicht, hier funktioniert wohl einiges nicht so gut wie draußen, ist bei dir und Finley alles klar?«, fragte er.

»Mit uns ist alles in Ordnung«, antwortete Briann, aber seine Stimme klang angespannt. »Nur sehe ich nirgendwo einen Lichtpunkt, auf den wir zugehen könnten, und …«

Briann hörte abrupt zu reden auf. Luczin spürte, dass er lauschte. Auch er selbst tat das. Von irgendwo aus der Tiefe dieser Dunkelheit klang ein Ton herauf, sirrend, hell brummend. Luczin vermeinte, rasend schnelle Flügelschläge zu hören. Dann blieb wieder alles still. Kurz darauf klang der Ton von neuem. Etwas streifte Luczins Nase. Eine Fliege! Himmel, sie hatten eine Fliege mit in den Leeren Raum genommen! Das Sirren und Brummen wurde lauter, klang direkt aggressiv.

Mataro stöhnte. »Werde ich die Biester denn selbst hier nicht los?«

Luczin begriff, dass Mataro aufgrund seiner ständig entzündeten Wunden oft von Fliegen geplagt worden war. »Wenn wir das Licht gefunden haben, hört es auf«, versuchte er zu trösten.

Aber die Fliege war nur der Anfang!

Mataro fing plötzlich an zu schluchzen. »Nein! Nein!«, stammelte er immer wieder.

Während Luczin nach ihm tastete, um ihm einen Brocken Kraftbrot in den Mund zu schieben, begann der Drache unterdrückt zu schnauben. Der Rauch, der dabei aus seinem Maul kam, roch beißend, brannte in Luczins Augen. Schnell brach er auch ihm einen Brocken Brot ab. Der Drache verschluckte es ungekaut. »Ich sehe ihn! Ich sehe ihn!«, jappte er. »Dieser Schwarzmagier ist nicht zu stoppen! Er bekommt, was er will! Seine Opfer, sie klammern sich an uns, an Mataro und mich …«

Er schnaufte röchelnd, knickte in die Beine und der Qualm, den er in seiner Not verbreitete, nahm Luczin fast den Atem. Kleine Feuerfunken sprühten in der Dunkelheit.

Dann hörte Luczin auf einmal Finleys Schrei.

»Mein Brot, ich hab mein Brot fallen lassen! Wo ist es? Wo?« Plötzlich brüllte Finley fast panisch Caras Namen. »Ich hätte sie mitnehmen sollen! Schon damals, auf dem Weg ins Schattenreich hab ich das falsch gemacht! Jetzt wieder! Es ist meine Schuld! Ich werde sie verlieren. Himmel, nein! Sie wird sterben! Die Wölfe! Sie greifen sie an!«

Luczin hörte, wie Briann auf ihn einredete, ihm klarzumachen versuchte, dass das, was Finley sah, nur unwirkliche Visionen waren. Er begriff, dass jeder hier im Leeren Raum mit seinen eigenen, inneren Dämonen kämpfen musste, auch Briann, der jetzt auf einmal fauchte. In Luczin selbst stiegen ebenfalls Bilder auf. Er sah eine blonde Frau auf einem Felsen. Sie versteinerte! Blitze zuckten. Donner grollte. Lena! Er konnte sie nicht retten! Der Gedanke an die Vergangenheit, die er bewältigt wähnte, und die Sorge um das, was noch geschehen würde, brachte ihn fast um. Luczin spürte, wie etwas in ihm die dunkle Bestie weckte, wie blutrünstige Wut in ihm hochstieg. Er wehrte sich, fauchte, wusste im selben Moment, dass er weder seine Gesichtszüge unter Kontrolle hatte noch seinen Blutdurst. Die Gier brach sich Bahn. Heftig wie nie! Luczin biss sich vor Verzweiflung selbst in die Hand. Mehrfach! Immer mehr Bilder stiegen in ihm auf, wie um ihn weiter anzustacheln. Er sah Brianns Gesicht vor sich, völlig marmoriert, ohne Leben, es zerbröselte zu Staub. Nein! Das durfte er nicht zulassen! Er musste etwas tun! Luczin spürte plötzlich eine Berührung an seinem Arm. Wie zufällig. Ein Summen, nah an seinem Ohr. Für einen winzigen Moment brachte es ihn in die Wirklichkeit zurück. Er hörte seine Gefährten stöhnen. Ein Mann schrie, wutentbrannt! War es Finley? Briann? Jemand weinte leise. War das Lena? Nein, sie war doch gar nicht hier! Sie war zur Rabenfürstin geworden. *Kein Vergessen!* Wer hatte das gesagt? Nein, er würde nichts vergessen, weder das Schlechte noch das Gute. Das Gute, das Schöne … Ja, das war es! Er musste sich an die guten Erinnerungen klammern!

Luczin ballte die Fäuste, spannte alle Sehnen an, im Bemühen, sich unter Kontrolle zu bringen. In seiner linken Hand spürte er das Horn des Drachens. Er hatte es nicht losgelassen. *Das Gute, das Schöne!* Trotz der Dunkelheit um ihn herum schloss er die Augen. Mit aller Macht, die er besaß, beschwor er bessere Bilder herauf. Bunte Wiesen im Licht der untergehenden Sonne. Dunkle Wälder im Mondschein. Briann und er auf ihren Streifzügen durch die Nacht. Wie Blitze zuckten diese Szenen vor seinem geistigen Auge auf. Dazwischen aber stürmten grausige Dämonen auf ihn zu, suchten ihn mit Schwertern und Lanzen zu töten, um an seine Gefährten heranzukommen. Er wehrte sich, schlug mit der freien Hand um sich. »Ihr seid nicht real! Geht fort! Dahin zurück, woher ihr gekommen seid!«, schrie er. *Bunte Wiesen im Licht der untergehenden Sonne! Dunkle Wälder im Mondschein! Briann und ich …* Ja, das war sein Leben! Es war gut! Antiquerra, Duft einer ewigen Insel, sein Zuhause! Luczin sog den Atem ein, roch tatsächlich Blumenduft, spürte Wind in seinem Haar, hörte das Zwitschern von Vögeln.

Er öffnete die Augen, sah sich um. Was war das in der Dunkelheit da vorne? Ein Licht? Ja, ein winziger, heller Punkt! Strahlend! Aber er verschwand, sobald die Erinnerungen an vergangene Schlachten wieder die Oberhand gewannen. Kämpfte hier jeder für sich allein? Ja, es musste so sein, denn es war ein Kampf der Gedankenkräfte, ein Kampf um das geistige Überleben!

Luczin holte tief Luft. »Das Licht nährt sich von den guten Erinnerungen!«, schrie er. »Ihr müsst euch an das Schöne in eurem Leben erinnern. Mataro, denk an die Zeit, bevor Thamar dir alles genommen hat, an deine Kindheit, deine Jugend! Fuma, erinnere dich an die Zeit, wo du mit anderen Drachen zusammen warst! Finley, denk an deine Liebe zu Cara, erinnere dich an eure gemeinsame Zeit und du Briann, wir haben zusammen doch schon soviel Schönes erlebt, wahre Freundschaft …«

Ja, sie mussten die Schrecken des Lebens loslassen, sie dem Leeren Raum übergeben, damit dieser sie fortnahm. Luczin fielen immer mehr kleine Episoden ein, die ihn glücklich gemacht hatten. Sie verdrängten allmählich die Schreckensbilder und der Lichtpunkt im Raum wurde größer, wenn er auch noch in weiter Ferne schien. Er spürte, wie die anderen sich bemühten. Mit gemeinsamer Anstrengung würden sie es sicher schaffen, das Licht hierher zu holen. Ja, das Licht musste die Dunkelheit verdrängen, so funktionierte das! Dann waren sie alle frei!

Luczin klammerte sich weiter mit aller Kraft an die Dinge, die ihm Spaß machten. Er dachte an kaltes Wasser, das über seine Haut rann; an den Tränenfluss vor Dracopatria, der seine Burg spiegelte. Mit aller Kraft beschwor er das Bild der Berge herauf, die er von seinem Balkon aus immer sah und seine Bibliothek mit den vielen Büchern. Er rief sich den Anblick seines roten Umhangs, den er so gern trug, in Erinnerung und fröhliche Begegnungen mit so vielen Personen, die er liebte …

Das Licht, das in der Ferne aus der Dunkelheit aufstrahlte, wurde größer. Aber sie durften nicht nachlassen, es mit lebensfrohen Gedanken herbeizurufen. Der Leere Raum, in dem sie sich befanden, erschien zwar schon nicht mehr ganz so finster, aber Luczin sah seine Mitstreiter dennoch nur als graue Schatten. Er bemerkte jedoch, wie der Drache vor Anstrengung schnaufte, wie er seinen Körper schwerfällig auf und nieder bewegte. »Mataro, es funktioniert, mach weiter, lass nicht nach«, hörte er ihn rufen. Aber Fuma hatte bestimmt selbst kaum noch Kraft, trotz des Brotes, das Luczin ihm in Abständen in seinen Schlund schob.

Der Drache bewegte sich mit einem Mal heftiger. Seine Augen, die wie glühende Kohlen wirkten, blieben starr auf den Lichtpunkt geheftet. Es schien, als ob er dieses Licht mit aller Gewalt heranziehen wollte. Wenn Luczin Mataro nicht auf dem Rücken des Drachens festgebunden hätte, wäre er längst durch dessen unkontrollierte Bewegungen heruntergefallen. Mit Besorgnis nahm Luczin wahr, wie Fuma zu keuchen begann, wie die Glutflöckchen, die zusammen mit beißendem Qualm aus seinem Maul kamen, heller aufglommen. Ehe er etwas unternehmen konnte, duckte sich der Drache plötzlich nieder und mit einem langen, keuchenden Atemzug spie er Feuer. Hoch loderte es auf, hüllte sie alle ein, und das Licht verschwand darin.

Fünf Tage waren vergangen, seit ich Luczin und seinen Gefährten das Tor nach Skeletten geöffnet hatte. Ich dachte oft an sie und hoffte inständig, dass sie alle die Schrecken des Leeren Raums überstanden. Mehrmals versuchte ich, sie in meiner Wasserschale aufzuspüren — wider alle Vernunft, aber natürlich fand ich sie nicht. Der Leere Raum war kein Ort, der sich finden ließ.

Daneben wanderte ich täglich mit Jaron zu dem Brunnen, um das Geisterschiff zu beobachten, und um mich über Rilanas Wahrnehmungen zu informieren. Die junge Magierin war mittlerweile aber schon genauso angespannt wie wir. Sie wusste zwar nicht alles über unser Vorhaben. Aber dass es um eine Sache von Leben und Tod ging und das nicht nur für diejenigen auf dem Schiff, hatte sie schnell begriffen. Jarons tägliche Schwertkampfübungen mit mir fielen ja nicht nur ihr auf, sondern auch den anderen des Dorfs. Viele unserer Arcanäs traten mit besorgten Fragen an uns heran. Deshalb hatten wir ihnen erklärt, dass es um die Rabenfürsten ging und dass wir in Kürze für sie kämpfen würden. Unseren Tagesablauf änderte das nur insofern, dass jetzt auf dem Kampfübungsplatz immer einige Männer warteten, die sich, so wie von Jaron gewünscht, als Angreifer zur Verfügung stellten. Aber er war ein sehr guter Kämpfer geworden. Egal, mit welchen Finten sie ihn bedrängten, Jaron schaffte es immer, mir das Schwert in kurzer Zeit zu übergeben und daneben noch die anderen zu entwaffnen.

Meine eigene Unruhe dämpfte das jedoch nicht. Wenn es so weit war und wir Thamar gegenüberstanden, dann konnte noch so viel schief gehen. Vielleicht fing ich das Schwert nicht gleich auf und verlor dadurch wertvolle Zeit; vielleicht verpatzte ich in der Aufregung den Zauber, der den Seelenlosen einfangen sollte;

vielleicht ging mit Mataro etwas schief oder Thamar band eine neue Seele an sich; vielleicht …, vielleicht …

Immerhin hatte ich mich wieder soweit im Griff, dass ich wie immer funktionierte. Auch heute Morgen ging es mir verhältnismäßig gut und ich fing schon einmal an, meine Umhängetasche mit den wichtigsten Dingen für unsere Reise nach Karmand zu packen. Eigentlich brauchten wir nur zwei kleine Flaschen mit Quellwasser, etwas zu essen und das Kraftbrot. Aber die Beschäftigung mit solch banalen Dingen tat mir gut.

Ich hörte Schritte und wenig später trat Jaron in meine Wohnhöhle herein. »Ah, du packst schon, Ardrel. Viel brauchen wir ja nicht, nur das Lichtschwert und Kreide, mit der wir auf Karmand ein Tor markieren, das uns zurückbringt.«

»Ah, die Kreide fehlt noch…« Ich holte einen Brocken des weichen Steins, wickelte ihn in Papier und gab ihn zu den anderen Sachen in die Tasche. »Fertig. Jetzt können wir zum Brunnen gehen.«

Wir nahmen die Treppe auf der Rückseite des Felsens, liefen am Dorf vorbei in Richtung Obstplantagen, wo sich der Brunnen befand. Rilana stand davor, schaute reglos in das Wasser.

Als sie uns kommen hörte, drehte sie sich um. »Ardrel, ich sehe den Raben nicht mehr! Bisher saß er immer irgendwo in der Takelage, aber heute nicht, und letzte Nacht muss es auf See wieder einen Sturm gegeben haben, der Dreimaster wirkt lädiert.«

Ich beugte mich über das Wasser und sah aufmerksam hinein. »Nein, ich sehe den Raben auch nicht.« Ich schaute zu Jaron und seufzte. »Vielleicht ist er über Bord gegangen. Ich hab auch nur zwei Lebende an Deck gesehen …«

Jaron zuckte die Schultern. »Das will nichts heißen, Ardrel. Es ist noch frühmorgens, die anderen schlafen vielleicht noch, zumal wenn der Sturm sie lange wachgehalten hat. So etwas ist ja für Unerfahrene sicher eine beängstigende Erfahrung. Was Niven betrifft, ich meine den Raben … selbst wenn er über Bord gegangen sein sollte, er ist ja wieder unsterblich und die Meermänner wissen von ihm. Sie werden ihn bis nach Karmand bringen.«

Ich nickte. »Ja, kann sein. Wie es auch ist, wir haben keine Möglichkeit, einzugreifen. Aber etwas anderes macht mich auch noch stutzig …« Ich beugte mich wieder über das Wasser des Brunnens und schaute mir das Bild, das es zeigte, noch einmal genau an. Zwar verschwamm es ab und zu in den kräuselnden Wellen, die der Wind erzeugte, dennoch glaubte ich jetzt sicher zu sein. Ich wandte mich an Jaron. »Das Geisterschiff ist schon näher an Karmand, als bisher angenommen, da bin ich mir jetzt absolut sicher. Diese stürmische See ist nicht normalen Ursprungs, die Wellen tanzen und schäumen auf eine Weise, wie es nur die Vorboten des Göttersturms tun.«

»Bedeutet das, dass wir aufbrechen müssen?«, fragte Jaron.

Ich nickte. »Ich fürchte, es ist höchste Zeit.«

Wir besprachen mit Rilana, dass sie das Geisterschiff ab jetzt nicht mehr aus den Augen lassen durfte, auch nicht in der Nacht. Sie sollte sich dabei mit ihren Vertrauten abwechseln. Sobald der Segler vor der Küste Karmands auf Grund lief, musste sie eingreifen und versuchen, den Göttersturm zu besänftigen. Nur so hatten die Magier aus dem Türkisland eine Chance, zu überleben und an Land zu kommen. Ob sie derzeit noch vollzählig waren oder nicht, spielte dabei keine Rolle.

Wir verabschiedeten uns auch gleich von ihr, denn vermutlich sahen wir Rilana vor unserer Abreise nicht mehr. Die junge Frau lief danach sofort nach Hause, um Decken zu holen, denn sie wollte am Brunnen ein Lager aufschlagen, damit sie während ihrer Ruhezeiten umgehend geweckt werden konnte, wenn das Geisterschiff auf die Felsen schlug. Sie hatte gesagt, dass sie den Boden mit einem Zauber aufheizen würde, um sich und ihren Helfern eine kleine blühende Oase zu schaffen, die der Winter nicht berühren konnte.

Während Jaron und ich nach unserer Verabschiedung zur letzten Kampfübung aufbrachen, wusste ich eines: Auf Rilana war Verlass. Sie würde den richtigen Augenblick nicht verpassen, und wenn *sie* es nicht schaffte, den Göttersturm zu besänftigen, dann schaffte das keiner.

Am frühen Nachmittag brachen wir auf. Ich hatte Jaron das Lichtschwert gegeben und er trug es auf dem Rücken. Als wir die Felsentreppen hinuntergingen, die zum Strand des Großen Sees führten, erlebten wir eine Überraschung. Fast alle Arcanäs hatten sich hier versammelt, um uns Glück zu wünschen, und ich sah auch den Nöck Jendri, der auf dem dicken Stein in Ufernähe saß. Er winkte uns zu und neigte dann den Kopf zum Feengruß.

An dem Felsentor, das ich vor sechstausend Jahren geschaffen hatte, um einen Durchgang zum Dorf zu haben, blieben wir stehen. Vor zwei Wochen hatte ich seitlich im Stein eine Mulde herausgemeißelt und rundum Zauberzeichen eingeritzt. Wenn ich dort gleich meine Hand hineinlegte, würde ein Licht aufstrahlen, das uns nach Karmand brachte. Aber zuvor wandten wir uns an unser Volk, dankten ihnen für ihre Unterstützung und ihre guten Wünsche. Ich wusste, dass sie sich auch um diejenigen kümmern würden, die derzeit im Hohlweg ihr Lager aufschlugen, um später das Steinwelttor zu aktivieren. Als ich meinen Blick über die Gesichter unserer Arcanäs schweifen ließ, quoll mir das Herz fast über vor Liebe zu ihnen. *Unser Volk, die Geheimnisvollen* … Es waren gute Leute, sie hatten das Beste verdient und auch, dass ich sie nicht enttäuschte.

Ich atmete tief durch und schaute Jaron an. »Gehen wir?«

Er nickte, hob noch einmal grüßend die Hand und drehte sich mit mir um. Ich legte meine Hand in die Mulde, das Licht des magischen Tores strahlte auf und wir schritten hinein.

Nur wenige Augenblicke später standen wir in der Bucht von Karmand. Am feinkörnigen Sandstrand lagen Boote, mit Laternen am spitz nach oben zulaufenden Bug. Sie gehörten den Meerfrauen, die sie für ihren Handel mit Seeschwämmen nutzten. Im Augenblick war aber niemand hier. Ich ließ meinen Blick über das Meer schweifen, das wie üblich mit Nebelfetzen verhangen war. Dann schaute ich über die Dünen hinauf zu den bewaldeten Hügeln. Dort mussten wir hoch, dem geheimen Pfad bis zur Nebelgrenze folgen.

Jaron wurde plötzlich unruhig. »Nimm du das Schwert, Ardrel. Ist erst mal besser, falls wir alten Bekannten begegnen.«

Er reichte mir das Lichtschwert samt Gurt und ich schnallte es auf meinen Rücken. »Das wäre aber schon mehr als Zufall, wenn wir hier jemandem aus der alten Zeit begegnen!«

Jaron wackelte unschlüssig mit der Hand. »Sicher ist sicher.«

Wir liefen los, bergan auf einem schmalen, kaum erkennbaren, gewundenen Pfad. Immer höher stiegen wir den Berg hinauf. Wir wanderten lange, begleitet nur vom Gesang der Vögel, dem Summen des Winds und dem Flüstern von Bäumen. Jaron und ich sprachen nicht, zum einen, weil wir beide unsere Sinne aussandten, um unerwünschte Begegnungen im Voraus zu erahnen, zum anderen, weil dieser Weg Erinnerungen weckte. Schmerzliche Erinnerungen, zumindest für mich. Es war derselbe Pfad, auf dem ich vor sechstausend Jahren mit meiner Königin Alyssa gewandert war.

Dann tauchte sie endlich auf, die Nebelwand, die Karmand an der höchsten Stelle des Berges teilte. Wir liefen daran entlang und ich berührte sie mit meiner Hand, befal ihr, für uns durchsichtig zu werden. Mein Blick schweifte auf die andere Seite. Soweit ich mich erinnerte, gab es nur einen einzigen Weg, der dort drüben von der Felsküste den Berg heraufführte. Wir mussten eine Stelle finden, wo wir diesen Weg im Auge behalten konnten.

Jaron blieb stehen. »Hast du schon einmal daran gedacht, dass Thamar vielleicht unten an der Küste haust? In dem Fall würden wir nicht mitbekommen, wenn die Magier ihn aus seinem Versteck locken!«

Ich blieb ebenfalls stehen und schüttelte den Kopf. »Thamar hat den Herrn der Zeit besiegt, muss also in dessen Behausung wohnen. Erinnere dich … Nur nahe der Nebelgrenze haben wir früher immer diese seltsam schwirrenden Geräusche gehört. Die hatten keinen natürlichen Ursprung, sondern wurden garantiert vom echten Herrn der Zeit verursacht. Die Höhle, — oder was auch immer das ist, wo er wohnte —, muss also hier in der Nähe sein. Auf dem Pfad, der nach unten zur Küste führt, waren die Geräusche nämlich immer viel leiser als hier.«

»Es ist sicher ein Höhle«, erwiderte Jaron. »Aber ob Thamar die als seinen Unterschlupf genommen hat, bleibt fraglich.«

»Warum sollte er es nicht tun? Er agiert im Geheimen, ist hinterhältig, nimmt anderen das weg, was er haben will. An einem Unterschlupf, den er erst selbst bauen muss, hat er garantiert kein großes Interesse.«

Jaron zuckte mit den Schultern. »Wir werden sehen.« Er wies nach links. »Ich glaube, von dort aus haben wir den Küstenweg am besten im Blick, zumindest den oberen Abschnitt.«

Wir gingen zu der Stelle und richteten uns ein Lager aus Ästen, Reisig und Blättern. So bequem wie zuhause in unseren Wohnhöhlen hatten wir es nicht, aber wir blieben ja nicht lange hier, — dachte ich zumindest.

Aber es sollte anders kommen.

Seit vier Tagen und Nächten harrten wir jetzt schon an der Nebelgrenze aus. Aber nichts tat sich, wenn man davon absah, dass der Himmel seine Schleusen geöffnet hatte und wir im Regen fast ertranken. Völlig durchnässt saßen wir in unserem notdürftigen Unterschlupf, den wir nur mit Magie dazu brachten, nicht völlig über uns zusammenzubrechen. Zwar hätten wir den Elementen befehlen können, um den Regen zu stoppen, aber wir ließen es lieber, um die Aufmerksamkeit der Königinnen nicht auf uns zu ziehen.

Auf meinen Knien lag das Lichtschwert. Immer wieder hatte ich in die glänzende Klinge geschaut, den Standort des Geisterschiffs gesucht und ich verstand nicht, wieso es nicht vorwärtskam. Mir schien, als ob es im Kreis segeln würde.

»In drei Tagen ist Vollmond!« Jaron stupste mich an.

»Ja, ich weiß.«

»Wenn das Geisterschiff bis dahin hier untergehen will, sollte es sich beeilen!«

Ich lachte auf. »Deinen Humor möchte ich haben.« Ich schaute wieder in die Klinge meines Schwerts und beschwor den Segler herauf. Als ich das Bild genau betrachtete, schien mir, als ob sich etwas verändern würde. Der Dreimaster setzte alle Segel, schien gleich darauf mächtig Fahrt aufzunehmen. Nur wenig später kamen von vorne plötzlich riesige Sturmwellen auf ihn zu. Ich griff nach Jarons Arm, schüttelte ihn. »Das Geisterschiff nimmt wieder direkten Kurs auf den Göttersturm, sieht fast so aus, als ob dem Kapitän jetzt alles egal ist. Die laufen spätestens morgen früh an der Küste auf.«

»Hm …« Jaron blickte in die Klinge meines Schwerts. »Dann hat der Kapitän damals wohl nach einem Ausweg gesucht und es ist misslungen.«

»Ja, es sah die letzten Tage so aus, als ob er woanders hin wollte, und das Schiff folgt ja dem ursprünglichen Weg. Ich nehme an, Thamar hatte es damals bemerkt und eine Umkehr erzwungen.«

Jaron rieb sich heftig über die Arme. »Diese elende Kälte! Früher hat sie mir nichts ausgemacht, ich hab sie kaum gespürt. Eigentlich mag ich den Winter mit seinen glitzernden Eiskristallen und den Schneegestöbern, die selbst die Spuren schlimmster Gräuel mit dem weißen Kleid von Unschuld und Erlösung bedecken. Aber hier ist nur Matsch und Nässe, die an uns pappt, so als ob die Verderbtheit, die dieser Schwarzmagier dort drüben in sich trägt, auch uns verdreckt.«

Ich sah Jaron an. »Das sind seltsame Gedanken ...«

Jaron presste die Lippen zusammen. »Seine Taten werden uns Dämonen angelastet und das ist nicht gerecht!«

»Nein, das ist wirklich nicht gerecht!« Ich dachte an unsere gemeinsame Anfangszeit zurück und wie die kleine Gruppe von Menschen damals gelernt hatte, seinen Versuchungen zu widerstehen. Er hatte sie Gefühle von Neid, Eifersucht, Hass oder Gier erleben lassen und die Menschen hatten diese mithilfe meiner Lichtkraft als schädlich erkannt und begriffen, dass sie nur gemeinsam und in gegenseitigem Respekt den Ort, der ihnen geschenkt worden war, als fruchtbaren Lebensraum für alle bewahren konnten. Ja, so waren sie damals zu echten Magiern geworden, lange bevor sie zaubern lernten. Ich legte meine Hand auf die von Jaron. »Ich weiß, dass ihr Dämonen am Elend der Welten keine Schuld tragt, dass sich die Sterblichen selbst in freiem Willen für Gut oder Böse entscheiden und auch unser Volk weiß es. Es ist ein Anfang!«

Jaron nickte und atmete durch. »Schau noch einmal in dein Schwert!«

Ich tat es und sah, wie das Geisterschiff von rasch aufeinander folgenden Monsterwellen geschüttelt wurde. Ein Mast war schon gebrochen, aber noch schien es manövrierfähig. Es hielt den Kurs. »Es wird nur noch wenige Stunden dauern, bis der Dreimaster vom Göttersturm erfasst und in die Klippen geschleudert wird. Sie sind jetzt in der Sturmzone davor, kommen da auch nicht mehr heraus, selbst wenn sie es wollten. Wir sollten die Zeit nutzen und noch ein wenig schlafen«, sagte ich zu Jaron.

Er nickte, rollte sich neben mir zusammen und schob sich mit einer Hand nassen Reisig und Blätter unter den Kopf. Dann schloss er die Augen.

Ich machte es ihm nach. Wenigstens zwei bis drei Stunden ruhen, die Augen schließen, damit sich unsere Kraft nicht vorzeitig erschöpfte. Richtig schlafen würde ich aber wohl auch in dieser Nacht nicht, dazu war ich zu angespannt. Ich dachte an Rilana. Ob es ihr wohl gelang, den Göttersturm zu besänftigen, sodass die Magier es an Land schafften? Hoffentlich! Sonst gab es keine Chance, Thamar aus seinem Versteck zu locken, ohne dass wie die Königinnen gegen uns aufbrachten.

Lili stieg zusammen mit Kelwyn hoch an Deck. Die ganze Nacht hatte sie wegen dieses grässlichen Sturms kein Auge zugetan und jetzt war sie entsprechend müde. Es war nicht der erste Sturm gewesen, in den sie geraten waren, aber der bisher heftigste. Während die anderen jetzt endlich ein wenig schliefen, hatte sie es in der stickigen Kajüte nicht mehr ausgehalten.

Als sie die frische, kalte Seeluft atmete, fühlte sie sich fast wie neugeboren. Kelwyn warf einen Blick über das Meer und drückte ihre Hand. »Die See ist wieder ruhiger.«

Lili nickte, schaute dabei aber unverwandt auf die hellen Strahlen, die den Sonnenaufgang ankündigten. »Kann es sein, dass wir in südwestliche Richtung gedreht haben? Ich habe den Eindruck, dass die Sonne nicht mehr im rechten Winkel von uns aufgeht wie bisher …«

»Fragen wir den Kapitän, er steht dort drüben am Steuerrad«, erwiderte Kelwyn.

Während sie zum Kapitän des Geisterschiffs gingen, betrachtete Lili dessen Gestalt. Er sah nicht mehr wie ein Geist aus, sondern eher wie ein Lebender, wenn auch mit sehr blasser Haut. Er strich über das Holz des großen Steuerrads, das sich von allein bewegte und sein Gesicht wirkte dabei unendlich traurig. Als er Lili und Kelwyn bemerkte, lächelte er. »Na, das Wetter gut überstanden?«

»Wir arbeiten noch dran, Aramas.« Kelwyn grinste. »Was wir fragen wollten: Kann es sein, dass wir die Route geändert haben?«

Aramas nickte. »Ihr habt es also bemerkt, wie Thamar damals auch!« Der Kapitän seufzte tief auf. »Hier, in diesem Gewässer hatte ich versucht, uns alle noch zu retten, nahm heimlich Kurs auf den unteren Küstenausläufer des Türkislands. Dort gab es zu der Zeit schon einen Hafen, den wollte ich ansteuern. Aber auf Höhe dieser Inselgruppe dort drüben, die Nebeltor genannt wird …« Er wies schräg voraus nach rechts, wo in der Ferne Land zu sehen war, »… hat Thamar Lunte gerochen und uns gezwungen, umzukehren.«

»Wie denn«, fragte Lili, »Du warst doch der Kapitän des Schiffs und hattest die Befehlsgewalt.«

Aramas warf Lili und Kelwyn einen verzweifelt wirkenden Blick zu und schaute dann über das Meer. »Er hat ohne Vorwarnung einen meiner Leute getötet, über Bord geworfen und gedroht, dass er sich gleich den nächsten vornehmen würde, wenn ich nicht tue, was er will. Hat er auch getan. Viele gingen über Bord, obwohl wir mit allen Mitteln kämpften. Gegen seine Magie kamen wir mit unserer nicht an.«

Kelwyn schaltete schnell. »Dann werden wir bald wieder im Sturmgebiet sein, nehme ich an.«

»Sobald wir die Kehrschleife genommen haben, setzt mein Schiff volle Segel, dann wird es bald richtig übel, solange bis wir vor Karmand auf Grund laufen.«

Das war eine beängstigende Nachricht in Anbetracht dessen, was sie in der Nacht schon erlebt hatten. Es war sogar Wasser in ihre Unterkunft gelaufen und ihre Hängematten hatten so wild geschaukelt, dass sie ständig aneinandergestoßen waren. Lili rieb sich über den Arm, an dem ein blauer Fleck prangte. Nun, es half nichts, sie mussten da durch. Aber Lilis Wut auf Thamar wuchs. Er musste ausgeschaltet werden! Hoffentlich überlebten sie, damit sie seinem grausigen Treiben endlich ein Ende setzen konnten!

Nie hätte Lili sich ein solches Toben von Naturgewalten vorstellen können, wie das, welches sie seit zwei Tagen erlebte. Sie lag wie ihre Gefährten in der Hängematte, die wild in alle Richtungen schaukelte. Lili klammerte sich verzweifelt an das Netz, um nicht herauszufallen. Zum wiederholten Male stieß sie mit Kelwyn zusammen und im gleichen Augenblick spürte sie, wie das Schiff tief nach vorne absackte und dann plötzlich wieder nach oben schoss. Der Schreckensschrei blieb ihr im Hals stecken. Sie sah, wie Niven in seiner Rabengestalt neben ihr hochflatterte und sich gleich darauf wieder in der Hängematte festkrallte. *Es ist bald vorbei …*, klang seine Stimme in ihrem Kopf. *Ja, so oder so …*, antwortete sie.

Miktar, der Schiffsjunge, war auch bei ihnen. Er versuchte, sie von der wütenden See da draußen abzulenken, aber es gelang ihm nicht. Dennoch erzählte er noch einmal, was nachher auf sie zukam. Er musste schreien, um das Geräusch des Winds und der Wellen, die an die Schiffswand donnerten, zu übertönen. »Thamar hat sich damals ein langes Seil um den Bauch gebunden und das Ende mit einem Pfeil in einen Baumstamm geschossen. So kam er an Land, aber sicher nicht mit heilen Knochen, weil er schon vor der Kollision ins Wasser gesprungen ist. Ihr müsst warten, bis unsere Shaty, also unser Schiff ruht. Sie wird sich zwischen Felsen klemmen. Auf mein Zeichen kommt ihr mit mir an Deck, dort bindet ihr euch das Seil um und schießt das Ende in die Fichte, die ihr über euch sehen werdet. Dann müsst ihr schnell sein und die Felsen hochklettern, immer mir nach, ich kenne mittlerweile den besten Weg.«

Lili wollte nur noch, dass es endlich vorbei war. Aber es dauerte und dauerte. Die blauen Flecken, die jeder von ihnen schon reichlich abbekommen hatte, konnte sie später mit ihrer Magie heilen, aber hoffentlich ging wenigstens alles ohne Knochenbrüche ab. Sie musten ja schließlich noch klettern.

»Bist du sicher, dass wir nicht einfach an Land fliegen können?«, fragte sie Miktar, obwohl sie mittlerweile wusste, dass

Wind und Wasser das nicht zuließen. Im selben Moment krallte sie sich mit aller Gewalt am Seil der Hängematte fest, weil wieder eine heftige Erschütterung durch den Raum ging, sodass sie beinahe herausgeschleudert worden wäre.

»Halt dich gut fest!«, warnte Kelwyn.

Auch Ardric warf ihr immer wieder besorgte Blicke zu. Die Seherin Kalliopi dagegen blieb relativ entspannt. »Wir schaffen das«, rief sie, »haltet durch!«

»Leicht gesagt«, klang es dumpf aus der Hängematte von Bolko. Seit er auf dem Schiff war, hatte er etliche Pfund abgenommen, er konnte kaum etwas essen, und die Seekrankheit plagte ihn noch immer. Im Augenblick mehr denn je. Voller Konzentration kaute er die Pille, die er vorhin von Kalliopi bekommen hatte, um sich nicht übergeben zu müssen.

»Dauert jetzt nicht mehr lang«, schrie Miktar, der wieder lebendig gewordene Geisterschiffsjunge. »Macht euch bereit!«

Nur wenige Augenblicke später brach ein Inferno aus, das alles Bisherige in den Schatten stellte. Lili hörte, wie das Schiff auf Felsen prallte, wie Holz splitterte und wie über ihr auf dem Deck etwas krachend den Boden durchschlug. Wassermassen drangen vom Vorraum her in ihre Kajüte, mit voller Kraft, sodass sie alle pitschnass wurden und nach Luft schnappten.

Miktar schrie: »Los! Raus jetzt! Mir hinterher an Deck!«

Lili schälte sich aus ihrer Hängematte, sah, wie Ardric und der Viperus Luan den seekranken Bolko stützten. Hintereinander wateten sie, so schnell es ging, durch das knietiefe Wasser, rannten die Treppe hinauf an Deck. Der Rabe Niven flog währenddessen auf Lilis Schulter. *Ich fliege nachher voraus …*

Lili nickte. Sie konnte nicht mehr klar denken, fühlte sich wie eine Marionette, die einfach nur tat, was man von ihr verlangte. Oben auf Deck sah es schlimm aus: zerborstene Planken; die linke Schiffsseite völlig eingedrückt; Segel, die sich unter ihren

Füßen in Wasser und Wind blähten, sodass sie sich fast darin verhedderte. Eingeklemmt unter den gebrochenen Masten sah Lili den Kapitän Aramas und den Schiffskoch Emmund. Beide waren voller Blut und ohne Zweifel tot. Sicher würden sie sich in wenigen Augenblicken in ihre Geistergestalt zurückverwandeln.

»Schnell!«, schrie Miktar, um das Dröhnen der Brandung zu übertönen. Er reichte dünne, aber stabile Seile herum.

Kelwyn band Lili eines davon um den Bauch, vertäute das Ende an seinem Pfeil. Dann schoss er auf die Fichte, die ein Stück voraus auf einem Fels wuchs, traf sie wie geplant. »Zieh das Seil zu dir heran, bis es spannt, und wickle es um deinen Arm, sodass du im Notfall das Stück vor dir greifen kannst!«

Miktar trieb sie an und als jeder mit seinem Seil gesichert war, gab er das Startzeichen. »Mir nach!«

Wie eine Gämse kletterte er über die Reling und den ersten Felsen hinauf, reichte von dort aus Lili die Hand, um ihr zu helfen. Ein paar Mal rutschte sie, schrie vor Schreck, aber Kelwyn, der hinter ihr kletterte, gab ihr Stütze. Ein großer Schritt noch, dann stand sie auf dem nächsten Felsen, der höher hinauf führte. Die anderen folgten ihr dicht auf dicht. Lili riskierte einen Blick nach unten. Die Brandung schien auf einmal sehr ruhig. Sie hatte es anders erwartet nach den Erzählungen von Miktar.

»Ja, ist diesmal völlig anders, vielleicht steht ihr unter dem Schutz der Götter. Aber ich trau dem Frieden trotzdem nicht, komm, schnell weiter!«, antwortete er auf ihre Frage.

Die Kletterei war auch ohne die vorausgesagten, über ihnen zusammenstürzenden Wassermassen anstrengend. Lili rutschte mehrmals an den nassen Felsvorsprüngen ab, fing sich aber wieder. Sie erklomm ein scharfkantiges Gestein nach dem anderen. Dann hatte sie es endlich geschafft. Lili zog sich mit

Miktars Hilfe über die oberste Felskante und lag gleich darauf heftig schnaufend auf festem Boden. Es schien der eines Klippenwegs zu sein. Miktar lachte und freute sich, als alle endlich oben waren. »Ich hab's gewusst, dass ihr das schafft! Ich hab's gewusst!« Jeden Einzelnen nahm er fest in seine Arme. »Viel Glück jetzt! Schickt dieses Ungeheuer endlich zu seinen Richtern, auf dass er nie wieder zum Vorschein kommen möge.« Nur wenig später gewann Lili den Eindruck, dass Miktars Gestalt vor ihren Augen verschwamm. Er wurde durchsichtig, dann stürzte er lautlos in die Tiefe.

Lili lag zwischen ihren Gefährten unter dem Baum, der noch mit den Pfeilen bestückt war, die ihre Seile gehalten hatten. Während sie an dem Dauerbrot und der Wurst kaute, die sie für alle mitgenommen hatte, seufzte sie immer wieder auf. »Ich weiß nicht, wie es euch geht, aber wenn wir lebend nach Hause kommen, werde ich nie mehr ein Schiff besteigen!«

Bolko nickte grimmig. »Das unterschreib ich sofort!«

Lili hatte ihm vorhin Heilmagie übertragen, die seine blauen Flecke und Schürfwunden zum Verschwinden gebracht hatten. Von der Seekrankheit war er inzwischen auch genesen und er schien nun fast schon wieder fit.

Kalliopi, die es sich neben Lili bequem gemacht hatte, schaute zum Himmel hinauf, der sich kräftig blau und wolkenlos über ihnen wölbte. Um ihren Mund lag ein Lächeln. »Der Winter hier hat seinen besonderen Reiz. Weiß, blau und grün«, flüsterte sie und schaute dann zu den anderen. »Es ist seltsam, aber seit wir hier oben sind, durchströmt mich ein Gefühl des Glücks, obwohl ich weiß, dass die größte Gefahr noch vor uns liegt. Mir ist, als ob ich alles hier kenne, nicht nur aus meinen Träumen.«

»Wer weiß, vielleicht hast du einmal hier gelebt, als Käfer oder so«, erwiderte Ardric.

Kalliopi lachte. »Ja, wer weiß …« Sie schaute hinter sich den Berg hinauf, wies dann nach links. »Dort ist ein versteckter Weg, den müssen wir hinaufgehen. Aber erst, wenn es dunkel wird.«

Lili blies die Backen auf. »Das klingt wieder mal gefährlich. Scheint ein steiler Weg zu sein.«

Kalliopi winkte ab. »Es geht … Übermorgen ist Vollmond, aber er scheint jetzt schon hell genug, sodass wir gut sehen können und wir sollten unsere Deckung noch eine Weile halten.«

Bolko schaute sich um und sah dann Lili an. »Das wird nicht schwieriger als die Wege in unserem Dunklen Land. Die hast du ja zur Genüge erprobt in den letzten Monaten.« Er wirkte auf einmal wieder wie der stets auf Sicherheit bedachte, alles sehende Heerführer, als den Lili ihn kannte. Bolko scheuchte die Gruppe hoch. »Es dauert noch eine Weile, bis es dunkel wird. Hopp, suchen wir uns einen geschützteren Platz als diesen Weg, den man schon von Weitem einsehen kann.«

»Ein kleines Stück den Berg hinauf gibt es eine Felsgruppe, in der man sich gut verstecken kann«, erwiderte Kalliopi und stand auf.

»Woher weißt du das?« Bolko schaute sie kopfschüttelnd an.

Kalliopi zuckte nur mit den Schultern. »Vielleicht aus meiner Zeit als Käfer?« Sie schob den Kopf in den Nacken und guckte an dem Fichtenstamm entlang, an den sie sich eben noch angelehnt hatte. »Jemand muss die Pfeile herunterholen.«

Ardric steckte sich das letzte Stückchen Brot in den Mund. »Ich mach das.«

Er hievte sich hoch und begutachtete die Fichte. Dann sprang er nach oben und erwischte tatsächlich den kleinen Aststumpf, der über ihm aus dem Stamm herausragte. Mit kraftvollen Bewegungen zog er sich hinauf und kletterte bis zu der Stelle, wo die Pfeile im Baum steckten. Er zog sie heraus und warf sie zum Boden, wo Kelwyn und Bolko sie samt den Seilen einsammelten.

Wenig später liefen sie schon den Pfad entlang, der zum Gipfel des Bergs führte. Während sie gingen, warf Lili einen Blick zurück. Der Göttersturm tobte schon seit einer Weile wieder absolut gewaltig, die Gischt spritzte bis zu dem Weg herauf, an dem sie gerastet hatten. Als Lili deswegen etwas sagen wollte, legte Kalliopi einen Finger vor den Mund. Es war wohl besser, wenn sie nicht redeten. Allerdings gewann Lili den Eindruck, dass das gar nicht aufgefallen wäre, denn das Geräusch des Windes und das tobende Wasser empfand sie auch weiter oben noch als sehr laut.

Nach einer Weile wies Bolko, der mit der Seherin an der Spitze ihrer kleinen Gruppe ging, nach links, und dann stapften sie quer durch das Unterholz bis zu der Felsgruppe, die es tatsächlich wie von Kalliopi beschrieben gab. In dem versteckten Raum dazwischen suchten sie sich einen einigermaßen bequemen Platz zum Ruhen. *Noch einmal Kräfte sammeln*, dachte Lili. Denn morgen früh würden sie vielleicht bereits Thamar gegenüberstehen.

In der Nacht führte Kalliopi sie den Klippenweg hinauf. Keiner sprach und außer dem Wind, der mit den Bäumen flüsterte, und der allmählich ferner klingenden Brandung des Meeres, hörte Lili kein Geräusch. Nur manchmal raschelte es in den Blättern, die in kleinen, immer wieder vom Wind aufgewirbelten Häufchen am Wegrand lagen. Ab und zu sah sie im Mondlicht dort dann eine Maus huschen oder ein anderes kleines Tier.

Je höher sie stiegen, desto mehr veränderte sich die Atmosphäre der Insel. Der würzige Geruch der Fichten, der sich mit der salzigen Meeresluft mischte, wurde stärker, bekam dazu eine schwere, erdige Note. Dann hörte Lili auf einmal seltsam schwirrende Geräusche, die sie nicht einordnen konnte. Weil sie so angestrengt lauschte und schaute, stieß sie beinahe mit Kalliopi zusammen, die abrupt stehengeblieben war.

Das Gesicht der Seherin leuchtete im Schein des Mondes auf, eine Träne rollte ihre Wange herab. »Ich bin gar keine Inominati, wie ich glaubte«, flüsterte sie, hob die Hände vor den Mund und schaute den Berg hinauf. »Es ist der Klang des Brunnens, ich erinnere mich!« Sie sank auf den nächsten Stein, sah Lili und ihre Gefährten an. »Ich weiß wieder, wer ich in Wirklichkeit bin!«

»Unsere Seherin, wenn ich nicht irre«, sagte Ardric schnell, weil ihm Kalliopis Verhalten wohl etwas merkwürdig erschien.

Kalliopi schüttelte den Kopf, aber gleichzeitig sah es so aus, als ob sie nickte. Sie sah sich lauschend nach allen Seiten um, dann erklärte sie sich. »Ja, ich bin eine Seherin und war es für deinen König und dein Volk für eine lange Zeit. Aber ich bin noch etwas anderes!« Alle traten näher zu ihr heran, weil sie sehr leise sprach. »Ich bin die Tochter des *wahren* Herrn der Zeit, meine Mutter war eine Sterbliche. Vor zweihundert Jahren, als Thamar hierher kam und den Holderbaum aus der Erde riss, da war ich hier, und ich stellte mich ihm entgegen. Er dachte wohl, dass *ich* die Herrin der Zeit bin und gegen ihn war ich ja auch schwach, aber nicht wegen des zerstörten Holderbaums …« Kalliopi atmete tief durch. »Er überwältigte mich und warf mich über die Klippen ins Meer.« Sie wies quer durch den Wald. »Dort drüben, am Ende des Bergs, die Steilküste hinunter … Aber ich wurde von den Meerfrauen gerettet, mithilfe der Meeresviperus wiederbelebt und eine lange Zeit später dann an den Strand des Coagulums gebracht, wo du, Ardric, mich gefunden hast. Meine Erinnerung hatte ich verloren, ich träumte nur von dieser Insel, fast Nacht für Nacht … bis jetzt.« Kalliopi wischte sich die Tränen von den Wangen. »Jetzt erinnere ich mich wieder an alles, ich liebte den Klang des Brunnens so sehr, dieses geheimnisvolle Sirren.« Sie atmete tief durch. »Der wahre Herr der Zeit, mein Vater, lebt noch, das wird mir jetzt klar. Er bedient den Brunnen, entlässt die Seelen wohl heimlich in die Welten, wenn Thamar schläft. Ich hab ihn gesehen, aber ich wusste damals nicht, dass er es war und es war ja auch nur eine Vision.« Kalliopi schaute zu Lili und wieder rannen Tränen aus ihren Augen. »Aber jetzt weiß ich es. Der Wolf, auf dem Thamar saß, als er euch vor Wochen töten wollte. Das ist mein Vater, der wahre Herr der Zeit, von Thamar gedemütigt, weil er ihm in Tiergestalt dienen muss, die er nicht ablegen kann, solange bis der Holderbaum wieder wächst und er seine alte Macht zurückerhält.«

Lili dachte, dass wohl jedem klar wurde, dass Kalliopi die Wahrheit sagte. Die Seherin hatte sich verändert, ihre Augen leuchteten jetzt gelblich-grün wie die von einem Wolf und ein sanfter Schein wogte um sie herum, wie er nur den Göttern eigen sein konnte. Sie war eindeutig die Tochter eines Unsterblichen, denn ja, auch der Herr der Zeit stammte ganz sicher von den Göttern ab.

Kalliopi sah bekümmert aus, aber auch stolz und vor allem sehr entschlossen. Sie wischte sich noch einmal über die Augen und stand dann von dem Stein auf. »Mein Vater wird bald frei sein, genauso wie die Rabenfürsten und deine Schwester, Luan … dafür sorgen wir! Gehen wir also weiter.«

Kurz bevor der Morgen graute, kamen Lili und ihre Gefährten endlich auf dem Gipfel des Bergs an. Hinter den Bäumen ragte eine riesige Nebelwand hoch. Kalliopi erklärte mit aller Nachdrücklichkeit, dass sie sich von diesen Nebeln fernhalten mussten. Sie waren lebensgefährlich.

An einer geschützten Stelle legten sie eine letzte Rast ein, aßen ihr karges Frühstück, das wie immer, seit sie mit dem Geisterschiff aufgebrochen waren, aus trockenem Brot und einem Stückchen Wurst bestand. Kalliopi beschrieb währenddessen den kurzen Weg, der noch vor ihnen lag, und die Lage der Höhle, die dem Herrn der Zeit gehörte. Ein Schlachtplan, wie sie vorgehen wollten, um Thamar dort herauszulocken und zu überwältigen, war danach schnell erstellt. Laut Kalliopi gab es strategisch günstige Standorte. Erst wenn alle ihre Plätze eingenommen hatten und kampfbereit waren, sollte Lili den Holderbaumsamen einpflanzen.

6. Kapitel

Licht gegen Schatten …

Noch immer waren sie im Leeren Raum gefangen. Knisternde Flammensäulen wogten um Luczin herum, berührten ihn. Es fühlte sich furchtbar heiß an, aber seine Haut schien dem Feuer zu widerstehen. Allerdings schmerzte jeder Atemzug und es roch nach verbranntem Stoff. Luczin schrie nach seinen Gefährten, hörte sie husten, so wie auch er selbst hustete. Die Luft schnitt wie mit Messern in seine Atemwege und er duckte sich auf den Boden, hoffte, dass auch Briann und Finley dasselbe taten. Er konnte nicht mehr sprechen, ihnen keine Anweisungen zurufen. Sein Hals war wie wund. Er sah sich nach Mataro um. Saß er noch auf dem Rücken des Drachens? Das Feuer versperrte Luczin die Sicht. Aber er spürte, dass Fuma noch einmal tief Luft holte. »Lass das!«, wollte er ihm zurufen, aber es kam nur ein Krächzen aus seinem Mund. Gleich darauf spie Fuma noch einmal Feuer und Rauch, heftiger als zuvor, und dann begann er zu lachen. Ja, eindeutig, der Drache lachte! Der fast hysterische Klang, der aus seinem Maul kam, jagte Luczin einen Schauer über den Rücken. War Fuma verrückt geworden?

»Ich bin Fuma, der Drache, oh ja … aus dem stolzen Geschlecht der Schwarzdrachen«, brüllte Fuma und lachte wie irr. »Keiner wird mich bezwingen! Nie wieder!« Noch einmal spie der Drache Feuer, so heftig, dass Luczin dachte, dass er das diesmal bestimmt nicht überleben würde, obwohl er wusste, dass er nicht verbrennen konnte. Und wieder lachte der Drache, schnaubte und warf den Kopf zurück. »Ich bin geboren im Feuer und für das Licht! Ein Schutz derer, die von der

Dunkelheit bedroht sind! Ja, das bin ich und ich werde es wieder sein!«

Luczin lag auf dem Boden und mit jedem Atemzug gelangten Rauchpartikel und Glut in seinen Hals. Es kratzte und brannte. Er hustete ohne Ende. Seine Augen fühlten sich an, als ob sie aus den Höhlen springen wollten. Er tastete um sich herum und bekam eines der Kraftbrote zu fassen, die ihm wohl aus der Tasche gefallen waren. Luczin brach sich einen Brocken ab, steckte ihn in den Mund, kaute und schluckte. Schlimmer konnte es damit auch nicht werden und falls sich sein Magen doch umstülpte, dann auf jeden Fall erst später. Vielleicht waren sie dann endlich hier heraus.

Langsam beruhigte sich der Drache wieder. Die Feuersäule, die im Raum wogte, sackte allmählich zusammen, brannte bald darauf in kleinen Häufchen am Boden aus. Luczin blickte sich um. Das Brot schien zu wirken, er sah wieder klar. Er schaute zu dem Drachen. Mataro saß noch auf seinem Rücken, relativ aufrecht und mit friedlichem Gesichtsausdruck, so als ob ihn etwas gestärkt hätte. Der Stoff, mit dem Luczin ihn an Fumas Nackenhörnern festgebunden hatte, war verbrannt, wie auch Mataros Federkleid und ein großer Teil seiner Verbände, aber er schien keine Schmerzen mehr zu haben.

Dann nahm Luczin das Licht wahr. Zu seiner Überraschung nahm es nun zwei Drittel des Leeren Raums ein und er vermeinte, in dem Licht die Wiesen Antiquerras blühen zu sehen.

Er lächelte.

Welch ein wundervolles Bild!

Als er sich weiter umschaute, sah er Finley und Briann. Die beiden rappelten sich gerade vom Boden auf. Ihre Kleidung hing in Fetzen an ihnen herunter, aber sie selbst schienen unversehrt. Als sie zu Luczin hinschauten, lächelten auch sie.

»Geschafft«, flüsterte Briann.

»Noch nicht ganz«, erwiderte der Drache. »Das Licht ist uns zwar entgegengekommen, aber den letzten Schritt müssen wir selbst tun.«

Luczin stand nun auch vom Boden auf. »Dann lasst uns gehen!« Er griff wieder nach Fumas Nackenhörnern und als Finley und Briann zu ihm kamen, gingen sie los.

Sie setzten einen Schritt nach dem anderen, immer auf das Licht zu. Als sie dann endlich davor standen, wirkte es wie ein großes Tor.

»Einen Moment noch!« Luczin war etwas eingefallen und er wandte sich an Briann. »Der Zeitwürfel! Wie viel Zeit ist vergangen, seit wir nach Skeletten kamen?«

Briann griff in die löchrige Seitentasche seines Umhangs und holte den Würfel heraus, den der Dämon Jaron ihnen mitgegeben hatte. Er hatte nicht eine einzige Brandstelle. Briann schaute den magischen Tageszähler an. »Das ist kaum zu glauben! Er zeigt zehn Tage an, die vergangen sind.«

Luczin zuckte die Schultern, »Vermutlich gibt es im Leeren Raum kein Zeitempfinden. Ich hatte jedenfalls keines.«

»Ich auch nicht.« Finley nickte. »Aber wenn da draußen zehn Tage vergangen sind, dann dürfen wir hier nicht bleiben. Wir müssen rausgehen!«

Ja, sie wollten ja auch noch nach Karmand, zu Ardrel und Jaron. Die beiden mussten schnellstens erfahren, dass Mataro und sein Drache endlich von Thamars schwarz-magischem Zauber frei waren. »Also dann!« Luczin hielt Briann seine freie Hand hin. »Tun wir den erlösenden Schritt in die Freiheit gemeinsam!« Er sah, wie Mataro seine Hand ausstreckte und sie auf seine legte, auf die Hand, mit der er den Drachen hielt. Zu seiner Verwunderung fühlte es sich an, wie die Berührung von einem jungen Mann. Er lächelte Mataro zu, beugte sich zu dem Drachen und schaute gleich darauf zu Briann und Luczin. »Jetzt!«

Gemeinsam taten sie den letzten Schritt durch das Lichttor, und dann standen sie draußen.

Im nächsten Moment hielt Luczin die Luft an. Das konnte doch gar nicht sein! Es war wieder dunkel um sie herum!

Mataro kicherte. »Ist das nicht lustig? Unser erster Schritt in die Freiheit, ins Licht, und wir sehen nichts!«

Nun ja, Luczin sah doch etwas. Seine Vampiraugen nahmen alles ringsum wahr, deshalb wurde ihm auch schnell klar, dass sie wieder in der Höhle waren, in der sie Fuma gefunden hatten. Sie standen in dem Kreidekreis, den Finley auf den Boden gezeichnet hatte. Die Lichtfackel lag hier auch und Finleys Schwert lehnte am Felsen. Er gab beides Finley in die Hand. »Jetzt musst du wieder für Licht sorgen!«

Finley entzündete mit einer Handbewegung das magische Licht. Als er begriff, wo er war, schaute er den Drachen an. »Bitte entschuldige, aber ich möchte auch hier so schnell wie möglich raus.«

Fuma verzog sein Maul, sodass es fast so aussah, als ob er grinste. »Du wirst lachen, ich auch.«

Mataro sprang von Fumas Rücken. »Vielleicht solltest du vorgehen. Es hat da draußen ein paar ziemlich eklige Spinnen.«

Fuma schleckte sich über das Maul und tappte sofort los. »Mhm, eine willkommene Vorspeise!«

»Er war zu schwach, um sich ordentlich zu ernähren«, erklärte Mataro, während sie dem Drachen hinterherliefen. »So wie ich, aber jetzt könnte ich eine ganze Wochenration Getreidebrei essen und dazu eine große Portion gebratenes Schlangenfleisch. Eigentlich essen wir Krapp selten Fleisch, aber im Augenblick … Ach, draußen werde ich euch erst einmal fest an mich drücken. Ihr habt es geschafft und uns befreit, obwohl wir es euch nicht leicht gemacht haben. Dafür werden wir euch ewig dankbar sein!«

Mataro redete wie ein Wasserfall und vor allem wie ein ungezwungener junger Mann. Luczin konnte zwar sehen, dass seine Wunden geheilt waren. Aber Finleys Licht brachte in dieser großen Höhle nicht genug Helligkeit, um Mataros körperliche Veränderung eindeutig zu erkennen. Aber sie musste gewaltig sein, denn er lief leichtfüßig.

Plötzlich blieb Mataro stehen. »Wartet!«

Der Drache schlich geduckt zu dem Durchgang hoch, den die Spinnen mit ihren Netzen wieder verschlossen hielten. Er holte Luft und dann spuckte er so heftig Feuer, dass Luczin fast meinte, er hört nicht mehr auf. In der Vorhöhle loderte es rot und golden auf. Bald darauf fing Fuma an zu schmatzen, fraß sich den Weg frei. Luczin sah keine einzige Spinne mehr, als er hinter ihm die Vorhöhle betrat, nur ein paar kleine Feuerstellen loderten noch vor sich hin.

»Das ist besser als jeder Zauber«, flüsterte Finley, »und vor allem gründlicher!«

Ja, diese großen haarigen Spinnen mochte auch Luczin nicht. Sie konnten selbst ihm als Vampir gefährlich werden. Er hatte daher kein Mitleid mit ihnen, obwohl sie sicher auch für etwas nützlich waren. Nun ja, zumindest waren sie jetzt für Fuma nützlich. Der Drache rülpste vor Wohlbehagen.

Wenig später traten sie ins Freie. Luczin atmete erst einmal tief die frische Luft ein. Dann schaute er zum Himmel. Die Sonne ging bald auf. Von weiter unten hörte er das Wasser rauschen, das in regelmäßigen Schüben gegen die Felsen schlug.

Mataro schaute sich um und lachte, dann drehte er sich zu Luczin um und umarmte ihn fest. Auch Briann und Finley wurden von ihm gedrückt. »Meine Retter«, stammelte er ein übers andere Mal. »Danke, danke, danke …«

Luczin wandte seine Augen nicht von ihm ab. Er fasste es nicht! Mataro sah völlig verändert aus. Aus einem uralten Mann mit schütterem weißem Haar und einer runzligen Haut voller Geschwüre war ein gesunder, junger Bursche geworden von vielleicht sechzehn oder siebzehn Jahren. Sein Haar glänzte blau-schwarz. Er ging barfuß, seine weichen Strickschuhe waren genauso verbrannt wie der größte Teil seiner Kleidung, die ihn nur noch notdürftig bedeckte. Aber Mataro störte sich nicht daran. Er war frei, ohne Schmerzen, nur das zählte.

Sein Drache beobachtete ihn genauso gebannt wie Luczin., dann sprach er ihn an. »Dir wurde dein Leben neu geschenkt. Mach was draus!«

»Das werde ich!«

Mataro herzte nun auch den Drachen, bis es diesem zu bunt wurde. »Ich bringe euch jetzt zum Dorf. Danach muss ich speisen, ich habe viel nachzuholen!«

Sie setzten sich hintereinander auf Fumas Rücken und hielten sich an seinen Nackenhörnern fest. Luczin fiel auf, wie kraftvoll der Drache jetzt wirkte, seine schwarzen Schuppen glänzten und seine Augen blickten unternehmungslustig. Als er die Flügel ausbreitete, um zu fliegen, staunte Luczin über die riesige Spannweite. Selbst für ihn, der sich in der Luft ohne Mühe bewegte, war es ein Erlebnis, mit diesem Drachen zu fliegen. Es würde garantiert eine seiner schönsten Erinnerungen werden!

Der Flug dauerte leider nicht allzu lange, dann landete der Drache auf dem Vorplatz des Dorfs. »Ich komme morgen wieder hierher, um mich von euch zu verabschieden.«

Wenig später flog er davon. Die Krapp hatten allerdings schon mitbekommen, dass sie wieder zurück waren. Mit allen Ehren wurden sie empfangen. Luczin, Briann und Finley bekamen jeder ein Geschenk überreicht, das sie sogar gleich anzogen: tiefschwarze Umhänge aus weichen Rabenflaumfedern. Alle klatschten. Danach gab es ein Festessen, bei dem Luczin und Briann zwar nur zuschauen konnten, aber später wurde auch ein Bergkräuteressig ausgeschenkt, den sie beide nach ausgiebigem Lutschen von getrocknetem Blut auch vertrugen.

Die Feier ging bis tief in die Nacht und im Verlauf kam auch die Rede darauf, dass sie nun nach Hause zurückkehren mussten. Zu ihrem Entsetzen erfuhren sie aber, dass es schon seit sechstausend Jahren kein Tor mehr gab, das sie an irgendeinen Ort außerhalb Skelettens bringen konnte.

»Die Königinnen Alyssa und Tahereh haben alle Wege verschlossen«, erklärte Silgor, der Älteste der Krapp.

»Dann verstehe ich nicht, wie der Lichtmagier Kieran euch vor Jahren besuchen und wieder heimkehren konnte. Wenn es ihm gelungen ist, muss es auch für uns einen Weg geben«, warf Briann ein.

»Ah, ich erinnere mich an den Mann!« Silgor nickte. »Wir vermuteten damals, dass es die Strahlenkönigin Alyssa selbst war, die ihm das Tor aus irgendeinem Grund geöffnet hatte. Nur ihr wäre es möglich gewesen, denn sie hatte es ja auch verschlossen. Aber wie gesagt, derzeit gibt es keinen Weg, der von hier fortführt. Wir haben es überprüft. Es tut mir leid!«

Einen Hoffnungsschimmer bot ihnen dann Mataro. »Fuma ist fähig, durch die Nebel zu fliegen, so kam er ja auch zu mir. Er bringt euch zurück.«

Am nächsten Morgen, als der Drache wiederkam, erklärte er sich auch sofort bereit, seine Retter durch die Nebel zu tragen. Direkt nach Karmand wollte er sie bringen, damit sie nicht noch durch Umwege aufgehalten wurden. Als es dann ans Abschiednehmen ging, fiel Luczin etwas ein.

Er wandte sich an den Dorfältesten. »Die Rabenfedern geben euch doch Zeichen, so habt ihr ja auch gewusst, dass wir kommen. Könnt ihr uns vielleicht auch sagen, ob Thamar seine gerechte Strafe erhalten wird, ob auch die Rabenfürsten endlich von ihm freikommen werden?«

Der Mann schaute Luczin bedauernd an. »Wir dürfen nur noch den Königinnen weissagen und uns selbst, sonst niemandem, tut mir leid.« Er machte eine kurze Pause und sprach dann weiter. »Aber wo Hoffnung ist, ist nichts verloren.«

Nun, das war nicht das, was Luczin zu hören gehofft hatte, aber er musste es wohl akzeptieren. Er neigte den Kopf und entbot den Feengruß.

Wenig später flog er zusammen mit Finley und Briann auf Fumas Rücken durch dichten Nebel die weite Strecke bis nach Karmand. Aber so sehr Luczin auch den fast lautlosen Flug durch die weißen Schwaden genoss, in seinem Inneren stieg auf einmal ein ungutes Gefühl auf. Lenas und Nivens Fluch war noch nicht gebrochen! Mit Mataros Befreiung hatten sie nur die Vorarbeit dafür geleistet. Aber erst morgen Nacht ging der Vollmond auf. Was, wenn sie zu früh aus dem Leeren Raum herausgetreten waren und Thamar bereits etwas gemerkt hatte? Was, wenn trotz all ihrer Mühen die Festsetzung des Schwarzmagiers misslang?

Es hatte aufgehört zu regnen. Trotz Jarons und meiner eigenen Bedenken, dass die Königinnen es vielleicht bemerkten, wenn wir hier vor ihrer Nebelwand einen der großen Zauber ausführten, rief ich einen warmen Wind herbei, der unsere tropfende Kleidung trocknete. Wir fühlten uns danach gleich wohler und das war wichtig, bei dem, was vor uns lag.

Die Nebelgrenze musste ich danach immer wieder neu dazu bringen, für uns durchsichtig zu werden. Das fiel aber im Gegensatz zu meinem Windzauber, der immer ein helles Licht um uns herum erzeugte, nicht auf. Die Nebel reagierten auf die Berührung meiner Hand, schufen an dieser Stelle eine Art Fenster für uns, das, wie ich wusste, von der anderen Seite aus nicht gesehen werden konnte. Leider schloss es sich nach einiger Zeit wieder, sodass ich es öfter aktivieren musste.

In der glänzenden Klinge meines Lichtschwerts hatten wir gestern, am frühen Nachmittag, gesehen, wie das Geisterschiff vom Göttersturm zermalmt worden war und in den Klippen hängen blieb. Niemand konnte das überlebt haben, davon waren wir überzeugt gewesen. Aber dann hatten wir gesehen, wie einige Personen über Felsen kletterten und die Insel erklommen. Allen voran eine junge Frau mit langen schwarzen Haaren.

Seither warteten wir voller Ungeduld. Aber die kleine Gruppe hatte sich erst in der Nacht aufgemacht, den Klippenpfad heraufzusteigen. Ich wusste, wie beschwerlich der Weg für Ungeübte war und erwartete ihre Ankunft an der Wegkreuzung vor der Nebelwand nicht vor dem Morgengrauen. Jetzt war es erst kurz nach Mitternacht und sie befanden sich wohl noch auf einem Wegabschnitt, den wir von unserem Standort aus nicht einsehen konnten. Da ich das Lichtschwert bereits Jaron übergeben hatte, verzichtete ich darauf, es weiter zur Beobachtung der Magier zu benutzen. Deren Weg war ja nun klar, es gab keine andere Möglichkeit, als dass sie irgendwann hier oben herauskamen.

Jaron, der unruhig neben mir vor der Nebelwand auf und ab lief, blieb stehen. »Müssten die zwei Vampire und dieser Finley nicht längst hier sein, wenn sie es geschafft hätten, diesen Krapp zu erlösen?«

Ich zuckte mit den Schultern. »Ich weiß nicht. Wir hatten ihnen gesagt, dass wir den entscheidenden Kampf bei Aufgang des Vollmonds erwarten.«

»Ja, aber wie es aussieht, wird er früher stattfinden. Wenn die da drüben im Morgengrauen bei der Nebelwand eintreffen, werden sie nicht mehr lange zögern, und Vollmond ist erst morgen Nacht. Wenn die Vampire mit Mataro noch immer im Leeren Raum stecken, hat Thamar Zugriff!«

Ich erwiderte nichts, aber natürlich kreisten auch meine Gedanken immer wieder um diese Sache. Unwillkürlich griff ich um mein Handgelenk, aber Faywens Band der Hoffnung war nicht mehr da. Ich seufzte, während ich noch einmal die Nebelwand berührte, damit ich die andere Seite wieder klarer sah. Dann schaute ich zu Jaron, der mich mit seiner Nervosität plötzlich ganz verrückt machte. Ich kramte in der Tasche, die quer über meiner Schulter hing, holte eines der Kraftbrote heraus und brach etwas davon ab. »Hier«, ich reichte ihm den Brocken. »Iss davon! Es wird dich stärken.«

Jaron schaute das Brot an, als ob es giftig wäre. »Ich bin ein Dämon, Ardrel! Was sollte mir da deine Lichtkraft nützen?«

»Das Licht ist auch in dir, du musst es nur annehmen.«

Jaron brummte unverständlich vor sich hin, steckte sich den Brocken aber doch in den Mund. Nach einer Weile atmete er durch, schien ruhiger zu werden. »Und du? Was wird dich nachher stärken, Ardrel?«

Ich hatte mir schon viele Gedanken gemacht, seit wir hier waren, mich gefragt, ob mir mein eigenes Kraftbrot auch helfen würde. Wahrscheinlich nicht … Nein, eher nicht! Die Kraft musste ich in mir selbst finden. Ich atmete tief durch, sah dann Jaron an. »Das Licht wird die Dunkelheit nicht bezwingen, aber auch die Dunkelheit wird niemals über das Licht siegen. Das wissen wir beide. Deshalb glaube ich an die ausgleichende Gerechtigkeit, dass sie früher oder später kommt. Das ist meine Kraftquelle.«

»Du wirst sie brauchen!«, erwiderte Jaron und deutete auf den durchsichtigen Streifen der Nebelwand. »Sie sind da.«

Ich schaute hinüber und sah die schwarzhaarige junge Frau. Sie ging zwischen zwei Männern, die Pfeil und Bogen mit sich trugen. Eine weitere Frau war dabei, mit rötlich-blonden Haaren. Diese ging an der Seite eines kräftigen, bärtigen Mannes, der ein Schwert sowie einen Speer bei sich trug. Dann sah ich noch einen Viperus, einen sehr hochrangigen, denn er hatte ein Schlangendiadem auf dem Kopf. *Wenigstens einer dabei, der ungewöhnliche Heilkraft besitzt, sie im Notfall von der Schwelle des Todes holen kann,* schoss es mir durch den Kopf, als ich ihn betrachtete. Aber den Rabenfürsten sah ich nirgends, ich konnte nur hoffen, dass er nicht vom Meer verschlungen worden war.

Die Gruppe verließ den Weg und stieg eine Böschung hinauf, wo sie unseren Blicken entschwanden. Wenn sie nicht bald wieder auftauchten, hatten wir ein Problem, denn sie mussten uns ja zu Thamars Unterschlupf führen.

»Ruhig Blut! Vermutlich machen sie jetzt erst noch eine Rast, da brauchen sie eine Stelle, die sie vor Blicken schützt.«, beruhigte mich Jaron, als ich ihn deswegen ansprach.

Jaron war im Augenblick wieder wesentlich ruhiger als ich selbst. Das Kraftbrot hatte wohl gute Wirkung entfaltet. Wenigstens etwas, Jaron musste ja schließlich auch alle Sinne für seine Aufgabe beisammen haben. Ich nahm mich zusammen. »Dann ruh du dich auch noch ein wenig aus. Wenn sie wieder zum Vorschein kommen, sag ich dir Bescheid.«

Jaron brachte es tatsächlich fertig und streckte sich auf dem Boden aus. Er schloss die Augen, während ich vor der Nebelwand auf und ab patrouillierte.

Nach einer Weile tauchten die Magier tatsächlich wieder hinter der Böschung auf. Mir fiel ein Stein vom Herzen. Ich rief nach Jaron, und nur durch die Nebelgrenze getrennt gingen wir denselben Weg wie die Magier. Nach einer Weile verließen sie den Pfad und liefen in eine Lichtung hinein. Zum Glück lag sie nur wenig unterhalb der Nebelgrenze, sodass wir immer noch alles gut beobachten konnten. Ein großer Fels lag am Rande dieser Lichtung. In der alten Zeit war ich nie in dessen Nähe gewesen, aber mir wurde schnell klar, dass dies Thamars Versteck sein musste. Die Magier verhielten sich vorsichtig, schlichen sich einzeln heran. Die zwei Männer, die Pfeil und Bogen mit sich führten, kletterten auf diesen Felsen hinauf. Der eine hob die Arme in beschwörender Geste. Da ich seine Worte, die er dazu murmelte, nicht hören konnte, war mir nicht gleich klar, was er damit bezweckte. Aber dann tauchten plötzlich geisterhafte Gestalten um ihn herum auf und ich begriff, dass der Mann ein Inominati aus dem Dunklen Land war, denn dieses Volk konnte die Ahnen zu Hilfe rufen. Das war klug von ihm, dass er so vorsorgte! Ich nickte anerkennend.

Der Bärtige nahm derweil eine Stelle links vor dem Felsen ein, den die Rotblonde ihm zuwies. Der Viperus lief mit der Schwarzhaarigen ein Stück von ihm weg nach rechts und lehnte sich an die Felswand, während die rotblonde Frau mit ihren Händen scheinbar den Felsen maß und danach einen Punkt in der Erde davor markierte. Die Schwarzhaarige, — ich nahm an, dass das diese Lili war, von der Saral bei seinem letzten Besuch bei mir gesprochen hatte —, trat dorthin und legte etwas in der Erde ab. Aus einer mitgebrachten Flasche begoss sie es mit Wasser. Dann ging plötzlich alles rasend schnell.

Aus der Erde vor dem Felsen wuchs ein Holderbaum in die Höhe. Groß und kraftvoll breitete er sich aus, bedeckte sich mit grünen Blättern und weißen Blüten. Ein Rabe flog heran, setzte sich in seine Zweige. *Der Rabenfürst* ..., schoss es mir durch den Kopf. Ich war erleichtert, aber er brachte sich in Gefahr, so nah bei Thamar!

Der Fels begann zu beben, ich spürte die Vibrationen selbst durch die Nebelwand hindurch unter meinen Füßen. Die Männer obenauf spannten ihre Bogen, richteten sie nach unten. Ich sah, wie sich im Fels eine Öffnung bildete, wie dort ein Wesen heraustrat, das schrecklicher anzuschauen war als der grausigste Kampfdämon, dem ich jemals während meiner Zeit in Alyssas Diensten begegnet war. Das also war aus Thamar geworden! Ein Wesen, hässlich und knochig wie der Tod und mit Augen, aus denen der pure Hass flammte.

Hinter dem Holderbaum rannte die rotblonde Frau hervor mit erhobenem Messer. Thamar sah sie nicht gleich, denn die schwarzhaarige Lili stand ein Stück entfernt direkt vor ihm. Spielte die junge Frau den Lockvogel? Ja, denn als Thamar wütend die Hand ausstreckte, um sie mit einem Todesfluch zu töten — ja, diese Geste erkannte ich sofort —, da rammte die Rotblonde ihm ein Messer in die Brust. Hoch aufgerichtet stellte sie sich danach zwischen Thamar und Lili. War sie eine Göttin? Der Schimmer um ihre Gestalt ließ darauf schließen, aber dann müsste sie doch eigentlich wissen, dass sie ihn mit ihrem Messer nicht töten konnte. Thamar ging vor ihr auf die Knie, aber nur, weil der Bärtige ihm seinen Speer in die Kniekehlen schlug.

Jaron packte meinen Arm. »Wir müssen handeln!«

Hektisch sah ich hinter mir den Berg hinunter. Aber ich sah weder Luczin noch seine Gefährten. Der Krapp war bestimmt noch im Leeren Raum gefangen, wie seine Retter auch. Ich warf wieder einen Blick durch das Nebelfenster hinüber auf die andere Seite, sah, wie Thamar den Mund aufriss. Wütend schrie er auf. Mit einer blitzschnellen Bewegung zog er sich das Messer aus der Brust. Er starrte es an, dann lachte er, stand trotz seiner Verletzung in den Kniekehlen auf. Seine Augen glühten. Er streckte den Arm aus und die Magier um ihn herum erstarrten.

»Jetzt«, rief ich Jaron zu, hob schnell meine Arme, um den Nebel zu teilen. Meine beschwörenden Worte rissen ihn regelrecht auseinander. Jaron packte derweil das Lichtschwert fester. Kaum dass sich der Korridor öffnete, da raste er auch schon mit einem Wutschrei hinüber, direkt auf Thamar zu. Ich lief ihm nach, ein wenig langsamer als er. Thamar, der sich gerade anschickte, alle Magier dort mit einem einzigen schwarzmagischen Zauber niederzustrecken, blieben die Worte im Hals stecken. Er starrte entsetzt auf Jaron. Nein, er starrte auf das Lichtschwert! »Ich kenne es! Ich kenne es!«, schrie er entsetzt, drehte sich um und versuchte, zurück in die Höhle zu kommen. Aber jemand versperrte ihm den Weg. Ein großer Wolf stand im Eingang, fletschte die Zähne. Thamar drehte sich wieder um. Er streckte den Arm aus, versuchte, Jaron zu bannen. Doch der sprang im Zickzack auf ihn zu, rasend schnell. Dann schnitt das Lichtschwert auch schon quer durch Thamars Brust. Rücklings sank der Schwazmagier zu Boden.

Jaron brüllte. Noch einmal hob er das Schwert, stieß es in Thamars Körper. Ich sah, wie die geschockten Magier hinter den Holderbaum rannten, wie die Totengeister, die sich oben auf dem Felsen versammelt hatten, sich zu ihnen gesellten. Dann hörte ich Rabengeschrei, laut, aufgeregt. *Dem Himmel sei*

Dank, der Rabenfürst lebt ..., dachte ich. Dass er lebte wie die Magier, mit denen er gekommen war, machte mich glücklich.

Zumindest für einen Augenblick.

Thamar stöhnte, versuchte, sich aufzurichten. Hasserfüllt sah er zu dem Raben hin und danach zu Jaron. Dann entdeckte er mich. Thamar presste den Mund zusammen, spie plötzlich vor mir aus, obwohl ich noch viele Schritte von ihm entfernt war. »Niemand besiegt mich! Ich komme wieder!«

Thamar bewegte die Lippen. Ich wusste, dass er nun versuchte, die Seele des Krapps zu sich zu rufen, aber ich sah nur das Blut, das aus seinem Mund rann. Es war nichts im Vergleich zu dem Blut der Unschuldigen, das er vergossen hatte.

Nein, er durfte keine Gelegenheit erhalten, wiederzukehren!

Ich schaute zu Jaron, der sich mit starrem Blick über den Sterbenden beugte, dann mit einem Ruck das Schwert aus Thamars Brust zog. Er warf es mir mit einer schnellen Bewegung zu. »Jetzt! Er ist seelenlos!«

Ich fing mein Lichtschwert auf, stieß es augenblicklich in den Boden, hielt den Griff mit beiden Händen, kniete nieder. Dann begann ich den Zauber zu sprechen. Die Worte flossen aus mir heraus, tönten wie ein schauriger Spuk um mich herum, brachten alles zum Beben. Ich selbst sah nur Licht! Sonst nichts mehr!

Seit Stunden irrte Luczin mit seinen Gefährten auf Karmand herum und bis jetzt hatten sie die Stelle, wo sich Ardrel und Jaron aufhielten, noch nicht gefunden. Überall nur Bäume, Sträucher und nasses Laub, auf dem sie rutschten. Aber kein Weg.

Briann wies plötzlich den Berg hinauf. »Das sieht wie Nebel aus, könnte die Grenze sein, von der Jaron gesprochen hat.«

Luczin wäre jetzt gern darauf zugeflogen, statt weiter hier auf gut Glück durch den Wald zu steigen, aber sogar der Drache Fuma hatte sie vor den Nebeln gewarnt, in die man ganz schnell hineingeraten konnte. Hoffentlich waren sie dem Ziel jetzt wenigstens nahe. Er seufzte und stapfte mit den anderen weiter quer durch den Wald, immer bergan. Nach einer Weile standen sie oben unvermittelt auf einem Weg, der von einer Seite durch hoch aufragenden Nebel begrenzt wurde.

Luczin atmete auf. »Das wird der Weg sein, aber jetzt müssen wir aufpassen. Ihr wisst, was Fuma gesagt hat.« Er schaute Finley an. »Nicht berühren, denk daran!«

Finley nickte. »Und in welche Richtung sollen wir gehen? Rechts oder links?«, Er sah von Luczin zu Briann.

»Rechts«, antwortete Briann. »Dort vorne sehe ich nämlich ein helles Licht, das scheint nicht natürlichen Ursprungs zu sein. Vielleicht sind Ardrel und Jaron dort.«

Im Gänsemarsch liefen sie hintereinander los, Luczin voran. Immerhin war der Weg einfacher und vor allem eben, nicht mehr so anstrengend. Sie kamen daher gut vorwärts. Schneller als gedacht, erreichten sie die Stelle, an der das Licht immer stärker strahlte und alles in seinen Schein tauchte. Zu Luczins Überraschung gab es hier im Nebel einen Korridor. Er schaute hinein und erkannte dort in der Lichtquelle die Umrisse des

Lichtkriegers Ardrel. Alles vibrierte von dessen Zauber, sogar hier draußen und es verursachte ihm Gänsehaut.

Jaron hatte sie anscheinend gesehen. Er rannte mit ausgebreiteten Armen schreiend den Nebelkorridor entlang.

Noch ehe er bei ihnen war, fühlte Luczin einen heftigen Stoß vor die Brust und fiel rücklings auf den Boden. Briann und Finley stürzten zur selben Zeit und dann lag Jaron plötzlich auf ihnen.

Luczin stöhnte. »Ist ja gut, ich freu mich auch!«

»Keinen Schritt in den Nebelkorridor hinein!« Jaron drückte sie alle drei zu Boden. »Wir wollen euch doch nicht am Ende noch verlieren.«

»Wenn du uns weiter so umklammerst, ersticken wir. Dann ist es auch aus«, jappte Finley. »Was ist denn los?«

»Entschuldigt!« Jaron atmete durch und ließ sie los. »Es sah so aus, als ob ihr in den Korridor treten wolltet und das wäre euer Tod gewesen beziehungsweise im Falle von euch zwei Vampiren ein ewiges Umherirren im Nebel.« Er stand auf und deutete zu Ardrel. »Gleich hat er es geschafft!«

Luczin und seine Gefährten standen auf. Jaron schob sie noch ein Stück vom Nebelkorridor weg und dann sahen alle zu, was dort drüben passierte. Ardrels Zauber gewann noch einmal an Kraft. Seine Magie summte und dröhnte über dem ganzen Berg und sein Schwert leuchtete gleißend hell auf. Der Mann, — oder was auch immer das für ein Wesen war, das dort vor dem Felsen am Boden lag —, zerfiel zu Staub und dieser wurde vom Lichtschwert angezogen und eingesaugt. Dann, mit einem Mal erstarb das Licht. Ardrel klappte zusammen.

»Ihr bleibt hier!« Jaron eilte zu Adrel.

Finley schüttelte den Kopf und seufzte schwer auf. »So einen Zauber kann man nicht überleben, es wäre ein Wunder! Selbst einem Lichtkrieger wie Ardrel muss das alle Kraft entzogen haben. Das Licht strömte nur so aus ihm heraus. Es war sein Licht, keine Leihgabe, wie sie mir immer geschenkt wird, wenn ich magische Handlungen vollziehe. Ardrel hat das Licht aus sich selbst heraus erzeugt. Er war die Quelle dieser Magie.«

Luczin wurde das Herz schwer, als er beobachtete wie Jaron sich um seinen Freund bemühte. Ardrel regte sich nicht. Hatte dieses Ungeheuer Thamar doch noch ein Opfer mit sich gerissen? Denn dass es Thamar war, der zu Staub geworden und von Ardrels Lichtschwert eingesaugt worden war, schien ihm klar. Hinter den beiden sah er einen riesigen Wolf, dieser trat aus dem Eingang des Felsens heraus. Die Wolfsgestalt veränderte sich mit einem Mal und verwandelte sich in einen kraftvoll wirkenden Mann, um den herum ein heller Schein flimmerte. Eine Frau mit rotblonden Haaren lief auf ihn zu, warf sich in seine Arme. Dann sah Luczin hinter ihm eine weiße Schlange aus der Felshöhle kriechen. Auch sie veränderte ihre Gestalt, wurde zu einer schönen jungen Frau in weißem Kleid und mit einem Schlangendiadem auf dem Kopf. Ein Mann, der ebenso gekleidet war, lief auf sie zu, schloss sie in seine Arme. *Schlangenwesen* … solche hatte Luczin noch nie gesehen. Drei Männer und eine Frau mit schwarzen, langen Haaren rannten zu Ardrel und Jaron. Das war sicher diese Lili mit ihren Gefährten. Aber wo war Niven? Luczin sah den Rabenfürsten weder in seiner Rabengestalt noch in seiner wahren Gestalt als Mann mit den unverwechselbaren, immer strubbelig wirkenden schwarzen Haaren.

Briann dachte scheinbar dasselbe, er sog tief den Atem ein. »Müsste Niven nicht auch bei ihnen sein?«

Luczin antwortete nicht, weil etwas seine Aufmerksamkeit auf den Holderbaum vor der Felshöhle zog. Etwas Schwarzes flatterte aus den Zweigen heraus zu Boden. Funkelnde, dunkle Schwaden stiegen von dort auf und kurz darauf erhob sich ein

Mann aus seiner knienden Stellung. »Dort!«, rief Luczin. »Niven … Er ist es!«

Finley und Briann umarmten Luczin, waren so erleichtert wie er selbst. Luczin atmete auf. »Dann haben Jaron und Ardrel ihre Aufgabe erfüllt. Thamar ist in der Schattenwelt gefangen, kann kein Unheil mehr anrichten. Es kann gar nicht anders sein! Sonst könnte Niven dort drüben sich nicht in seine wahre Gestalt verwandeln.« Luczins Blick flog wieder zu Ardrel, der nun von allen, die dort drüben waren, umringt wurde. Er bewegte sich! War es möglich? Wenig später stand Ardrel mit Jarons Hilfe vom Boden auf, schulterte das Lichtschwert, das Jaron ihm reichte. Luczin warf Briann einen Blick zu und grinste. »Der ist mindestens so zäh wie wir! Seht doch, Ardrel lebt!«

Die von der anderen Seite der Nebel warfen Blicke zu ihnen herüber, lauschten dabei auf das, was Jaron ihnen sagte. Auf einmal verbeugten sie sich ehrerbietig. Luczin, Briann und Finley taten es auch und entboten der kleinen Gruppe den Feengruß. Aus den Augenwinkeln sah Luczin noch, wie Niven mit glücklich strahlendem Gesichtsausdruck die Finger zum Siegeszeichen hochreckte, dann schloss sich der Korridor und er sah nur noch eine Wand aus dicken Nebeln vor sich.

»Und jetzt? Ardrel, Jaron und Niven bleiben doch nicht etwa drüben?«, fragte Finley überrascht.

Luczin schüttelte den Kopf. »Jaron sagte, wir sollen hierbleiben, also werden sie wiederkommen. Sie wollen uns ja auch heimbringen. Die Nebel reagieren vermutlich auf eigene Weise und müssen von Ardrel sicher nur wieder geöffnet werden.«

»Ja«, Briann nickte. »Außerdem müssen die Magier dort drüben ja auch noch irgendwie wieder nach Hause zurück, vermutlich sorgen Ardrel und Jaron erst einmal dafür, und Niven will sich ja sicher auch noch von denen verabschieden.«

»Das kann dauern!«, prophezeite Finley. »Suchen wir uns ein Plätzchen, wo wir es bequemer haben. Ich mag mir hier nämlich nicht länger die Beine in den Bauch stehen.«

Briann wies an den Rand des Wegs, wo ein paar Schritte von ihnen entfernt einige Steine aus dem Boden ragten und gute Sitzgelegenheiten boten. »Dort drüben.«

Als sie zu den Steinen gingen, blieb Finley jedoch auf einmal wie angewurzelt stehen. »Cara! Hoffentlich geht es ihr gut! Jetzt muss ja im Hohlweg das Rabenzeichen leuchten. Was, wenn sie es nicht aktivieren können? Im Leeren Raum hatte ich fürchterliche Visionen. Ich sah Cara tot, genauso wie Mihai, Alrik und Reik, zerfetzt von Wölfen!«

»Das waren nur deine Ängste, die dich dort gequält haben. Keine Wirklichkeit! Unsere Vampirgefährten haben auf sie aufgepasst, tun es noch immer. Du wirst sehen, alles wird gut«, beruhigte Briann.

Dennoch blieb die Besorgnis bestehen, auch bei Luczin. Aber sie konnten hier nicht weg, mussten auf Ardrel und Jaron warten, die sie nach Antiquerra zurückbringen sollten. So war es zumindest ausgemacht gewesen.

Allmählich hatte Cara die Nase gestrichen voll. Seit sie hier im Hohlweg ihr Lager aufgeschlagen hatten, waren die Wölfe Nacht für Nacht gekommen. Auch jetzt sah sie in der Dunkelheit wieder gelb-grüne Augenpaare und hörte das verhasste Wolfsgeheul. Bald würden sie wieder angreifen und sie musste bereit sein, helfen, die Gefährten zu schützen!

Caras sanftes Gesicht veränderte sich dramatisch. Ihre graugrünen Augen wurden gelb. In ihren Wangen und der Stirn arbeitete es, und von einem Augenblick zum anderen verwandelte sie sich in ihre Panthergestalt. Fauchend patrouillierte Cara danach im Lager auf und ab. Aber sie wusste, dass die Wölfe sich davon nicht sonderlich beeindrucken ließen. Sie rochen nur Fleisch, hatten zu großen Hunger und einen starken Lebenswillen, den selbst dieser ungewöhnlich harte Winter nicht brechen konnte.

Caras Gefährten Mihai, Alrik und Reik bewaffneten sich mit brennenden Ästen — wieder einmal, denn von Pfeil und Bogen oder von Reiks Steinschleuder mochten sie auch diesmal nach Möglichkeit keinen Gebrauch machen. Sie wollten die Tiere schließlich nur verjagen, nicht töten. Aber von dem Feuer, das auch in einer Steinreihe um ihr Lager herum brannte, ließen sich die Wölfe diesmal vielleicht nicht mehr abhalten.

Die drei Vampire nahmen dieselben Positionen ein wie immer, schirmten das Lager ab, so gut es ging. Breitbeinig standen sie da, mit gestreckten Armen und geballten Fäusten, dunkle Gestalten in dunkler Nacht.

Cara hörte plötzlich Blätter rascheln sowie leises, schnelles Tappen und knackende Äste. Die gelb-grünen Augenpaare kamen näher und mit ihren scharfen Pantheraugen sah sie nun auch den Rest: Ein großes Rudel magerer Wölfe raste zwischen

Bäumen hindurch auf sie zu, mit hochgerecktem Schwanz, gesträubtem, braun-schwarzem Fell und entblößten Eckzähnen.

Gleich darauf war der Kampf in vollem Gange. Die Vampire schleuderten einen Wolf nach dem anderen fort, drehten sich wirbelnd umher, sprangen vor und zurück, nach rechts und nach links, in rasender Geschwindigkeit. Sie brüllten wütend und die Wölfe knurrten und heulten. Cara hätte die Vampire gern unterstützt, aber sie musste als letzter Schutzwall hinter diesen und vor Reik, Mihai und Alrik ausharren. Fauchend lief sie in ihrer Panthergestalt immer schneller auf und ab. Dann hörte sie, wie der Vampir Vico zornig aufschrie. Sie roch Blut. Aber kein Wolfsblut. Die Tiere wurden noch rasender, rasteten völlig aus. Trotz ihrer Angst um ihrer aller Leben empfand Cara plötzlich Mitleid mit den Tieren. Sie fühlte deren Verzweiflung, ihren Hunger, den sie zu lange nicht hatten stillen können. Cara begriff plötzlich, dass dieses Rudel Wölfe kein festes Territorium besaß, vermutlich von anderen Rudeln verjagt worden war und nun suchend umherstreifte. Das machte sie so gefährlich. Aber da konnte man etwas dagegen tun! Himmel, warum hatte sie nicht schon früher daran gedacht!

Blitzschnell verwandelte sich Cara in ihre natürliche Feengestalt zurück und lief zu Mihai, Alrik und Reik. »Mag mir einer von euch einen Wunschring schenken?«, fragte sie atemlos.

Ohne Cara anzusehen, den Blick fest auf die Wolfsmeute gerichtet und mit einer Hand den brennenden Ast von sich streckend, griff Alrik in die Tasche seines Umhangs. Kurz darauf hielt er ihr einen Ring entgegen. »Ich schenke dir diesen Wunschring, aber ich darf dir nicht sagen, was du dir wünschen sollst.«

Cara nahm den Ring entgegen. »Danke!« Sie steckte ihn an ihren Finger, begann schnell zu sprechen. »Ich wünsche mir, dass dieses Rudel Wölfe uns nicht mehr wahrnimmt, dass sie fortgehen und sich fernab von Siedlungen tiefer in den Wald zurückziehen, sich dort ein Territorium abstecken, wo sie genug natürliche Nahrung finden. Das alles soll augenblicklich geschehen!« Dreimal drehte Cara jetzt den Ring um ihren Finger, dann atmete sie auf.

Es dauerte nicht lange, da ließen die Wölfe von den Vampiren ab, versuchten nicht mehr, über die Feuergrenze ins Lager hineinzuspringen. Die Tiere schienen irgendwie verwirrt, liefen im Hohlweg herum, als ob sie etwas suchten, das nicht da war. Dann traten sie den Rückzug an, kletterten die Böschung hinauf und verschwanden zielstrebig zwischen Felsen und Bäumen.

Die Vampire Vico, Darian und Thure konnten es kaum fassen.

Vico hielt sich stöhnend den Arm. »Was ist jetzt los? Ist denen mein Blut nicht bekommen?«

Cara trat zu ihm. »Hat es dich schlimm erwischt?«

Er schüttelte den Kopf. »Nein, das wird schnell heilen, tut halt nur weh, das Biest hat meinen Oberarmknochen durchgebissen. Aber wieso haben sich die Wölfe zurückgezogen, ich verstehe es nicht, die Nacht ist schließlich nicht vorbei.« Misstrauisch schaute er zu den Bäumen und Felsen hinüber. »Die verschwinden doch nicht einfach so …«

»Nein, nicht einfach so … aber sie sind weg und kommen nicht wieder.« Cara schaute die Vampire, von denen jeder etliche Verletzungen abbekommen hatte, schuldbewusst an. »Es tut mir so leid, aber ich war bis jetzt einfach noch nicht auf das Naheliegende gekommen.« Sie deutete auf den Ring an ihrem Finger. »Wunschmagie …«

Darian nahm sie in den Arm. »Wieso machst du dir Vorwürfe? Die haben wir doch immer nur im äußersten Notfall benutzt!«

»In Not waren wir schon in den letzten Nächten«, erwiderte Cara.

»Nein, waren wir nicht!« Darian lachte. »Es braucht schon ein bisschen mehr als ein Rudel Wölfe, um uns Vampire so in Not zu bringen, dass euer Lager gefährdet worden wäre.« Er drückte Cara an sich. »Aber da die Wölfe jetzt fort sind, könnt ihr wenigstens ein bisschen schlafen. Das habt ihr nötig. Wir Vampire halten weiter Wache.« Er wies auf die Felswand hinter ihrem Lager. »Wir achten auch auf einen möglichen Lichtschein, seid also ohne Sorge.«

Cara seufzte. »Was täten wir nur ohne euch?«

Wenig später lief sie mit beschwörenden Gesten und Zauberworte murmelnd im Lager umher, um den Waldboden aufzuheizen, danach kuschelte sie sich in ihre Decke. Auch Mihai, Alrik und Reik machten die Augen zu. Schlaf hatten sie bis jetzt ja kaum bekommen und sie spürten den Mangel in allen Gliedern. Aber morgen früh sah ihre Welt bestimmt schon wieder ein bisschen besser aus.

Erst am späten Vormittag wachte Cara wieder auf. Ob Darian ihrem festen Schlaf ein wenig nachgeholfen hatte, wusste sie nicht zu sagen, aber das war auch egal. Sie fühlte sich frisch und erholt. Neben ihr auf dem Boden stand eine Kanne mit heißem Tee und im Kessel, der über dem Feuer hing, dampfte Getreidebrei vor sich hin. Sogar Beerensoße gab es, alles eine Spende von den Arcanäs, die in dem unsichtbaren Tal hinter dem Felsen lebten und ihnen wie jeden Morgen etwas Stärkendes gebracht hatten.

Während Cara ihr Frühstück zu sich nahm, schaute sie zu der Felswand, wo irgendwann das Rabenzeichen aufleuchten sollte. »Hoffentlich haben wir es nicht schon verpasst. Bei Tag fällt das Licht, das hier aufleuchten soll, vielleicht gar nicht auf und bei Nacht waren wir bisher ja immer abgelenkt.« Sie rührte in ihrer

Schüssel voll Brei und seufzte. »Wie es Finley wohl geht ... und Luczin und Briann. Was, wenn sie auf Skeletten feststecken?«

»Cara, du machst dir zu viele Sorgen!« Mihai sah sie streng an. »Glaub mir, es wird alles gut gehen. Es ist immer alles gutgegangen!«

Cara fing an zu lachen und verschluckte sich dabei fast an ihrem Tee. »Ja, wenn ich den Umstand betrachte, dass wir noch leben, nach all dem, was wir in den vergangenen hundert Jahren miteinander durchgemacht haben, dann ist immer alles gut ausgegangen.«

»Wenn die Steinwelt unserer Freunde, der Rabenfürsten, wieder in Ordnung gebracht ist, dann hast du immer noch fast zweihundertneunzig Jahre für ein glückliches Leben vor dir. Das ist eine lange Zeit, was willst du noch ...«, warf der Alraun Reik ein.

»Ich will, dass Finley wieder bei mir ist!« Cara warf Reik einen Blick zu, stutzte dann plötzlich und sprang auf. Ihre Schüssel und der Teebecher fielen zu Boden. »Seht mal, dort!«, rief sie aufgeregt und deutete auf den Felsen hinter ihnen. An einer Stelle strahlte dort ein helles Licht auf und es war nicht das Licht der Sonne, denn die hielt sich unter Wolken versteckt.

Cara lief dorthin und alle anderen rannten ihr hinterher. In dem Lichtpunkt, der etwa den Durchmesser einer Männerhand hatte, schimmerte schwach die Zeichnung eines Raben.

»Schnell jetzt«, rief Cara und kramte aus der Seitentasche ihres Umhangs ein Stück Kreide heraus. »Du zuerst, Alrik. Du musst den Schnabel nachzeichnen.« Alrik tat es und gab die Kreide an Mihai weiter, der den Rabenkörper nachmalte. »Jetzt du, Reik ... die Rabenfüße. Kommst du da hoch?«

Der Alraun Reik, der nicht größer als ein etwa fünfjähriges Kind war, stellte sich auf die Zehenspitzen und mit ausgestrecktem Arm schaffte er es gerade so an die Zeichnung heran. Er malte die zwei Striche nach, welche die Rabenfüße darstellen sollten, und die unten in einem offenen Dreieck endeten.

Cara packte danach die Kreide wieder ein und alle traten ein paar Schritte zurück.

»Und jetzt?«, fragte der Vampir Darian. Seine Stimme klang angespannt. »Müsste sich da nicht etwas tun?«

Niemand antwortete ihm. Jeder schaute wie gebannt auf das Rabenzeichen. Eine ganze Weile veränderte sich nichts, aber dann verblasste das Licht und die Rabenzeichnung brannte sich rot aufglimmend in den Felsen ein. Wie von weit her tönte daraufhin ein dumpfes Grollen, ein Rumpeln, das aus dem Berg zu kommen schien und immer lauter wurde. Die Erde, auf der sie standen, bebte. Wenn sie sich nicht alle aneinandergeklammert hätten, wären sie gestürzt.

Nach einer Weile wurde das Rumpeln leiser, die Vibrationen des Untergrunds klangen ab. Neben dem Rabenzeichen hatte sich der Fels so weit geöffnet, dass ein Mann sich aufrecht in der so entstandenen winzigen Höhle bewegen konnte.

Aber offen war anders. Cara schaute die Gefährten an. »Das verstehe ich nicht. Das da ist ein Unterstand, kein Eingang.« Sie ging auf die Felsenbucht zu, schaute sie sich genau an. »Sieht aus wie ein guter Platz, um sich vor plötzlich einsetzendem Regen zu schützen, aber nicht wie der Eingang zu einer anderen Welt. Da ist nichts, das wie eine Tür oder Ähnliches aussieht.«

»Wir wissen nicht, wie der Eingang zur Steinwelt funktioniert«, gab Reik zu bedenken. »Vielleicht ist es ja wie bei dem Felsen am Wasserfall. Wenn wir in die Menschenwelt wollen, müssen wir dort das Zeichen berühren und die geheimen Worte dazu sprechen, erst dann tut sich der Fels auf. Vielleicht ist das hier ja auch so.«

Cara blies die Backen auf und zuckte mit den Schultern. Sie hatte jedenfalls anderes erwartet. Mehr Dramatik, strahlendes

Licht und eine offene Welt, in die sie zumindest schon mal einem Blick hätte werfen können. Sie grummelte. »Möglich …«

Darian versuchte, sie zu trösten. »Das Tor zur Steinwelt ist auf jeden Fall aktiviert. Was wir eben erlebt haben, kann nichts anderes bedeuten, als dass jetzt die Energie zwischen Antiquerra und der Steinwelt wieder fließt. Unsere Rabenfürsten mit ihrem Volk sind somit frei. Sie sind unsere Freunde und sie werden zu uns kommen, sobald es ihnen möglich ist. Dann erfahren wir alles.«

Cara nickte. Es blieb ihr ja nichts anderes übrig. »Na gut. Unseren Teil haben wir also erfüllt. Somit können wir das Lager hier auflösen und wieder nach Hause gehen.«

Aber es kam dann doch noch zu einer Überraschung. Im Felsen rumpelte es wieder, und dann erklang ein schabendes Geräusch. Das Tor zur Steinwelt öffnete sich und heraus trat die Rabenfürstin Lena. Sie trug ein dunkelrotes, langes Seidenkleid, das ihr hellblondes Haar zum Leuchten brachte. Auf ihrer Stirn schimmerten in bräunlicher Farbe dieselben geheimnisvollen Zeichen, die auch Nivens Stirn zierten.

»Cara«, rief sie, als sie die Freundin entdeckte und eilte zu ihnen. »Nanu, wieso seid ihr alle hier!« Jeden Einzelnen herzte und drückte sie. »Ach endlich! Endlich! Das Tor hat sich geöffnet! Ich bin ja so glücklich! Thamar ist besiegt, denn nichts anderes kann es bedeuten! Unser Volk ist frei!« Nie hatte Cara Lena so aufgeregt gesehen, so übersprudelnd, so strahlend, so glücklich. Ein um das andere Mal fiel sie jedem Einzelnen um den Hals. »Unsere Juncta kehren bereits zurück, stellt euch das vor! Der Bann ist gebrochen, sie materialisieren sich im Raum der Staubwirbel. Ich muss auch gleich zu ihnen zurück, sie alle begrüßen. Aber ich wollte sehen, ob das Tor wirklich wieder funktioniert, konnte es kaum glauben.« Als Cara etwas sagen wollte, wehrte Lena ab. »Sobald Niven zurückgekehrt ist, kommen wir zum Turm. Dann erzählen wir euch alles und ihr erzählt uns, was ihr erlebt habt, und später besucht ihr uns in der Steinwelt. Ach, es wird euch bei uns gefallen, jetzt regeneriert sich ja alles wieder.« Sie sah die Freunde an, seufzte dann. »Ich würde so gern bleiben, aber unser Volk geht jetzt vor, das versteht ihr sicher.« Noch einmal umarmte sie jeden Einzelnen. »Grüßt mir die anderen, bis sehr bald!«

Die Rabenfürstin Lena lief zurück, leichtfüßig, fast schwebend, wie früher, als sie noch als Sterbliche mit ihnen gelebt hatte und alle sie für eine Halbfee hielten. Als sie in dem Felsen verschwand und das rumpelnde Geräusch andeutete, dass sich das Tor wieder geschlossen hatte, schaute Cara die anderen an.

»Lena hat keine Ahnung, dass *wir* das Tor aktiviert haben, oder?«, fragte sie.

»Nein!« Der Vampir Vico schüttelte den Kopf und grinste. »Aber wenn sie bald in den Turm kommt, wird sie es erfahren — und das ein oder andere noch dazu.«

7. Kapitel

Im Turm ...

Noch am selben Tag, an dem sie das Steinwelttor aktiviert hatten, kehrten nicht nur Cara und ihre Gefährten in den Turm zurück, sondern auch Luczin, Briann und Finley. Sie brachten den Lichtkrieger Ardrel und den Dämon Jaron mit, denn diese hatten für die Heimreise ein geheimes Tor genutzt, das sie alle ohne Umweg hierher gebracht hatte.

Bis tief in die Nacht hinein erzählten sie von ihren Erlebnissen. Auch, wenn Cara den Dämon zu Anfang misstrauisch beobachtete, so gewann sie im Laufe des Abends doch einen guten Eindruck von ihm, und immerhin hatte er ja einen wichtigen Teil dazu beigetragen, Thamars Fluch aufzulösen. Alle hatten dazu beigetragen, jeder mit seinen speziellen Möglichkeiten.

Am folgenden Abend kamen Lena und Niven in den Turm, nachdem sie sich zuvor bei allen Freunden durch einen Schmetterlingsboten angekündigt hatten. Wieder redeten sie bis tief in die Nacht hinein. Niven erzählte von den lebensgefährlichen Kämpfen, welche die Magierin Lili mit ihren Gefährten im Dunklen Land gegen Thamar geführt hatte, und von der anschließenden Überfahrt mit dem Geisterschiff, um dem am Ende Geflohenen zu folgen. Ja, Lili und ihre Gefährten hatten Thamar völlig überrascht, denn nie hätte dieser Schwarzmagier damit gerechnet, dass es außer ihm noch jemand auf die Insel schaffen würde.

Lena erzählte danach von der Steinwelt, in der sie mit ihrem sterbenden Volk ausgeharrt hatte. Immer dunkler war es dort geworden, immer stiller. Sie hatte große Angst gehabt, am Ende ganz allein dort eingeschlossen zu sein. Aber dann hatte plötzlich alles gebebt, und danach waren die im Stein eingeschlossenen Seelen ihrer Juncta als Sterne zum Himmel aufgestiegen. Wenig später kamen schon die ersten von dort zurück, materialisierten sich im Fürstenpalast im Raum der Staubwirbel. Lenas Gesicht strahlte, als sie das in allen Einzelheiten erzählte und sie griff nach Nivens Hand und nach der von Luczin, der an ihrer anderen Seite saß.

Als sie sich später trennten, erneuerten und bekräftigten alle noch einmal ihre Freundschaft zueinander, die niemals enden würde.

Eine Woche später kamen sie noch einmal alle zusammen, um das glückliche Ende einer langen, schweren Zeit zu feiern. Auch Wighard, der Herr des Schattenturms und seine Gefährtin Keona waren dabei sowie Ardrel und Jaron.

Als ob sie mitfeiern wollte, kam an diesem Tag auch die Sonne heraus. Der Schnee war fast schon geschmolzen und ein wenig Wärme streifte die Lichtung vor dem Turm. Sie entschlossen sich daher, im Freien zu feiern, hier hatten sie mehr Platz als in der kleinen Küche. Ardrel versprach, notfalls die Luft ein wenig aufzuheizen, als Lichtkrieger fiel ihm das ja leicht.

Cara tischte Schüsseln voll Getreidebrei und Beerensoße auf sowie für die Vampire Gläser mit magischem Hirschblut. Reiks Brennesseljauchensoße, die sie hinter dem Turm aus einem Fass schöpfte, trug sie wie üblich mit abgewendetem Gesicht zum Tisch und stellte sie neben den Alraun.

Reik schnalzte genießerisch mit der Zunge. »Mhm … köstlich!« Er schaute zu Ardrel und Jaron, hob die Karaffe mit der stinkenden Brühe hoch. »Die anderen kann ich leider nicht dafür begeistern, aber wie sieht es mit euch aus? Schmeckt göttlich zum Getreidebrei!«

Jaron winkte ab. »Wir können zwar eigentlich alles essen, aber ich fürchte, deine Brennesseljauchensoße läge uns dann doch zu schwer im Magen.«

»Ja, uns würde das vergiften«, nuschelte Finley und hielt sich die Nase zu.

»Weiß gar nicht, was ihr immer habt. Riecht doch gut!« Reik schüttete sich eine großzügige Menge des braunen Zeugs über den Brei und begann wohlig schmatzend zu essen.

Auch die anderen langten zu, wenn auch diejenigen, die in Reiks Nähe saßen, ihre Nasen tiefer über die Teller beugten, um den Geruch, der zu ihnen wehte, mit feinem Beerenduft abzumildern.

Als die Schüsseln leer waren, ließ Cara das Geschirr mit einer Handbewegung zurück in den Turm fliegen. Wenig später segelte eine Flasche heraus, gefolgt von kleinen Gläsern.

»Was ist das?«, fragte Jaron und deutete auf die Gläser, die Finley mit dem Inhalt der Flasche füllte.

»Das ist scharfer, selbstgebrauter Trinkessig, ein sogenanntes Kräuterbiest. Das beste Getränk, wenn es etwas zu feiern gibt«, erwiderte Finley.

»Ah«, Jaron stupste Ardrel an. »Davon haben wir doch schon reden hören, nicht wahr? Ist wohl hier in der Gegend des Turms sehr verbreitet.«

Während Finley die Gläser reihum reichte, schaute Luczin die beiden an. »Was wird jetzt aus diesem Schwarzmagier Thamar? Ihr habt gesagt, dass er nicht mehr wiederkommen kann.«

Ardrel und Jaron nickten.

»Durch Ardrels Lichtschwert wurde er direkt in seine Gefängniszelle in der Schattenwelt befördert«, erklärte Jaron. »Dort liegt er jetzt als seelenlose Hülle ohne jegliches Bewusstsein am Boden, weder wach, noch schlafend, noch träumend. Er bleibt solange dort, bis sich die Einzelteile seiner zersplitterten Seele, die wer weiß wo in den Welten herumschwirren, wieder zueinandergefunden und sich geheilt haben. Das kann Jahrtausende dauern. Ein Wächterdämon bewacht diesen Prozess und wenn in der Schattenwelt Tag ist, bewacht das ein Lichtkrieger.«

»Und was passiert, wenn seine Seele wieder heil ist?«, fragte Reik. »Kann sie überhaupt wieder heil werden?«

Jaron nickte. »Ja, wobei ›heil‹ vielleicht das falsche Wort dafür ist, sie fügt sich halt wieder zusammen. Aber wie gesagt, das dauert. Wenn es dann so weit ist, wird Thamar zu sich kommen und all die Qual, die er anderen zugefügt hat, am eigenen Leib spüren.«

»Das ist immer eine kritische Zeit für die Wächter«, warf Ardrel ein, »denn die Seelenlosen rütteln dann an ihren Gitterstäben und bringen damit alles zum Beben, nicht nur in der Schattenwelt.«

»Ja«, erzählte Jaron weiter. »Der diensthabende Wächter muss dann schnell handeln. Er wird Thamar mitsamt seiner wiedererinnernden Seele in einen Baum verwandeln.«

»In einen Baum?« Briann schaute Jaron überrascht an. »Du willst doch damit nicht sagen, dass alle Bäume ehemals Bösewichte waren?«

Jaron schüttelte den Kopf. »Nein, natürlich nicht. Ehemals Seelenlose, die in Bäume verwandelt wurden, wachsen nur in bestimmten Wäldern. Ihr böser Geist, der dort umherschweift, erzeugt eine düstere, fast gespenstische Atmosphäre. Es gibt nur wenig Licht und die Gefahr wirkt fast greifbar. Wobei … ich denke, dass unsere Königinnen Thamar in ihrer Schattenwelt einpflanzen werden. Dort gibt es waldreiche Gegenden, die sogar von meiner Art gemieden werden. Sicher wollen unsere Königinnen ihn selbst noch als Baum unter Kontrolle halten, zusehen, wie er alt wird und stirbt und aus seinem eigenen Samen immer wieder neu wächst. Er muss ja etwas geben, das seine Existenz sinnvoll macht, sehr viel geben, damit seine Schuld getilgt werden kann, Sauerstoff in seinem Fall, der anderen das Atmen ermöglicht, was selbst in der Schattenwelt nötig ist.«

Niven nickte. »Dass er dazu gezwungen wird, ist nur gerecht.«

Alle bestätigten das. Es war nur gerecht.

»Und ihr? Werdet ihr jetzt, nachdem alles in Ordnung gebracht wurde, wieder zu eueren Königinnen zurückkehren?«, fragte Cara nach einer Weile.

Scheinbar traf sie damit bei Jaron einen wunden Punkt. »Wenn wir es verhindern können, dann nicht!« Er trank sein Gläschen Kräuterbiest leer. »Das Zeug ist gut …«

Während Finley die Flasche zu ihm wandern ließ, damit Jaron sich nachschenken konnte, klopfte Ardrel seinem Freund auf die Schulter. »Sie werden uns nicht zwingen!« Er grinste. »Wir sind für den Dienst bei ihnen verdorben und das wissen sie, wir sind jetzt Arcanäs, punkt und aus!«

Jaron schenkte sich ein und trank das Glas in einem Zug leer. »Darauf trinke ich!«

Noch einmal wurden alle Gläschen gefüllt und der Gesprächsstoff ging ihnen nicht aus. Luczin beobachtete all die fröhlichen Gesichter und er dachte sich, dass sie jetzt wohl mit Ardrel und Jaron zwei Freunde mehr hatten.

Zu vorgerückter Stunde verkündeten Niven und Lena, dass sie alle in vierzehn Tagen zu ihnen in die Steinwelt kommen sollten. Sie planten ein großes Fest, denn bis dahin würde sich alles regeneriert haben, in alter Pracht erstrahlen, auch der Fürstenpalast und die weißen Häuser am Meer, die sie schon vom Palastgarten aus sahen.

»Kein Nebel über dem Ozean, wie hier …«, schwärmte Niven. »Man blickt weit bis zum Horizont.«

»Ja.« Lena nickte, »aber auch sonst … unsere Steinwelt ist mindestens so schön wie Antiquerra, sie stammt ja auch von hier ab.« Sie schaute in die Runde. »In der alten Zeit gab es nur einen Tag im Jahr, an dem man zu uns gelangen konnte. Das wird wieder so sein, aber für euch gelten Ausnahmeregeln. Ihr kommt, wann ihr wollt, so oft ihr Lust habt. Niven hat dafür gesorgt, dass das Tor euch erkennt. Ihr müsst nur das Rabenzeichen berühren und euch die richtigen Worte merken, die ihr dann sagen müsst: In Freundschaft Antiquerra Lapidus …«

Während die Gefährten danach noch über alle möglichen Themen diskutierten, — Luczin erschien es fast so, als ob auch die Stimme Kierans durch die Lichtung wehte und ihrer aller philosophische Ader wiedererweckte —, griff Lena nach Luczins Hand. »Ich würde mir gerne ein wenig die Beine vertreten, kommst du mit?«

Luczin sah sie an und nickte. Es war fast so wie früher, als Lena noch sterblich gewesen war und sie beide ein wenig Zeit für sich allein hatten haben wollen. So viele Jahrzehnte lag das nun schon zurück. Es war eine andere Zeit gewesen, — wenn man es so sehen wollte. Wie sehr er sie damals geliebt hatte! Wie sehr er sie immer noch liebte, auch wenn diese Liebe nun eine andere Qualität hatte, frei war von jeglichen Begehren.

Hand in Hand ging Luczin mit Lena über die Lichtung vor dem Turm, vorbei an der goldenen Eiche, die ihnen allen so viel bedeutete, und den Weg hinein in das kleine Birkenwäldchen.

Irgendwann blieb Lena stehen. »Kein Vergessen! Erinnerst du dich, wie ich das immer zu dir sagte?«

»Ja!« Luczin lächelte. Er hatte lange nicht verstanden, warum Lena selbst die schlimmsten Erfahrungen nicht vergessen wollte, warum sie sich immer dagegen wehrte, wenn er ihr mit seiner Vampirgabe des Vergessens alles leichter machen wollte. Vielleicht verstand er es immer noch nicht ganz.

Lena trat nahe an ihn heran und legte ihre Arme um seine Hüften. »Ich habe immer gewusst, dass ich nichts vergessen darf und dennoch hatte ich die Erinnerung an das Wesentliche lange verloren. Ich wusste nicht mehr, wer ich bin.«

Luczin zog Lena dicht an sich heran. Seit sie und ihre Steinwelt von Thamars Fluch befreit waren, hatte sie sich verändert — wieder einmal. Sie war noch bezaubernder geworden und er nahm keinen Geruch nach Rabenfedern mehr an ihr wahr, wie zu der Zeit, als er sie nach ihrer Verwandlung in die Rabenfürstin das erste Mal wiedergetroffen hatte. Jetzt roch Lena so, wie sie ihm vor langer Zeit vertraut gewesen war, nach Gras, den Blumen und Früchten Antiquerras. Aber auch etwas anderes nahm Luczin an ihr wahr, etwas, das er so an ihr noch nicht kannte, etwas frisches, salziges, wie eine warme Brise, die von einem fernen Meer herüberwehte. Er hauchte einen Kuss in ihr Haar, versenkte sich in diesen Duft.

»Jetzt weißt du, wer du bist. Alle wissen es!«, flüsterte er.

Lena nickte. »Ja, und ich weiß jetzt auch, warum ich den Schmerz unserer dunklen Erfahrungen nie vergessen wollte, nie vergessen durfte! Es ist deshalb, weil die bösen Geister niemals schlafen, weil sie ihre dunklen Gedanken unter den Lebenden aussäen, sobald ihre früheren Taten dem Bewusstsein entschwinden.« Sie stellte sich auf die Zehenspitzen und gab Luczin einen Kuss auf die Wange. »Aber auch das Gute und Schöne muss man sich bewahren, erst recht! Dir ist das bewusst!« Lena lehnte ihren Kopf an Luczins Brust. »Ich habe dich geliebt, mein Luczin«, sagte sie leise, »und jetzt kann ich es dir sagen: Ich werde dich immer lieben!«

»Ich weiß«, erwiderte er und sah vor seinem geistigen Auge längst vergangene Szenen ihrer gemeinsamen Zeit. Ihr Glück war nur von sehr kurzer Dauer gewesen und nie mehr würden sie beide noch einmal so zusammenkommen wie damals. Luczin spürte, dass auch Lena das wusste. Sie war ihrer Steinwelt verpflichtet und er den Vampiren, die in Dracopatria auf ihn warteten. Ihr unterschiedlicher Lebensmittelpunkt stand einem gemeinsamen Leben im Weg, jetzt mehr denn je. Aber das machte nichts. Er nahm Lena fest in seine Arme. »Ich werde immer dein Freund bleiben, so wie ich es damals, als wir uns das erste Mal voneinander trennen mussten, versprochen habe.«

Lena nickte und lächelte dabei. »Kein Vergessen!«

Luczin strich ihr zärtlich über das Haar. »Nein, kein Vergessen! Niemals!«

Epilog

Die beiden Königinnen Alyssa und Tahereh wanderten Hand in Hand den Weg zur Krypta von Skeletten hinauf. Sie sprachen nicht, bis sie die kleine Treppe hinaufgingen und vor dem mit Silber beschlagenen Portal standen. Sie drehten sich um und schauten zu ihren beiden Begleitern, die ihnen in gebührendem Abstand gefolgt waren.

»Wartet hier auf uns«, befahl Alyssa.

Nachdem sich der Lichtkrieger und der Dämon vor ihnen verneigt hatten, gingen die Königinnen in die Krypta hinein. Tahereh wartete, bis das Tor mit dumpfem Ton ins Schloss fiel, atmete dann auf. »Jetzt sind wir unter uns, selbst mein neugieriger Dämon wird uns nicht mehr hören.«

»Es ist unseren Begleitern verboten, zu lauschen!«, erwiderte Alyssa.

Tahereh lachte leise. »Ja, aber ich möchte nicht die Hand dafür ins Feuer legen, dass sie sich daran halten.« Sie schaute Alyssa an. »Was hast du mir mitgebracht, liebste Schwester?«

Das Licht, das Alyssa verbreitete und die Dunkelheit, die Tahereh umgab, mischten sich in dem fahlen Licht, das durch die wenigen Fenster in den Raum fiel, zu einem geheimnisvollen Zwielicht. Die mit Szenen aus dem Werdegang der Krapp bemalten Wände schienen zum Leben zu erwachen, aber die beiden Königinnen streiften sie nur mit einem kurzen Blick. Oft genug hatten sie diese Bilder ja schon betrachtet.

Alyssa lächelte ihre Schwester an, trat einen Schritt von ihr weg und schlug ihren weiten Umhang auf einer Seite auf. »Schau her«, forderte sie.

Tahereh tat es. »Ach, ist das ein hübscher, kleiner Wurm, so klare Farben!« Sie ging einen Schritt auf Alyssa zu, aber sogleich wurden die Farben von Taherehs Dunkelheit verschluckt. Sie trat wieder einen Schritt zurück, grollend. »Nie gelingt es mir, deine Geschenke aus der Nähe anzusehen!« Sie schaute Alyssa an. »Was ist das eigentlich? Ein Regenwurm kann es nicht sein …«

»Nein«, erwiderte Alyssa. »Das ist die Raupe eines Schmetterlings. Dieser kleine bunte Vielfraß, der da zwischen den Blättern unter meinem Mantel sitzt, wird einmal ein bunter Schwalbenschwanz werden. Den bringe ich dir dann das nächste Mal mit!«

Tahereh warf noch einmal einen Blick auf die kleine Raupe, schien dann aber das Interesse zu verlieren. »Hoffentlich ist der dann größer, den kleinen Wurm da sieht man ja kaum aus der Entfernung, die ich einhalten muss.«, murmelte sie und atmete dann durch. »Schau dir jetzt mein Geschenk an!«

Tahereh öffnete ihren Umhang und Alyssa staunte. »Nanu, zwei blinkende, leuchtende Punkte, was ist denn das?«

»Geh ein klein wenig näher heran, dann siehst du es«, forderte Tahereh ihre Schwester auf.

»Nein!«, rief Alyssa, als das tat. »Das gibt es doch nicht, das ist deine Eule! Dann sieht man bei Nacht ja nur ihre Augen! Das ist gruselig!«

Tahereh schüttelte den Kopf. »Den Rest ihres Körpers kann ich erahnen, ich sehe Umrisse, und gruselig ist meine Eule nicht. Sie ist nur tot, wie alle, die ich betreue und beweine.«

Die beiden Königinnen gingen zu den hochlehnigen Stühlen, die immer für sie in der Krypta bereitstanden und setzten sich.

Alyssa schaute ihre Schwester an. »Es war diese Eule, die du damals, als Lena noch in der Menschenwelt wohnte, in ihre Träume geschickt hast, nicht wahr?«

»Ja, ich musste das Mädchen doch zu uns locken, du lagst schließlich schon ziemlich lange in Mortadam und ich habe unsere Gespräche vermisst«, erwiderte Tahereh und sah Alyssa streng an. »Die Rabenfürstin heißt übrigens nicht Lena, sondern Galena, das solltest du wissen! Das war von Anbeginn an ihr Name.«

Alyssa zuckte die Schultern. »Sie selbst will weiterhin Lena genannt werden. Sie sagt, sie hat sich verändert und das passt besser zu ihr.«

»Nun ja, meinetwegen.« Tahereh atmete durch. »Ich bin jedenfalls froh, dass jetzt alles wieder in Ordnung ist. Immer, wenn ich diesen verbrecherischen Thamar beobachtet habe, war ich versucht, ihm einen Todesfluch zu schicken, und ich musste mich schon sehr beherrschen.«

»Kann ich mir vorstellen. Aber was Sterbliche anrichten, muss nun mal auch von Sterblichen wieder gerichtet werden, du kennst die Regeln.«

»Ja, aber es war schlimm, Thamars Tun mit anzusehen. Ich habe um seine Opfer furchtbar viele Tränenperlen geweint, du kannst dir nicht vorstellen, wie viele.« Tahereh griff nach Alyssas Hand. »Zum Glück konnten wir vor und hinter den Nebeln die richtigen Personen zusammenbringen, die unseren Rabenfürsten geholfen und Thamar dann erledigt haben. Jetzt sind endlich alle vor ihm sicher!«

Alyssa lächelte. »Ja. Die Freunde der Rabenfürsten waren großartig!«

»Luczin hat mir lange Zeit gegrollt.«

»Nun ja, du hast dich auch sehr erfolgreich als die Böse inszeniert. Damals, als du mich gefangen genommen hast, um Niven und Lena zusammenzubringen, da hab ich selbst eine Weile lang fast geglaubt, du meinst es ernst …«

Tahereh lachte auf. »Ach, du weißt doch, ich kann *dir* nie lange böse sein, liebste Schwester. Ich hab's nur immer gern dramatisch und steigere mich dann eben heftig in meine Rolle hinein.«

Auch Alyssa lachte jetzt. »Ja, damals wohl auch, als du das ganze Sidda-Dorf vom Norden Antiquerras aus in die Welt der Menschen versetzt hast.«

»Ach, das …« Tahereh winkte ab. »Es war ein Experiment, ich wollte wissen, ob die Menschen von der Lebensart der Feen lernen werden. Wer hätte ahnen sollen, dass die Sidda durch das Versetzen ihres Dorfs ihre Erinnerung verlieren und sich selbst für Menschen halten. Am Ende wären sie auch zu schwach gewesen, um die Zerstörung der Menschenwelt aufzuhalten. Wie auch immer, jetzt sind die Nachfahren der Sidda wieder hier. Sie kamen ja wie erhofft zusammen mit den anderen Flüchtlingen aus der Menschenwelt und jetzt erinnern sie sich allmählich wieder ihrer Wurzeln.«

»Ja, aber wir haben nun auch echte Menschen auf Antiquerra«, gab Alyssa zu bedenken. »Ich war immer dagegen.«

»Die meisten waren schon zu krank und die paar guten Jahre auf einer intakten Erde wie Antiquerra seien ihnen gegönnt. Auf die anderen werden die Vampire schon ein Auge haben. Luczin hat ja noch die Uhr, die ich ihm geschenkt habe und wie ich ihn kenne, wird er nicht zögern, die Menschen in ihre eigene Welt zurückzubringen, wenn sie sich nicht an das einfache Leben hier anpassen.« Tahereh sah Alyssa prüfend an. »Du hast doch selbst einmal Menschen nach Antiquerra gebracht, damals als du deinen Ardrel verbannt hast.«

»Ja, das habe ich.« Alyssa nickte. »Aber ich mache mir da nichts vor. Nur weil Ardrel mit deinem Dämon zusammengearbeitet hat, konnte er diese Menschen zu dem machen, was sie jetzt sind: Magier, die mit ihrer Einstellung und in ihrem Handeln zu Antiquerra passen.«

»Warten wir ab, wie sich diese Flüchtlingsmenschen weiter entwickeln. Gute Vorbilder und Hilfe haben sie.« Tahereh schwieg, dann seufzte sie plötzlich schwer auf. »Ich habe viele treue Dämonen verloren, weil sie von dem Lichtschwert verbrannt wurden. Vor allem aber habe ich Jaron verloren, den ich wirklich sehr liebe. Er wird nicht mehr zu mir zurückkommen, denn damals hab ich ihm die Dracheninsel angedroht, das wird er mir nie vergessen. Dabei tat ich das nur, damit er bei deinem Ardrel bleiben will, so wie wir beide es uns erhofft hatten, und damit ich als schönen Nebeneffekt das Drachenei bekomme.«

»Hast du Jaron schon gefragt?«

»Das brauche ich nicht, ich kenne die Antwort.«

Alyssa seufzte nun auch. »Es ist wie immer, wenn wir unsere Pflicht tun, und für die Sterblichen die Kette der Vorsehung knüpfen, die sie in die richtige Richtung führen soll: Wir müssen Opfer bringen! Ardrel ist mir noch immer der liebste von allen Lichtkriegern, aber auch er wird nicht mehr zu mir zurückwollen. Ich werde ihn dennoch fragen und du solltest deinen Jaron fragen, auch wenn wir beide die Antwort schon kennen. Sie haben es verdient und sie sollten beide erfahren, dass wir mit ihnen im Frieden sind.«

»Dann bringen wir es am besten bald hinter uns«, erwiderte Tahereh. »Gemeinsam, heute Abend bei Sonnenuntergang.«

Alyssa nickte zustimmend und seufzte dann noch einmal. »Sechstausend Jahre, solange hat es gedauert, bis alles so ineinandergriff, dass Thamar bestraft werden konnte. Ist das lang?«

»Für die Sterblichen ja. Für uns, die wir ewig sind, ist es nur ein Wimpernschlag im Kreislauf von Werden und Vergehen.«

»Ja, so ist es wohl.« Alyssa schwieg eine Weile, dann drückte sie Taherehs Hand und lächelte. »Sollten wir irgendwann erneut einen Streit inszenieren müssen, um die Sterblichen auf die richtige Spur zu bringen, dann will ich die Böse sein!«

Tahereh fing an, herzlich zu lachen. »Ach, meine liebste Schwester ... Du kannst die Hitze bringen und die Felder verdorren lassen und doch würde dir niemand glauben, dass du *mich* aus dem Weg haben willst. Du bist zu klar, zu hell und zu durchschaubar. Nein, nein … Ich eigne mich besser als böse Königin, mir kaufen die Sterblichen den Zorn ab, vielleicht ganz einfach deshalb, weil mein Zorn immer ein Körnchen Wahrheit enthält, das ich nur nähren und aufpäppeln muss. Außerdem entspricht das meinem Ruf und der ist mir nützlich.«

»Dabei kannst du so sanft sein …«

»Sag das bloß nicht laut! Meine Dämonen würden den Respekt vor mir verlieren.«

Alyssa lachte und Tahereh gähnte plötzlich hinter vorgehaltener Hand.

»Du brauchst ein wenig Schlaf, meine Schwester«, sagte Alyssa. »Wir sollten aufbrechen.«

Hand in Hand gingen sie hinaus. Auf den Stufen vor der Krypta blieben sie stehen und ihr Blick flog den Berg hinauf, wo der Krapp Mataro lebte.

»Er ist jetzt glücklich …« Alyssa lächelte.

Tahereh nickte und schaute zum Himmel, dorthin, wo die Sonne gleich aufgehen würde. »Ein guter Tag für deine Lebenden, ganz gleich wo sie sich befinden.«

»Und eine gute Nacht für deine Toten, die schon auf dich warten«, erwiderte Alyssa.

Tahereh umarmte sie und es sah aus, als ob Licht und Dunkelheit miteinander tanzten. »Ja, liebste Schwester. Unsere wunderbare Welt ist endlich wieder in Ordnung. Überall und nun hoffentlich sehr lange!«

Als beide wenig später den Knopf ihrer Uhren drückten und die Zeit, die nun wieder lief, sie voneinander trennte, da ging im Osten die Sonne auf. Sie berührte mit ihren Strahlen das Meer und die Insel, tauchte sie in warmes Licht. Das Leben erwachte wieder, denn jetzt war alles gut, für die Götter, aber auch für alle anderen.

Über die Autorin

Angela Mackert

Die Autorin Angela Mackert, geboren im Jahr 1952 in Karlsruhe, lebt und arbeitet in Ettlingen. Nach einer Karriere als Geschäftsführerin eines Einzelhandelsbetriebs erfüllte sie sich einen ihrer Lebensträume und gründete eine eigene Schule für Astrologie und Tarot. Die Expertin für Esoterik veröffentlicht gefragte Fachbücher, daneben aber auch Kurzgeschichten, Krimis und Fantasy-Romane, die oft von einem mystischen und geheimnisvollen Flair durchzogen sind.

Mehr über die Autorin unter: www.angela-mackert.de

»*Kein Vergessen!*« — Antiquerra-Saga, Band 1-5
Fantasy-Romanreihe von Angela Mackert

Band 1: Die Farbe der Dunkelheit
Band 2: Feenschwur
Band 3: Vampirblut
Band 4: Wächter der Schlange
Band 5: Lichtkrieger

Antonia Hain deckt auf ...
Ein tödliches Geheimnis

276 Seiten, Paperback
ISBN 978-3-7412-1044-0
auch als eBook erhältlich

Die Kartenlegerin Antonia Hain ist in der kleinen Schwarzwaldgemeinde Rabenhofen bekannt wie ein bunter Hund. Als sie die Überreste eines Mordopfers findet, packt sie der Ehrgeiz und sie verkündet, dass sie den Fall mithilfe ihrer Lenormandkarten aufklären wird. Bald findet Antonia erste Hinweise. Doch die Suche nach dem Täter ist nicht nur komplizierter als gedacht, sondern auch mörderisch gefährlich.